ハヤカワ・ミステリ文庫

〈HM⑷⒀-1〉

殺人鬼ジョー

〔上〕

ポール・クリーヴ

北野寿美枝訳

早川書房

7491

JOE VICTIM

by

Paul Cleave

Translated by

Sumie Kitano

First published 2015 in Japan by

HAYAKAWA PUBLISHING, INC.

This book is published in Japan by

arrangement with

GREGORY & COMPANY AUTHORS' AGENTS

through JAPAN UNI AGENCY, INC., TOKYO.

ステファニー（BB）・グレンクロスとレオ（BBB）・グレンクロスに。
世に愚か者の絶えることはない……

殺人鬼ジョー〔上〕

主な登場人物

ジョー・ミドルトン…………連続殺人犯。別名〝クライストチャーチの切り裂き魔〟

メリッサ・X……………………連続殺人犯。本名ナタリー・フラワーズ

カール・シュローダー………テレビ局の警察コンサルタント。元刑事

レベッカ・ケント
ウィルスン・ハットン
ジャック・ミッチェル
……刑事。シュローダーの元同僚

サリー……………………………看護実習生。ジョーの知人

ラファエル・ムーア…………被害者グループの主催者。心理カウンセラー

ジョナス・ジョーンズ………霊能者

ケヴィン・ウェリントン……ジョーの弁護士

ケイレブ・コール……………拘置所に収監されている凶悪犯

ケニー・ジェフリーズ………拘置所に収監されている凶悪犯。別名〝サンタ服《スーツ》のケニー〟

アダム
グレン
…………………………刑務所の看守

プロローグ

日曜日　午前

まあ、人生いつも勉強だって言うからな。

おれは深々と息を吸い込んで目を閉じ、満身の力を込めて引き金を絞る。

全世界が爆発する。

爆発して、光と音と痛みがやってくる。妙だ。爆発して闇が訪れるはずなのに。おれを黒いとばりで包み込んで、こんな現実から運び去ってくれるはずだろ。おれは主導権を握ってる——のろまのジョーは勝者だ——その証拠に、いままでの人生が走馬灯《そうまとう》のように駆けめぐりだす。あとほんの何秒かで闇が訪れる。でも、その前に、母さんや父さん、子ども時代、伯母さんと過ごした時間なんていう思い出をおさらいしなけりゃならない。おれの長い長い人生の映像から切り取られた何枚ものスナップ写真でわずか二秒に凝縮された映画。旧《ふる》い映写機で観るみたいに次々と切り替わる場面。切り替え速度が上がる。思い出が頭のなかを駆け抜ける。

でも、ジ・エンドにならない。

サリーの顔が頭をよぎる。ちがう、頭のなかじゃない。おれの視界に入ってるんだ。すぐ目の前に、触れそうなほど近くにサリーの顔。ずんぐりした体をおれの全身に押しつけてやがる。この女がずっとそうしたいと願ってたとおりに。十人以上もの声。

歩道に倒れた拍子に片腕が跳ね上がる。サリーの贅肉《ぜいにく》がおれの体にぶつかって割れる。脂肪がおれの肢体でうねり、柔らかいソファのようにおれの体を包み込もうとする。おれは死へ向かうんじゃなくて、すでに地獄にいるんだ。手のなかにもう拳銃がないところを見ると、標的を定めずに引き金を絞るのはうまくいかないらしい。サリーにのしかかられて息ができず、まだ状況がよく呑み込めない。世界は混乱してるし、キャットフードの入った袋が肩に食い込んでる。顔が燃えるように熱くて血まみれだ。耳もとで甲高い悲鳴がする。やみそうにない単調な音。サリーが引きはがされて目の前から消えたと思ったら、シュローダー刑事の顔が現われた。こんなにほっとしたのは生まれて初めてだ。シュローダーがおれを救ってくれる。シュローダーがサリーを連れ去ってくれる。願わくは、サリーみたいなデブ女を、閉じ込めるべき場所に閉じ込めてもらいたいもんだ。

「おれは……」言いかけたが、耳鳴りがひどくて自分の声も聞こえない。なにがどうなってるのか、さっぱりだ。頭がものすごく混乱してる。世界の地軸がずれかけてる。

くそ頭に銃弾をぶち込むぞ！」

「黙れ」シュローダーがどなってるけど、よく聞こえない。「聞こえるか？　黙らんと、くそ頭に銃弾をぶち込むぞ！」

シュローダーがそんな口をきくのは初めて聞いた。サリーに向かってそんな口をきくなんて、サリーがおれに飛びかかったことによっぽど腹を立ててるんだろうな。とたんに、これまでよりもシュローダーに親しみを覚えた。でも、この痛み。太っちょサリーの肉体に包み込まれちまった現実。シュローダーがサリーにぶち込むと言ってる銃弾を、おれに与えてほしいな。銃弾が連れてくる甘い甘い闇と静寂。でも、おれは黙ってた。まあ、おおむねは。

「おれはジョー」みんなも耳鳴りがしてるといけないから、大声で言う。「のろまのジョーだよ」

ひっぱたかれた。だれがやったのかわからないし、パンチだったのか、あるいは蹴りだったのかもわからないけど、いきなりひっぱたかれて、はずみで頭が横を向く。その瞬間、目の前からシュローダーの顔が消えて、おれのアパートメントの側面が現われる。最上階と雨樋《あまどい》が見える。汚れた窓とか、ひびの入ってる窓とかが見えて、その上のどこかがおれの部屋だ。ひたすら、自分の部屋に入って横になり、なにがどうなってるのかをつきとめたいと願う。すべてがぼやけて、地面に流れ落ちていく気がする。まるで、赤だけ残してほかの色の水彩絵の具が全部漏れ出したみたいに。引っぱり起こされて立たされようとしてるときもまだそんな感じだった。服が濡れてるのは歩道が濡れてるからで、それはひと晩じゅう雨が降ってたせいだ。

「ブリーフケースを忘れた」それは本当だ。いや、あれがどこにあるのかわからない。

「黙れってんだ。立てよ、ジョー」だれかが命令しやがる。

えっ、〝ジョー〟? どういうことだ——こいつらはさっきから、サリーじゃなくて、このおれに言ってるのか?

手の感覚がない。両腕がうしろにまわされて、動かないように固定されてる。手首が痛い。引っぱられて足がもつれるから地面に意識を集中しようとする。いま起きてることに意識を集中しようとする。でも、どっちにも集中できない。サリーと、彼女を押さえてる連中を見やるまでは。涙に濡れたサリーの顔を見た瞬間、直前の六十秒間が一気によみがえった。おれは歩いて帰ってきた。幸せな気分だった。週末をメリッサと過ごしたんだ。なのに、サリーがおれのアパートメントの前の通りに車を停めた。おれがずっと嘘をついてた、おれが〝クライストチャーチの切り裂き魔〟だったと責めたてやがった。そこへ警察が現われて、おれは——拳銃で自殺しようとした。

そして失敗した。サリーのやつが飛びかかってきたからだ。

耳鳴りはほんの少しだけ治まったけど、なにもかもが赤いままだ。前方に警察の車が一台停まってる。何分か前、サリーが車を停めたときにはなかったのに。黒い服の男たちのひとりがドアを開けるから乗り込んでやる。黒い服の男たちはたくさんいて、全員が拳銃を持ってる。だれかが救急車のことを口にすると、別のだれかが「だめだ」と言い、また別のだれかが「このまま撃ち殺しちまえ」と言う。

「くそ、こいつのせいでシートが血の海だ」だれかが言う。

下を見ると、確かにシートも床もおれの血にまみれてる。これを掃除させられるおれみたいなやつは、そのあと何時間も不機嫌だろうな。血の跡をたどると拳銃に行き着く。そこにサリーが突っ立ってる。もうだれにも押さえられてない。顔にも服にも血しぶきを浴びてる。おれの血。あの切なそうな顔を見ると、なんでかわからないけど吐き気がする。サリーがじっとおれを見てる。たぶん、この車の後部座席に乗り込んでもう一度おれにのしかかる方法を考えようとしてるんだろう。何分か前までポニーテールにしてたブロンドの髪がほつれて垂れ下がってる。それを何本か手に取って先っぽを嚙《か》みだした——緊張したときの癖なんだろう。それか、両脇に立ってるふたりの刑事を誘惑しようとしてるんだ。でも、あのふたりがそれを見たら、さっきのおれみたいに拳銃で自分の脳みそを吹き飛ばそうとするかもしれない。

おれはまばたきして赤い色を消し去るが、数秒後には視界に赤い色が流れ込む。

ふたりの男が前部座席に乗り込む。ひとりはシュローダー。彼が運転席につく。首をめぐらせておれを見ることもしない。もうひとりは黒い服を着てる。まるで死神だ。ほかの連中と同じ。大きなダメージを与えそうな拳銃を持ってて、それがどれほどのダメージなのか試したそうな顔をおれに向ける。シュローダーがエンジンをかけ、サイレンのスイッチを入れる。これまでに聞いたどんなサイレンの音よりも大きい気がする。だからなんだってことだけど。おれはシートベルトを締めることができない。シュローダーが歩道ぎわを離れて猛スピードで発進すると、その勢いでシートから飛び出しそうになる。体をひねって見ると、別の車があとにつき、そのうしろに暗色のバンが続く。アパートメントがどんどん小さくなるのを見ながら、今夜あの部屋へ帰ったとき、どんなに散らかってるんだろうかって考える。

「おれは無実だ」と口にするけど、だれにも聞こえないらしい。口を開くと血が流れ込む。おれは血の味が気に入る。今夜この車で家へ送ってもらうことになれば、サリーが自分の指を舐《な》めてて、やっぱり血の味を気に入ってるんだろうな。哀れなサリー。彼女が混乱の嵐のなかでこいつらを連れてきたせいで、おれの人生で最高のものになるはずだった週末が最悪のものになろうとしてる。この連中におれの行動を説明して、おれが無実だってことを納得させるのに、時間はどれぐらいかかるだろう？　どれぐらいでメリッサのもとへ戻れるだろう？

おれは血を吐き出した。

「おい、そんなことをするな」と、前部座席の男が言う。

目を閉じても、左目がちゃんと閉まらない。熱いけど痛みはない。少なくとも、いまはまだ。上体を起こしてバックミラーで自分の顔を見る。顔も首も血まみれだ。左まぶたが揺れてる。首を振ると、木の葉みたいにするりと目を覆う。ちぎれかけてるんだ。まばたきして、もとの位置へ戻そうとするのに、まぶたは動かない。くそ、ひどいことになった。ひどいなんてもんじゃない。またしてもメリッサのことを考える。

「いったいなにをにやにやしてやがる」黒い服の男がたずねる。

「えっ？」

「だから、いったいなにを――」

「黙れ、ジャック」シュローダーが命じる。

「このくそ野郎が――」

「くそ野郎のひと言で足りるもんか」シュローダーが言う。「とにかく、そいつに話しかけるな」

「やっぱり車を停めて、こいつが逃亡を図ったように見せかければいいと思うけどな。そうしようぜ、カール。だれも気にしやしないさ」

「おれの名前はジョー。ジョーはいいやつ」

「たわ言はたくさんだ」シュローダーが言う。「ふたりとも。とにかく黙れ」

住み慣れた地区が飛び去っていく。サイレンがあっという間に通過する。こいつらはたぶん、おれが自分たちの知ってるとおりの男だということを証明するために急いでるんだろう——おれが、みんなの好きなのろまのジョー、自分たちの仲間、気さくで心やさしい知的障害者、みんなを楽しませようとするだけの清掃人だってことを。ほかの車が列車みたいに縦一列に停まって、通りにいる人たちが顔を振り向ける。これはパレードだ。手を振ってやりたいな。手錠をかけられた〝クライストチャーチの切り裂き魔〟。でも、おれが本物の〝クライストチャーチの切り裂き魔〟だってことはだれにもわからない。わかるはずない。そうだろう？

車は街なかに入る。速度を落とさずに警察署を通り過ぎる。十層にも重ねた退屈。それがもうすぐ減りそうな気配なんてみじんもない。おれは明日には釈放されて、メリッサと新しい生活を始めるんだ。車は走りつづける。だれも口をきかない。だれも鼻歌を奏でない。シュローダーが考えを変えて、おれが逃亡したみたいに見せかけるつもりなんじゃないかって気がしてくる。おれが逃亡を図ったってことにして、だれにも目撃されない市境の外で撃ち殺されるってことだけど。服が血で濡れそぼってるのにだれも気にしてないらしい。こんな大量の血でも、洗濯すればきれいに落ちるのかな。車は赤信号で停まる。ジャックはパズルを解こうというようにバックミラーでおれを見つめてる。おれはしばらく見つめ返したあと下を向く。両脚のそこかしこに赤いしずくやしみがついてる。左まぶたが痛い。まるでイラクサでこすったみたいだ。

車は病院で停まった。たくさんのパトロールカーが半円形に取り囲む。雨が降りはじめてる。あと一ヵ月もすれば冬になるけど、それを見られないんじゃないかって悪い予感がしてきた。ジャックが紳士的なところを見せて、おれのためにドアを開けてくれる。ほかの黒い服の連中はジャックほど紳士的じゃなくて、おれに銃口を向ける。医者とか患者とか見舞客とかが、表口のドアのあたりから目を丸くしておれたちを見てる。だれも動かない。おれたち、ちょっとした見ものなんだろうな。おれは手を借りて車を降りる。大丈夫だって考える。でも、本当は大丈夫なんかじゃない。座ってれば平気だけど、立ち上がるとだめだ。立ち上がると、手錠と拳銃だらけの世界で血が失われていくだけだ。体が揺れだす。崩れ落ちて両膝をつく。顔から舗装面に血が飛び散る。ジャックは最初、おれがそれ以上倒れないように手を貸そうとしたが、すぐに思いとどまったようだ。体が前へ傾く。両手を前にまわせないから転倒の衝撃を受け止めることができない。おれにできるのは、せいぜい負傷した左まぶたが空を向くようにとっさに首をひねることだけだけど、どういうわけか頭が混乱して——たぶん最後の何分かバックミラーばかり見てたせいだ——結局、顔の左側を地面に向けちまった。たくさんのブーツと車の下半分が見える。腹を空かせた顔をした二頭の警察犬が、リードを引いて押さえられてる。だれかがおれの体に手をかけてあお向けにする。おれの左まぶたは、駐車場の濡れた舗装面に、血だまりのなかに置き去りだ。まるでナメクジの死骸。軟体動物殺害現場。別のねばねば野郎がすぐにも捜査に取りかかるんだろう。

ただ、このねばねばした物体はおれの体の一部だ。「それはおれのだ」傷口から発せられた熱が這《は》うように全身に広がる。左目がうるむのにまばたきできない。おれは自分にできることをした。ぎざぎざにちぎれた皮膚が短すぎるカーテンみたいに左目に垂れかかる。「これか？」ジャックが不快そうに、まるで煙草を踏み消そうとするようにおれの左まぶたを踏みつける。「これがおまえのものだったのか？」

文句を言う前に刑事たちに立たされて歩きだす。コートが必要なほど寒い日なのに世界はまばゆく、おれはまばたきして闇をもたらすことができない。少なくとも左目は。まばたきして汗や血や痛みを取りのぞくこともできない。男たちの一団がおれを取り囲み、言葉を交わしてる。こいつらは、自分たちの道徳観念に反しておれを病院へ連れてこなければならないような法律に我慢ならないんだ。こいつらはおれを悪党だと決めつけてるけど、それは誤解だ。

医者が近づいてくる。怯《おび》えた顔だ。銃を構えた男が十人以上も近づいてくるのを見れば、おれだって怯えた顔になるだろう。まあ、おれも十分ほど前に初めてそんな場面に出くわしたんだけどね。表口付近にいるほかの連中は、手を口にやって突っ立ってるか、携帯電話を構えて動画を撮ってる。いま撮影されてる動画のどれかが、今日ニュース・ネットワークで全国に流れるんだろう。母さんにどんな影響が及ぶか想像してみようとするけど、医者に気を取られたせいで想像力を大きく膨らませることができない。

「なにが起きてるんだね？」医者がたずねる。もっともな質問だ。ただ、蝶《ちょう》ネクタイを締めてて、こんなことにかかわり合う必要がなさそうに見える五十代の男の口から出てくるなんて意外だけど。

「この……」言いかけたシュローダーは次の言葉を絞り出すのに苦労してるようだ。「男が」吐き捨てるように続ける。「治療を必要としてる。いますぐに」

「どうしたんだ？」

「歩いててドアにぶつかったのさ」だれかが言い、何人かが声をあげて笑いだす。

「そう、のろまだったせいでね」別のだれかが言い、笑いの輪が広がる。こいつらは結束してる。ユーモアを利用して、ハイな気分を冷まそうとしてるんだ。おれが与えてやったハイな気分を。それに加わってないのはシュローダーとジャックと医者だけだ。三人はおそろしく真剣な顔をしてる。

「どうしたんだ？」医者がまたたずねる。

「自分に向けて放った弾が」シュローダーが説明する。「かすめて深手を」

「かすめた程度じゃないようだが」と医者が言う。「こんな大勢で取り囲む必要があるのかね？」

シュローダーが向き直る。頭のなかで人数をかぞえてるらしい。いまにもうなずいて、もっと少ない人数でこと足りるって言いそうに見えたけど、チームの半数ほどに合図をして、その場での待機を命じる。おれは車椅子に押し込まれて手錠をはずされるが、すぐに車椅子のアームに手錠でつながれる。車椅子を押してもらって廊下を進むあいだ、大勢が人気者コンテストの優勝者に向けるような目を向けるけど、本当のところ、おれが何者かなんてだれも知りやしない。これまでだって知らなかったんだ。美人看護師とすれちがう。こんな日じゃなければ自宅まであとを尾《つ》けたのにな。ベッドに寝かされて、手錠で手すりにつながれる。両脚をひもで固定されて身動きできない。足かせも手錠もきつすぎて、コンクリート詰めにでもされた気がする。おれが狼男なみの怪力を持ってるとでも思ってるのかね。

「シュローダー刑事、なにが起きてるのかわかんないんだけど」

シュローダーは答えない。代わりに医者が言う。「少し痛いよ」その言葉は半分だけ正しい。〝少し〟の部分じゃなくて〝痛いよ〟の部分が。医者は傷口を軽くつついて調べ、懐中電灯の光を当ててのぞき込んだ。まばたき能力を失ったおれからすれば、じかに太陽を見てるようなもんだ。

「こりゃ数時間じゃすまないな」医者の言葉はひとり言に近いけど、ほかの連中にも聞こえる大きさの声だ。「少しでも機能を回復させ、傷を最小にとどめるためには、すぐにも細かい手術が必要だ」いまにも、おおよその見積もり金額と各部の値段を言いだしそうな口ぶり。おれのまぶたはまだ駐車場に落ちてるんだから、この病院にまぶたの在庫があることを願うだけだ。

「傷なんか気にしない」シュローダーが言う。

「おれは気にする」おれは言う。

「私も気にする」医者が言う。「だいたい、まぶたが完全になくなってるんだぞ」

「完全にじゃないけど」おれは言う。

「どういう意味だ？」

「駐車場にあるんだ。あそこに落ちてる」

医者がシュローダーに向き直る。「この男のまぶたが駐車場に？」

「残骸がね」おれが代わって答えると、シュローダーは答える代わりに肩をすくめる。

「この男をここから早く連れ出したいなら、そのまぶたが必要だ」医者が言う。

「取ってこよう」シュローダーが言う。

「取ってこい」医者が言う。「さもないと、代用になるなにかを移植する必要が生じる。そうなると治療にかかる時間が長くなる。この男はまばたきできなくなるぞ」

「こいつがまばたきできなくてもかまわん」シュローダーは言う。「傷口を焼灼《しょうしゃく》して接着剤でガーゼを貼っつけておけ」

医者は反論するでも、言い過ぎだとシュローダーをたしなめるでもなく、ようやく、これだけの人数の刑事、これほど張りつめた空気、これほどの怒りにはなにか特別な意味があるにちがいないと思い至った。ピンと来た様子なのがわかる。いいほうの目と血だらけの目で見てると、医者は考え込む顔になり、興味津々《しんしん》といった体《てい》でゆっくりと首を振りはじめる。続いて口にする質問は予想がつく。

「それはそうと、この男は何者なんだね？」

「〝クライストチャーチの切り裂き魔〟だ」シュローダーが答える。

「まさか。この男が」

どういう意味か、おれにはよくわからない。「おれは無実だ。おれはジョーだよ」そう言った瞬間、医者がおれの顔の側面に針を刺し、世界の地軸がさらにずれて、おれはなにも感じなくなる。

十二カ月後

1

メリッサは車で私道に入る。シートにもたれる。肩の力を抜こうとする。この日の最高気温は十度。いかにもクライストチャーチらしい寒さ。昨日は暖かかった。今日は雨。いかれた天気。メリッサは身震いする。身をのりだしてイグニッションからキーを抜き、ブリーフケースをつかんで車を降りる。雨で髪がずぶ濡れだ。玄関ドアの前に達すると、かじかんだ手で錠を開ける。

ゆっくりとキッチンへ向かう。デレックは二階にいる。シャワーの水音と彼の歌声が聞こえる。用件はあと。とりあえず一杯飲みたい。冷蔵庫は、国内各地のくだらない街――妊娠率の高い街、飲酒率の高い街、自殺率の高い街――のマグネットに覆われている。どの街もここクライストチャーチと変わらない。冷蔵庫の扉を開けると瓶入りのビールが五、六本入っていたので、その一本をつかみ、少し迷った末に、ビールはやめてオレンジジュースを飲むことにした。口を開け、容器からじかに飲む。デレックは気にしないだろう。足が痛く、背中も痛むので食卓の椅子に腰を下ろし、シャワーの音を聞きながらジュースを飲むうち、筋肉がゆっくりとほぐれてくる。とても長くなりそうな一週間の、今日は長い一日だった。オレンジジュースが好きなわけではない――トロピカルフルーツのジュースのほうが好みだが、オレンジで我慢するしかなかった。どういうわけか、清涼飲料水メーカーは、消費者が果肉のたっぷり入ったジュースを好むと考えている。果肉など歯につくし、牡蠣《かき》の小便のような舌ざわりなのに。そして、どういうわけか、デレックは果肉入りのオレンジジュースを好んでいる。

容器にふたをして冷蔵庫に戻し、そこに入っているピッツァをまじまじと見つめたものの、食べるのは遠慮した。脇の収納室にチョコレートバーが入っていた。一本の包み紙をはがしてひと口かじり、残りを――四本ある――ポケットに入れる。ありがとう、デレック。食べかけのチョコレートバーを平らげながら、ブリーフケースを持って二階へ上がる。寝室のステレオが彼女の知っている歌を吐き出している。いまとは別人だったころ、CDを聴くようなもっと気楽な人間だったときに、このアルバムを持っていた。ローリング・ストーンズ。これは彼らのベスト・アルバムで、彼女は曲順まで覚えている。いまはミック・ジャガーが、太陽を覆い隠せと声を張り上げている。彼は世界を黒く塗りつぶしたいのだ。メリッサも同じ気持ちだった。まるでニュージーランドの真冬の午後五時を歌っているようだ。メリッサもいっしょに歌詞を口ずさむ。デレックがまだ歌っているおかげで、彼女のたてる物音はかき消される。

ベッドに腰を下ろす。石油ストーブがついていて室内は暖かい。ストーブはこの家にふさわしく、この家自体はだれかが火をつけたほうがよさそうに見える。ベッドは柔らかく、足を上げて枕にもたれて昼寝しなさいと誘いかけているが、それは同時に、枕カバーに潜む細菌と親密になれという誘いでもある。彼女はブリーフケースを開けて新聞を取り出し、待つあいだに一面の記事を読み返す。この街を恐怖に陥れた男の記事だ。女を何人も殺害。拷問。レイプ。要は殺人事件。〝クライストチャーチの切り裂き魔〟。ジョー・ミドルトン。一年前に逮捕された。彼の公判が月曜日に始まる。記事は彼女についても言及している。メリッサ・X。記事にはナタリー・フラワーズという本名も出ているが、当の本人は最近では自分をメリッサとしてしか考えていない。この二、三年はずっとそうだ。

二分ばかり経ち、湯気とシェービングバームのにおいに包まれたデレックがタオルで髪を拭きながら浴室から出てきたとき、彼女はまだベッドに腰かけたままだった。彼はタオルを腰に巻きつける。蛇《へび》のタトゥーがタオルの上縁から脇腹をくねるようにして肩まで延び、ふたつに割れた舌が彼の首をめぐっている。蛇の体の一部は細密だが、大部分は実際にはまだ簡単な線で描かれただけで、これから彫り込む必要がある。デレックのような男の体にはさまざまな傷痕《きずあと》がある。きっと、楽しいときとつらいとき――デレックにとっては楽しいときだが、ほかの連中にとってはつらいときだ——が混在しているにちがいない。

彼女は新聞を下ろして笑みを浮かべる。

「おまえ、ここでいったいなにをしてる？」デレックがたずねる。

メリッサはブリーフケースを彼に向け、手を伸ばしてステレオの休止ボタンを押す。このブリーフケースは厳密にはジョー・ミドルトンの持ち物だ。出て行ったきり戻ってこなかったあの日、ジョーが彼女に預けたものだ。「残りの半金を持ってきた」彼女は言う。

「おれの家を知ってるのか？」

愚かな質問だ。メリッサはそれを指摘しない。「取引相手のことは知っておきたいから」

彼はブリーフケースの現金に目を注いだまま、腰のタオルをはずす。それで髪を拭きはじめると一物が左右に揺れる。

「これで全額か？」まだ髪を拭いているせいで、一瞬だけ顔がタオルに隠れて声がくぐもる。

「耳をそろえて持ってきてる。例のものは？」

「ここにある」

ここにあることは知っている。二日前に初めて会って半金を渡して以来、この男のあとを尾けていた。この男がほんの一時間前に例のものを受け取ったことは知っている。この男は、担当の保護観察官の不興を買うにちがいない品物の入った鞄《かばん》を持って、受け取り場所からまっすぐこの家へ帰ってきた。

「どこ？」彼女はたずねる。

彼はタオルをまた腰に巻きつける。メリッサは、ここに入ってすぐにこの男を撃ち殺したあと家捜ししてもよかったと考えるが、この男が必要だ。例のものを見つけるのはそうむずかしくないだろう。寝室にいる人間に〝おれの家を知ってるのか？〟などと訊くような男がヤバいものを隠すのは屋根裏か床下だ。

「見せろ」彼が言い、顎をしゃくって金を指す。

メリッサはベッドに置いたブリーフケースを彼のほうへ押しやる。彼が一歩前へ出る。五十ドル札と二十ドル札で二万ドル。きちんと重ねて輪ゴムで留めた束がいくつも入っている。この数年、彼女の稼ぎの大半は脅迫か強盗によるもので、一部は殺した男から奪ったものだ。だが、数カ月前にまとまった金を手に入れた。正確には四万ドル。デレックは金の一部をざっと見て、残金の全額があるにちがいないと判断する。

彼は衣装部屋へ行く。衣類の入った箱をどけてカーペットをめくり、床板の端にドライバーを差し込む。メリッサは思わずあきれ顔になり、デレックのような連中が、犯した罪とは別に愚かさという罪を問われることがないのは幸運だと考える。彼は床板を何枚かはがす。自分の腕ほどの長さのあるアルミケースを取り出す。メリッサが立ち上がり、彼はアルミケースをベッドに置く。彼がふたを開ける。一挺のライフル銃が、パーツごとにばらされ、各部に合わせて切り出した発泡スチロールに収められて入っている。「AR15」彼が言う。「軽量、小口径の高速弾を使用、ひじょうに正確。ご希望どおり、照準器もある」

彼女はうなずく。感心した。デレックは愚かかもしれないが、愚か者だからといって使えない人間とはかぎらない。「これは注文の半分よ」彼女は言う。

彼は床下の穴へ戻る。手を伸ばし、小ぶりのリュックサックを取り出す。赤い縁取りがたくさんあるほぼ黒いリュックサック。彼がベッドに置いて開ける。「C4爆弾。二個。雷管ふたつ、起爆装置ふたつ、受信機ふたつ。これだけで家を一軒吹き飛ばせる。それ以上の威力はない。使いかたは知ってるか？」

「教えて」

彼はひとつを手に取る。石鹸《せっけん》ほどの大きさだ。「こいつは安全だ。拳銃で撃っても大丈夫。落としても。火をつけても。いいか、電子レンジにかけても大丈夫なんだ。こんなことをしても」彼が言い、C4爆弾のかたまりをねじりだす。「どんな形にでも変えられる。これをひとつ取って」彼が、一方の端からワイヤが出ていることを別にすれば金属製の鉛筆そっくりなものを手に取る。「こいつに挿《さ》す。出ているほうの端に受信機をつなげば、あとは起爆装置を作動させるだけだ。受信範囲は約三百メートル。さえぎるものがなければもっと長い」

「受信機のバッテリーの持続時間は？」

「一週間。最長で」

「ほかに知っておくべきことがある？」

「ああ、ある。こいつを取りちがえるな」彼がリモコンの一方を持ち上げながら言う。

「ここに黄色いテープが貼ってあるだろ？　こっちの雷管に同じテープを貼ってある。だから、これは」と言いながらテープを貼ったほうの雷管を手に取る。「これとセットだ」リモコンと雷管をいっしょに持ち上げる。

「わかった」

「以上だ」彼は一式をリュックサックに戻しはじめる。

「もうひとつ、手を貸してほしいことがあるんだけど」彼女は切りだす。

彼は手を止めない。「どんな仕事だ？」

「ある人間を狙撃して」

彼は顔を上げてメリッサを見て首を振るが、その依頼に驚いた様子もなく、爆弾をしまう速度が落ちることもない。「それはおれの仕事じゃない」

「本当に？」彼女は新聞を持ち上げ、〝クライストチャーチの切り裂き魔〟ジョー・ミドルトンの写真を見せる。「この男。こいつを撃ってくれれば、あんたの欲しいだけ金を払う」

「ふうん」と言い、彼はまた首を振る。「拘置所にいるんだろ。不可能だよ」

「来週、裁判が始まる。だから、毎日、送迎される。一日に二回、拘置所と裁判所のあいだを移動する。週に五日。つまり、週に五回、警察の車から降りて裁判所に入り、裁判所を出て警察の車に乗り込むってこと。もう狙撃場所は見つけてあるし、逃走ルートも考えてある」

デレックはまたしても首を振る。「ものごとは見たとおりとはかぎらない」

「どういう意味？」

「おまえ、警察がそいつを毎日同じルートで送迎して裁判所の表口で降ろすと思ってるんだろ？　おまえが見つけたってのは表口を狙う場所だ。そうだろ？」

彼女はそんなことを考えてもみなかった。「だとしたら、なに？」

「警察は毎回ルートを変える。そいつを車からこっそり降ろそうとする。一般車に乗せるかもしれない。それか、バンに」

「それはあんたの考え？」

「こんな大きな裁判だぞ。そうするに決まってる。金を賭《か》けてもいい。だから、おまえはみごとな計画を企ててるつもりかもしれないが、うまくいきっこない。変動要素が多すぎる。おまえ、どこかのビルに隠れて狙撃できると思ってんだろ？　どこのビルだ？　こいつはどっちから来るんだ？」

「裁判所は動かない」彼女は言い返す。「それは変動要素じゃない」

こいつはどの入口を使うんだ？　それも警察は毎回変えるはずだ。だから、おまえがどこを狙撃場所に考えてるとしても、うまくいきっこない」

「もしもルートをつきとめたら？　こいつが裁判所に入る方法を？」

「どうやってつきとめるつもりだ？」

「わたしにはわたしのやりかたがある」

彼は首を振る。メリッサは全否定されることにうんざりしてくる。「それはどうでもいい。とにかく、むずかしい仕事だ。ジョーのような男を撃ち殺せば、だれだって逃げおおせることはできない」

「手を貸してくれそうな人は？」

彼は片手を顔の前へ上げ、顎先をさする。しばし真剣に考えをめぐらせる。「ひとりも思い当たらないな」

「だれか探してくれたら、あんたに謝礼金を払う」口調に表われないように努めてはいるものの、内心は必死の思いだった。この件で狙撃者を手配してあったが、ご破算になった。もはや時間切れが迫っている。

「だれもいないって。武器の調達は仕事だ。けど、だれかに死んでもらいたいときに、よりどりみどりで電話できる相手が載ってる電話帳なんぞ、おれは持ってない。そんな仕事は自分でやれ」

「お願い」

彼は、美人の頼みを断わるのは心苦しいといわんばかりにため息をつく。「いいか、当たってみてもいい相手はいるかもしれない。ただ、時間がかかる」

「数日のうちにその人の名前を知りたい」

彼が笑う。口を大きく開けるので、奥歯が何本か抜けてなくなっているのがわかる。メリッサはそういうものを見せられるのが嫌いだ。歯の抜けた人間なんて、笑われるのとほぼ同じぐらい嫌いだ。「お嬢さん」デレックが言う。彼女は〝お嬢さん〟と呼ばれるのも嫌いだ――信じがたいことに、デレックは彼女の嫌う三つの行為を三つとも犯している。

「そうはいかないよ。仮におれの考えてる男がその仕事をできるとしても、こんな急を要する依頼を引き受けたりするもんか。だれかを殺すのは宿題と同じさ。金も問題だが、時間切れ寸前で取りかかってもやり遂げられない」

「その人に電話をかけないってこと？」

「電話する意味がないだろ。悪いな」

「わかった。じゃあ、ライフルの組み立てかたを教えて」

「簡単だ」彼は部品をひとつずつ手に取り、各部の名称をメリッサに教えながら、金属同士が嚙み合う小気味いい音をたてて組み立てていく。組み立て終えるのに一分とかからない。

「もう一度。もっとゆっくりやって」と彼女は言う。「これまで銃を使ったことがない相手に教えるみたいに」だが、むろん彼女はこれまでに銃を使ったことがあるし、まもなくまた使うことになる。本当にすぐに。この男が組み立てかたを教え終えた直後に。

彼はライフルを分解する。改めて組み立てる。今回は三分かかった。彼女に弾の装塡方法を教える。そのあとまた分解してケースにしまい、ふたを閉めてラッチをかける。

「ほかには？」

「銃弾」と彼女は言う。

彼はC４爆弾を収めたリュックサックの正面部のジッパーを開ける。手を入れて銃弾の入った箱を取り出す。「同じのがあとふた箱入ってる。二二三口径のレミントン弾。全部、徹甲弾だ」

「ありがとう」

彼女は新聞を貫いてデレックの胸に二発撃ち込んだ。消音器《サイレンサー》のおかげで、近隣住民は、警察に通報する必要を感じることなく隣人としての日常生活を続けることができる。銃を調達してくれた相手を撃ち殺すなんて陳腐な展開だとメリッサは考えるが、お決まりの展開には理由がある。タクシー運転手やヘリコプター操縦士と同じで、兵器ディーラーには定年がないと彼女は思う。デレックはその場に崩れ落ちる。彼の浮かべた表情は前にも目にしたことがある。信じられないという顔に、怒りと恐怖が混じった表情。彼女は拳銃を新聞といっしょにブリーフケースにしまう。床下の穴へ行き、手を伸ばしてもうひとつの鞄を引っぱり出す。最初にデレックに払った金の大半が入っている。つまり、デレックはあの金の一部を使ってライフルと爆薬を買ったということだ。ここに残っているのは彼の儲《もう》けだ。

「あんたの言ったとおりだと思う」デレックを見下ろして言うと、メリッサが同意してくれたことに礼を言いたいだろうに、彼は口をゆっくりと開いて閉じることしかできない。血の混じった泡状の唾《つば》が膨らんだあと縮む。「金を得るためにジョーを撃つ人間を見つけることができないとしても、別の理由で彼を撃つ人間を見つけられるかもしれない。いろいろとありがとう。それと、この鞄は持っていくから」彼女は鞄を持ち上げる。「色が気に入ってるの」

デレックが生きているのはあと一分、長くてもあと二分だろう。ポケットから彼のチョコレートバーを一本出してかじりだす。糖分による興奮から得る楽しみは、デレックが死ぬのを見て楽しむのと同じぐらい。つまり、大いなる楽しみを得ていた。メリッサはふたたびステレオをつけ、デレックは死へ向かう。彼の世界は、さっきローリング・ストーンズが警告したとおり、夜のような闇になる。

2

「きみはテストに合格したよ」彼が言うけど、おれがこの十二カ月で耳にしたなかでいちばんのたわ言だ。もっとも、この男の言葉に耳を貸すのはとっくにやめてる。だれも彼もが、結論ありきって感じ。どういうわけか、混乱しきった世界は、おれという人間を理解しようともせずに有罪だって決めつけてる。

おれは、ずっと見つめてたテーブルから目を上げて、ひとりでしゃべりつづけてる男を見る。ひげよりも薄い髪。燃えやすいのかな、あのバーコード頭に火をつけてやったらさ。返事を待ってるみたいだけど、なんの話だったっけ。拘置所に入れられてからってもの、おれの短期記憶は荷物をまとめて出て行っちまった——でもまあ、長期目標は一貫して変わらないけどね。

「なんのテスト？」おれがそう訊くのは、興味があるからじゃなくて、少なくとも退屈しのぎにはなるからだ。たとえ一瞬にしても。「ジョーはテスト覚えてない」おもしろ半分で言い足したものの、口にしたおれにも余計なひと言だって思えて後悔する。

男の名前はベンスン・バーロー。いかにも権威のありそうな名前。それはどうかなって疑うんなら言うけど、上着に革の肘当てなんかついてるんだ。そう聞けば納得だろ。不快そうな薄笑いを浮かべてやがる。以前なら、楽しくやってたころだったら、この薄笑いをこいつの顔から切り取って血まみれの笑顔をその手に持たせて、自分の目にどう映るか思い知らせてやるのに。残念ながら、いまは不遇のときだ。最悪だよ。

「テストだ」彼が繰り返す。得意げな顔。相手の知らないなにかを自分が知ってて、それを話したくてしかたないくせに、自分だけが知ってるもんだからできるだけ先延ばしにしようとする人間が浮かべる、むかつく表情。おれは、この手のやつらを、〝不用意なことを口にするな〟とたしなめる連中と同じぐらい嫌いなんだ。ま、公平に言うと、それ以外の連中も嫌いだよ。平等の権利を信奉してるもんで。「きみが受けたテストだ。三十分前に」

「ジョー、テスト受けた?」とたずねるが、もちろん覚えてる。この男の言うとおり——つい三十分前に。来る日も来る日も代わり映えしないせいで短期記憶が衰えてるかもしれないけど、おれは阿呆じゃない。

精神科医は身をのりだし、指を組み合わせる。きっと、ほかの精神科医がそうやってるのをテレビで観たことがあるんだろう。それか、大学で、革の肘当ての縫いつけかたを教える前に心理学の初級講座で教えるしぐさなのかもしれない。どこで覚えたにしろ、こいつが自分で思ってるほどにはさまになってない。なにもかもすべて、こいつにとっては重要なんだ。まあ、だれにとっても重要だけどね。こいつは、おれを刑務所に閉じ込めておきたい連中の代表として〝クライストチャーチの切り裂き魔〟に面会してる。で、その切り裂き魔が実際にどれほど常軌を逸してるか解明しようとして、おれがとんでもない知的障害者だと考えはじめてるってわけ。

「きみはテストを受けた。三十分前に。この部屋で」

この部屋っていうのは面会室で、だれの目から見てもみすぼらしい。とくにベンスン・バーローの目にはそう見えるだろうな。それでも、おれがいま住み処《すか》にしてる居房よりは快適さ。軽量コンクリートブロックの壁に、コンクリートの床、コンクリートの天井。まるで爆弾シェルターだけど、実際に爆弾が爆発したら体の上に崩れ落ちてくるだろう。正直なところ、そうなれば、かえってほっとするだろうけどね。テーブルがひとつに椅子が三つ。ほかにはなにもない。いま、椅子のひとつは空席だ。おれが座ってる椅子はボルトで床に固定されてて、おれはその椅子に手錠で片手をつながれてる。理由はわからない。みんながおれを危険人物だと考えてるけど、おれは危険人物じゃない。いいやつなんだ。おれはみんなにそう言いつづけてる。でも、だれも信じてくれない。

「ここで？」おれは、同じコンクリート製でも居房とはまるでちがう室内を見まわした。

「覚えてないな」

彼の笑みが大きくなる。そう来ると思ったと言いたげな顔をおれに見せようとする。本当におれの反応を予想してたのかもしれないって思えてくる。「いいか、ジョー、問題は次のとおり。きみは知的障害があると世間に思わせたがってるが、きみに知的障害はない。きみたちの悪い倒錯者だ。その点にはだれも疑義をはさまないだろう。しかし、このテスト結果はどうだ？」彼は、おれがさっき回答した五枚の用紙を持ち上げる。「このテスト結果は、きみが精神異常ではないことを証明している」

おれは返事をしなかった。こいつがそのテスト結果から導き出そうとしてるのがまずい結論だって予感がする。こいつの薄ら笑いを見れば、それがおれの望まない結論だってことがわかる。

「たとえば、この質問だ」声を張り上げるから質問みたいに聞こえる。彼はおれが簡単に答えた問題を指さした。質問には、選択肢がいくつも用意されたのもあれば、自分で回答を書き込む形式のものもあった。彼が質問文を読み上げる。「〝この犬は何色ですか？〟という質問だ。きみはどこにチェックを入れた？　〝黄色〟だ。この犬は赤だよ、ジョー。なのに、きみは黄色にチェックを入れた」

「黄色っぽいよ」

「じゃあ、これはどうだ？　〝ボブはグレッグよりも背が高く、グレッグはアリスよりも背が高い。いちばん背が高いのはだれですか？〟。きみは〝スティーヴ〟と回答し、さらにスティーヴはゲイだと書いている」こいつの言いかたについ笑いそうになるけど、この話の行き先がまだ心配だ。だから、あれこれ考え合わせた結果、無表情にこいつの顔を見つめることにする。

「スティーヴは背が高いほうだ」

「スティーヴの名前は出てきていない」彼が言う。

「スティーヴになにか恨《うら》みでもあるのかい？」おれはたずねる。

「このテストは六十問ある。きみはそのすべてを誤答している。ご苦労だったね、ジョー。うち四十問は選択肢が用意されているんだ。統計学的にいって、その四十問のうち四分の一は正答するべきだったよ。せめて二問だけでも。だが、きみは一問も正答していない。そんなことが起こりうるとすれば、きみが正しい答えを知っていながら誤った答えを選んだ場合だけだ」

おれは返事をしない。

「それはつまり、きみが阿呆じゃないことの証拠だよ、ジョー」彼はさらに続ける。ウォーミングアップもすんで、いよいよ調子が出てきたようだ。組んでいた指までほどきやがる。「むしろ、逆のことを証明している。きみが頭の切れる人間だってことを。このテストの狙いはそれを確かめることだった。くだらない質問ばかり並んでいるのはそのためだ」薄ら笑いが満面の笑みに変わる。「きみは頭が切れる。聡明ではないが、法廷で責任能力を問題にされることはない」

彼がブリーフケースを開けてテスト用紙をしまう。ほかにはなにが入ってるんだろう。こいつのブリーフケースは、昔おれが持ってたやつよりも上等だ。

「ジョーは頭が切れる」おれはお得意のまぬけな笑みを浮かべてみせる。歯を丸見えにして、明るい顔で。ま、最近は前ほど明るい顔にならないけどね。顔の左側に走る傷痕が引きつれて、左目が少し垂れ下がる。

「もう下手な芝居はしなくていい、ジョー。このテストで、きみは自分で思いたいほどには利口じゃないことが証明されている」

おれの顔から笑みが引く。「なんだと?」

精神科医の笑みが大きくなる。いま言ったことをおれが理解できないって考えてるからだろう。実際、意味がわからない。こいつが理解できない言いかたをするからだ。「時間測定テストだったんだよ。阿呆のふりをするほど利口じゃない人間をふるい落とす役に立つ」

おれは首を振った。「意味がわからない」

「きみは初めて本当のことを言ったね」彼は立ち上がり、ドアへ向かう。

おれは椅子の上で向き直るが、立ち上がらない。手錠でつながれてるせいで立ち上がれないんだ。

彼はドアをノックするために伸ばした手を引っ込める。おれに向き直る。おれはさぞ面くらった顔をしてるんだろう。問わず語りで説明してくれた。「時間測定テストだったんだ、ジョー。全六十問。きみは十五分で回答を終えた。つまり、一分間に四問だ。そして全問を誤答した」

「まだ話が見えないんだけど」瞬時にこれほどの阿呆になれるのはいいことなのにちがいない。

「きみはあまり時間をかけずに誤答しているんだ、ジョー。きみがわれわれに思い込ませたいほどの阿呆なら、いまごろまだテストをやってるよ。用紙によだれを垂らしてるか、紙面を舐めている。回答を選ぼうとして必死に考えている。ところが、きみは選ぼうとしなかった。すばやく次々と回答した。それがまちがいだった。きみは阿呆ではないが、状況を把握できない愚か者だ。では、法廷で会おう」

「くそったれめ」

彼がまた笑みを浮かべる。千ドルの笑み。法廷に召喚されて陪審員の前で説明するときのための練習。千ドルの笑み。おれがここを出て、こいつの家をつきとめ、あの上等のブリーフケースを持ち去ったら、一セントの値打ちもなくなる笑み。「それが、みんなが目にすることになるジョーの真の姿だ」そう言うと、彼はドアをノックし、看守につきそわれて外へ出る。

3

逮捕されてからほぼ十二カ月。おれはもっと経った気がしてる。逮捕後の一ヵ月ほどは毎日トップニュース扱いだった。国じゅうの新聞の一面におれの写真が載った。よその国でも一面記事になった。職場の身分証の写真を使ってる新聞もあれば、かつて通ってた学校が提供した少年期の写真を使ってる新聞もあったけど、多くは逮捕時の写真を使い、もっと多くが病院から出てくるときの写真を使ってた。逮捕時の写真はどれも携帯電話で撮られたもの。病院の写真は、おれが手術を受けてるあいだに駆けつけた記者たちが撮ったものだ。もちろんテレビでも大々的に報じられた。逮捕時と病院から出るときの両方の映像が使われた。

取材の申し込みがたくさんあったのに、受けるか断るかの選択権は与えられなかった。手術から一週間後には法廷に立って無罪を主張し、保釈申請を却下されて、公判日程を決めると告げられた。裁判所でも写真や映像が撮られた。顔は赤くむくんで、左まぶたは紫色。縫い傷やら軟膏《なんこう》を塗ったガーゼやらで、おれが見ても自分の顔だとはわからなかった。

その後、ニュースに取り上げられるのは週に一度になった。別の殺人犯が次々と現われては消え、この街に血が流されるたびに大見出しで取り上げられた。そうなると、おれはもう古いネタだ。ニュースに登場するのはたぶん月に一度だろう——ま、報道されるとすれば、だ。

公判日まで一週間を切ったいま、おれはふたたび一面に返り咲いた。

おれの逮捕によって事態が動きはじめた。いや、実際は、逮捕の二日前、警察が自分たちの追ってる犯人の正体をつきとめたときから、動きはじめてたんだ。もちろん、考えようによっちゃ、おれがメリッサと出会った夜がすべての発端だったとも言える。出会いはあるバー。おれたちは意気投合した。歩いて家へ送るあいだ、おれは、彼女の裸を見られたらいいな、手脚がねじれて血も少しあれば最高にちがいないって考えてた。でも、メリッサはメリッサで、おれを縛り上げてペンチで金玉を潰してやれたらいいなって考えてた。願いを叶《かな》えたのは彼女のほうだった。バーにいるときからおれの正体に気づいてたんだ。ある公園の木におれを縛りつけて、ペンチで金玉をはさんで引き絞った。おれにできたのは、死を願うことだけだった。最初は彼女の死を、最後はおれ自身の死を。

結局、そういう展開にはならなかった。彼女がおれを脅迫して金を要求し、おれは彼女がカルフーン刑事を殺すところをビデオに撮り、おれたちは恋に落ちた。よく、正反対同士は引き合うって言うだろ——でも、他人に痛みを与えることを楽しむ者同士も、たぶん引き合うんだ。

　金玉を潰されたあと、おれは家へ帰り、その週メリッサがおれの家へ来て看病してくれることになってた。少なくともおれは、メリッサが来るんだと思ってた。熱に浮かされて、その週の大半はぼうっとしてたせいだ。半分は悪い夢ばかり見てたし、あとの半分はもっと悪い夢を見てた。結局、看病してくれた相手を勘ちがいしてたことがわかった。家に来たのはメリッサじゃなくてサリーだった。太っちょサリー。おバカなサリー。おれの世話をしてるあいだに、おバカな太っちょサリー――いまでは〝ほかでもない《ザ》サリー〟と考えてるけどね――が、見ちゃいけないものを見ちまった。ザ・サリーは、おれが隠してた駐車券にさわった。殺人の罪をカルフーン刑事に着せるために使うつもりだった駐車券だ。その駐車券にサリーの指紋もついてたから、警察は彼女の家へ行った。そのあとのことは、俗に言う〝消したい過去〟ってやつのひとつさ。

　とにかく、そこから事態が動きはじめた。警察は金曜日の夜におれの部屋を訪ねた。ただし、おれは留守にしてた。メリッサのところにいたんだ。警察は部屋を捜索して、おれに不利となるものをたくさん発見した。そのあと、待てど暮らせど帰ってこないもんだから、おれが逃亡したと考えた。でも、おれは逃亡なんてしてない。日曜日の朝、帰ってみると、二人組が待ってた。そいつらが無線で連絡を入れて、一、二分後には警察官が十人以上になってた。おれは拳銃を抜いた。そいつで自殺しようとした。ザ・サリーがそれを止めた。おれに飛びかかって拳銃をもぎ取りやがったんだ。おれは現場から病院へ連れて行かれた。ニュースで取り上げられだした。とたんに喪失を体験しはじめた。自由を失った。職を失った。猫を失った。何週間か前に、車に轢《ひ》かれたのをおれが見つけてやった猫だ。おれがニュースで取り沙汰されると、あの猫を診《み》てくれた獣医が、おれだと気づいた。猫は引き取られていった。住み慣れた家を失った。母さんがインタビューの依頼を受けだした。母さんは決まってくだらないことを並べ立てるのに。塀の外では時間は日々過ぎていくが、塀のなかにいると時間が止まったように感じる。なんだって十二ヵ月が十二年にも感じられるのか知りたいってやつがいるなら、殺人容疑で逮捕されてみればいい。

いまいる居房に比べたら、あのアパートメントのおれの部屋はホテルの一室だ。母さんの家は宮殿だ。取調室は取調室だけど。どこもかしこも懐かしい。この居房は、幅が寝台の幅のちょうど二倍、長さは寝台の長さの二倍もない。そもそも寝台自体がそんなに大きくない。不動産業者なら〝こぢんまり〟って言うだろうけど、葬儀屋なら〝ゆったり〟って言うかな。四方がコンクリートブロックの壁で、そのひとつの中央に金属製のドアが押し込まれてる。話題にできるような景観なんて望めなくて、ドアの細長い穴から見えるのはやっぱりコンクリートと金属だけ。のぞく角度によって、ほかの房のドアが見えるだけだ。ここには近所づきあいってやつがある。左隣と右隣にも囚人がいるからね。黙るってことのない連中、おれより長くここにいる連中、おれが無罪になったあともずっとここにいつづける連中だ。

片隣はケニー・ジェフリーズ。三つの顔を持つ男だ。ひとつは、ヘビメタ・バンドのギタリスト。いまとなっちゃ〝元〟ってことだけど。バンドの名前はタンポン・オブ・ラム。アルバムを二枚リリースし、その下品で残忍な音楽を好むファンを増やしてツアーに出た。そのあとベストヒット・アルバムを出したころに、ジェフリーズの裏の顔が世間の知るところとなって、それでツアーもアルバムもおしまい。彼は裏の顔のほうでその名を知られるようになった――マスコミは彼を〝サンタ服《スーツ》のケニー〟と呼びはじめたんだ。彼の裏の顔は児童強姦者。狙った子どもを親から引き離すために、よくサンタの扮装《ふんそう》をしてたらしい。ここの看守のひとりが前に言ったとおり、ケニーがふたつの顔のうちどっちのほうが上手だったかを知ってるのは被害に遭った子どもたちだけさ。その看守は〝歌い手としてよりもレイプ犯としての腕がよかったことを願うよ。とんでもなく歌が下手だからな〟のひと言ですませやがった。

ジェフリーズの第三の顔が受刑者。ときどき、おれには意味のわからない歌詞で歌ったり鼻歌を奏でてる。ときどきは、ありもしないギターを弾いてる。エアギターをかき鳴らして拷問や痛みについて歌う。あれじゃ喉が痛くなるにちがいない。ヘビメタ音楽について考えると、人類の進化なんてすでにピークに達してて、あとは下り坂をすべり落ちてまた猿に戻るんだろうって気がする。

反対隣はロジャー・ハーウィック――スモール・ディックって呼び名のほうがよく知られてる。背の高いやつを皮肉で〝チビ〟って呼ぶのとはちがう。ハーウィックは被害者たちをなかなかモノにできなかった。欲求がなかったからじゃなくて、持ってる〝道具〟が小さかったからだ。子どもにばっかり惹《ひ》かれたのは、子ども相手ならサイズが合うって考えたからじゃないかな。でも、それがまちがいだった。強姦を完遂できなかったことをマスコミが冗談にしたせいで彼は有名になった。滑稽《こっけい》な児童虐待者――いや、児童虐待者として許される範囲で滑稽ってことだ――の彼は、ここにいる何人かに比べたら笑える存在だ。要するに、おれはいま、有名な小児性愛者どもにはさまれてるってわけ――これ以上、安全な場所はないだろ。だから、おれはここにいる。千人もいる収監者のだれがおれの首をへし折ってもおかしくない一般囚人棟から離れた場所に。おれのいる区域はジェフリーズやハーウィックのような連中ばかりだ。おれたちは午前中は房に閉じ込められてるけど、正午を過ぎれば全員が共用区域へ出してもらえる。全部で三十名という収監者数は、管理するのに多すぎることはない。ひとりでいるやつもいれば、短く切りつめた歯ブラシで刺し合おうとする連中や、体の一部を突き立て合おうとする連中もいる。簡易台所と風呂場は共用。金網を張りめぐらされた屋外区域へ出てもいい。そこは、子犬の死骸を振りまわすには充分の広さだけど、売春婦の死体の足首をつかんで振りまわせるほどの広さはない。

〝ごぢんまり〟が不動産用語だとしたら、不動産業者はこの区域全体を〝超こぢんまり〟と言うだろうな。

居房でできることは多くないけど、選択肢はいくつかある。寝台の端に腰を下ろして壁を見つめるか、なんなら便器を見つめる。あるいは、便器に腰かけて寝台を見つめてもい い。おれにはつらい十二カ月だった。ときどき精神科医との面談が行なわれたけど、今朝の一件でそれも終わりかもしれない。母さんは週に二回、面会に来る。月曜日と木曜日に。ここでの生活はおおむね退屈だ。一般囚人棟ならこれほど退屈しない代わりに命もないだろう。いまのおれには、床の一隅に二冊のロマンス小説があって、三時間もマスをかく声をあげずにいられない近隣房の囚人たちがいるだけだ。隣の房でサンタ服のケニーが鼻歌で『マフ・パンチング・ザ・クイーン』を歌ってる。バンドのファースト・アルバムのタイトル曲で、彼らを有名にした曲。片足で床を打ってリズムを取ってる。おれはペーパーバックのロマンス小説の一方を手に取って表紙を開く。言葉が溶けてひとつになり、まったく興味がなくなる。自分で本を書くべきだって、ずっと考えてる。恋愛《ロマンス》についての真実を一部の連中に教えてやるべきだって。でも、それは愚かな考えだ。そんなもの、だれも読みやしない。いや、大衆は〝クライストチャーチの切り裂き魔〟の書いたものならなんでも読むかもしれない。おれの犯行だって連中が言ってやがることを、どうやってやってのけたかを本に書くといいかもしれない。自分がやったって記憶があれば、だけど。もちろん、仮におれの犯行だってのが事実だとして、本当にどれも覚えてないとしたら、本は一冊丸ごと白紙のページになっちまう。おれは細かいことまでひとつ残らず覚えてる。どの女のことも。交わした言葉のひとつひとつも。その思い出があるから、シーツを首に巻きつけて寝台の端に結んで自殺するなんてことをせずにすんでるんだ。

ペーパーバックのロマンス小説をもとの場所へ放る。おれがまだこんなところにいるなんて理不尽だ。おれみたいないいやつが。頭だって切れるほうなのに。シュローダーと部下どもが逮捕しに来たときにうまく言い抜けられなかったのがおかしいんだ。こんなところで二十年も過ごすなんて想像もできない。この何年かはおつむの弱い人間を装ってきたけど、こんなところにいたんじゃ、ほんの何週間かで本当に正気をなくしちまう。

なにより、あのくだらないテストのことが気になってしかたがない。

見え見えだったはずなのに。あのテストの意図を完全に誤解してた。バーローが言ったようにおれがたいして利口じゃないなんてことがあるだろうか？

サンタ・ケニーが静かになった。なにをやってるのかは想像がつく。スモール・ディック——というか、ここでの呼び名はリトル・Dだ——はおれとは反対隣の房のやつと会話を始めてた。くだらない会話。だって、天気の話だぜ。外が見えないから天気なんてわからないのに。それでも、よく天気の話をするんだ、このふたり。こいつらにはほかに共通の話題があるって——ほら、ここに入ることになった理由だよ——思ってたけど、その話はほとんどしない。思い出があまりにも刺激的すぎるってことなんだろう。思い出ってやつは純粋なアドレナリンでね。過去の体験を口にしたが最後、興奮しちまうんだ。

通路のうんと先でドアの開く音がして、この区域全体が水を打ったように静まり返る。通路を歩いてくる足音。何人かの声。足音はおれの房からいくつか向こうの房の前で止まる。ドアの穴からのぞいてみる。ほかの連中もきっと同じことをやってるはずだ。通路に立ってるのは三人。おれの知ってる顔はふたつ。

「みなさん」看守の一方、アダムって名前のやつが話しだす。「大好きなお仲間のご帰還に温かい拍手を」だと。「十五年も服役したあと外に出て、六週間でお戻りだ。最後の三週間は、自殺しないように監視までつけてもらってね。おまえらの知ってる、おまえらの大好きな男。ほかでもないミスタ・ケイレブ・コールだ」

だれも拍手しない。物音ひとつ立てない。だれも彼と面識はない。だれも気にしない。ケイレブ・コールが入ってたのはこの区域じゃなかった。ニュースで観たことのある男だけど、いったいだれが気にするってんだ？

「どうした、みんな《レィディーズ》。おもてなしできないのか。ケイレブはおまえらのグループに入る。もう一般囚人棟に収容するのにふさわしくないからだ。こいつには……やたら耳にする言葉はなんだったかな？　ああ、そうだ——こいつにはいろいろと〝問題〟があるんだ。で、どうだ、ケイレブ？　恥ずかしがってないで、新しい仲間にひと言挨拶するか？　おまえの〝問題〟をここの何人かと分かち合いたいか？」

本当に言いたいことがあるとしても、ケイレブは黙ってる。十二ヵ月前におれも同じ目に遭った。ふたりの看守にここへ連れてこられて、彼らの言うおれの新しい家族に紹介されたんだ。何人かが拍手したときの、はんぱない恐怖感。おまけに、女を冷やかすときみたいな口笛まで吹かれたけど、ありがたいことにそれが実際の行為に結びつくことはなかった。ひと言挨拶をって言われたときは、いまのケイレブと同じ反応をした。もう何度か同じ場面を目にしてるけど、実際になにか言ったやつはひとりもいない。ここへ入れられた最初の日、おれは、公判が始まるまでの月日どころか、その夜ひと晩をどうやって生き延びたものかわからなかった。頭のなかで百回近くも自殺してた。ぼんやりと自殺を考えてはその結果を思い浮かべて、そのたびに、だれもそれほど悲しまないだろうって思った。いや、メリッサは悲しんでくれるかもしれない。

ケイレブをだしにしてそれ以上の楽しみを得られないと判断したふたりの看守は、手順を進める。おれの房から遠い、おれの目に入らない房のドアが開けられる。三十秒後にドアが閉じられる。ケイレブはまちがいなく房内にいる。ケイレブ・コールは殺人者だ。殺人罪で服役し、出所後また何人かを殺害した。そういう気質の人間がいる。連続殺人鬼は犯行をやめられないと言うやつもいる。

ケイレブを連れてきた看守どもが、今度はおれの房へ来てドアを開ける。おれをどこかへ連れてくってことだ。それがどこにしろ、ここよりはうんとおもしろい場所にちがいない。ふたりがおれの房に入ってくる。

アダムは、見るからに看守によくいるタイプで、毎日ジムで二時間ばかり運動し、毎晩二時間は鏡の前でその日の成果を確認してるって感じ。もうひとりの看守グレンは、たぶんアダムの腰巾着《こしぎんちゃく》だ。このふたりはきっと、週に一、二度は気絶するほどファックしてるくせに、ゲイどもには我慢ならないなんて言ってるんだ。アダムがおれの日の前に立つ。制服をパンパンに膨らませてる筋肉。なまくらなねじまわしなんて跳ね返しそうな筋肉。ここには、収監後に信仰を見出したやつもいる。そいつらは、キリストが与えてくださると言う。おれはあたりを見まわすが、キリストは尖《とが》ったねじまわしを与えてくださらない。神がおれに与えてくれるのは、神が与えたもうた筋肉を使って、おれがここに入って以来ほぼ毎日のようにこづきまわしてばかりいやがる阿呆ふたりだ。

「行こうか」アダムが言う。

「どこへ？」

彼が首を振る。腹を立てた顔。ベンチプレス機が壊れたのかもしれない。「まったく信じられないことだが、おまえは家へ帰るんだ、ジョー」

鼓動が高まり、視野狭窄《きょうさく》みたいな状態になって壁がすべて消え失せ、おれの目にはしゃべってるアダムの姿しか見えなくなる。でも、それだけじゃない――家のドアを入って自分のベッドで横になるおれ自身の姿が見える。これから出会う女たちの姿が見える。女たち以外にも死ぬ連中の姿が見える——たとえばアダム、たとえばバーロー、たとえばグレン。言葉が出てこない。口がぽかんと開き、目が大きく見開かれ、まぬけな笑みが浮かぶ。おれ、言葉、出ない。

「起訴はすべて取り下げられた」グレンが、いたんだ果物でもかじったみたいな渋い顔で言う。いや、アダムの一物でもしゃぶったみたいな顔、だ。

「くそったれ手続きの不備かなんかだと」アダムが言い足す。

おれはまだ言葉が出てこない。笑みを浮かべることしかできない。

「さあ、行こう」アダムはおれに唾を吐きかけそうな勢いで言う。こうして、おれの拘置所暮らしはあっさりと終わりを告げる。

4

日が短くなってきている。日ごと寒さも増している。天気予報では、毎日のように、明日は雪になると言っているが、実際に降った日はまだない。天気予報士が予報をはずしているのか、母なる自然の気まぐれのせいなのか、シュローダーにはよくわからない。去年は五月下旬になっても暖かい日が続き、このまま夏が終わらないのではないかという気がした。今年もほんの数週間前まではまったく同じだった。年の初めには熱波がこの街を襲い、死者が何人か出ている。この寒さからは、そんな暑かった時期のことなどとても思い出せない。寒さの利点は、外へ出て人を襲うのもいやになるおかげで、頭のおかしい連中が家から出ないことだ。冬は犯罪が減少すると決まっている。住人が出勤したあとの家のなかはまるで冷蔵庫だし、だれもそんなところへ押し入りたいとは思わない。だから、警察官にとって冬はありがたい季節だ。ただ、カール・シュローダーはもう警察官ではない。三週間以上も前から。あの女を殺し、刑事という立場を——拳銃と警察官バッジ、しみったれた給料をはじめ、警察官であるおかげで得ていたつまらん特典ともども——失ったときから。

警察を辞めてからも毎日、シュローダーは刑事の気分のまま過ごしている。それがいまいましい。最初の二週間は、朝起きると警察官バッジをつけたくなり、結局はスウェットパンツに上着といういでたちで一日じゅう家のなかをうろうろしながら、妻の手伝いをしたり、子どもたちの前でいい父親を演じようとしたりしていた。毎夜、寝るころになると、自分の撃ち殺した女のことが頭に浮かび、その決断を余儀なくされたことを恨《うら》む一方で、また同じ状況に置かれれば同じ決断を下すはずだと考える。三週間目に職に就いた。新しい仕事は彼に人を撃ち殺すことを要求しない。

いまは、この仕事に就いて二週目だ。刑務所まで行くのが憂鬱だった。今朝、起き出したときも、朝食をとっているあいだも、刑務所へ行けと電話で指示を受けたときも、雨が降っていたので、天気予報で晴れると言っていても明日もきっとまた雨だ、と思う。ワイパーが、雨で視界がかすむ前にフロントガラスをクリアにする。どの放牧場も、泥のなかに立っている牛や、そぼ濡れた羊毛をまとった羊がいっぱいだ。こんな雨でも、外に出て生命の循環を起こしている農夫たちがいる。降りつづく雨のなかをトラクターで走りまわって農作物を作り、牛乳を作り、金を稼ぐ。草だらけの路肩が水びたしだ。低木の藪《やぶ》が冠水している。鳥たちがその近くを飛びまわっている。ワイパーはがんばっている。数キロごとに、居眠り運転やスピードの出しすぎ、飲酒運転に注意を呼びかける広告板が立っている。〝あなたが急げば被害が深まる〟と書いた広告板まである。スーパーマンは反論するはずだ。急げば、より多くの人を救える、と。スーパーマンが急いだおかげで大惨事が起きる前にたくさんの問題を解決できたこともある。ここクライストチャーチにもスーパーマンのようなヒーローが必要だ。

対向車線のトラックが冠水部を通過し、シュローダーの車のフロントガラスに水を――ワイパーが追いつかないほど大量に――跳ねかけたため、二秒ばかり前方がまったく見えなくなる。高速道路を走行中に二秒も視界がきかないとぞっとする。ブレーキに足を載せてゆっくりと踏み込むうち、フロントガラスがクリアになる。前方が見えるようになっても景色は変わらない。あいかわらずの雨、あいかわらずの灰色の空。

彼はラジオをつけて運転していた。聴いているのは全国放送されているトークラジオ局の番組だ。電話をかけてきた聴取者《リスナー》とDJが会話する。テーマはいつも時事問題で、目下リスナーが議論したいのは死刑をめぐる問題だ。この議論はもう数カ月も続いている。全国的な議論になっている。死刑に賛成の人。反対の人。もはや感情論に発展している。賛成派は反対派を目の敵《かたき》にしている。逆もまたしかり。妥協点はない。中立の立場など存在しない。たがいに相手の考えが納得できない。この問題が国を二分し、近隣住民を二分し、家族や友人を二分している。シュローダーは、個人的には死刑に賛成だ。この街に負わせたのと同じ苦痛の一部を殺人犯どもに返してやることに、なんの問題も感じない。このラジオ番組に電話をかけるリスナーの半分は彼と同じ意見だ。半分は反対意見。いずれにしろ、みんなが自分の考えを聞いてもらいたがっている。

「正義の問題じゃない」とだれかが言う。オークランドに住むスチュワートと名乗る男だ。スチュワートによれば、オークランドで雨が降るのは聖書のなかで雨が降っているのと同じ割合らしい。「罰の問題だ」この発言も、考えてみれば、ずいぶん聖書の教えに沿っている。

刑務所まで車で二十分の道のりだが、この雨では三十五分かかる。シュローダーはさらに十人以上の意見に耳を傾けた。DJは中立的立場を取ろうとしている。チャンネルを替えたところで、ほかの六局でも同じ議論を戦わせている。朗報は、国民投票が行なわれる見通しだということだ。その投票結果により賛否を決するとか。シュローダーが物心ついて以来初めて、政府は国民の意見に耳を傾けようとしている。少なくとも、そうすると公言している――なにしろ、選挙年だ。現首相に対し、また対立候補者たちに対し、いちばんにぶつけられるのは〝次期政府は民意に従うのか？〟という質問だ。返答は〝イエス〟。つまり、理屈のうえでは、国民が望めば年内に死刑制度が復活する可能性があるということだ。それによりこの国はどの方向へ進むだろう、と彼は考える。暗黒の時代に逆戻りするだろうか？　それとも、人びとが殺し合うことのあまりない未来へと向かうだろうか？

その答えを知るのはむずかしい。

だが、投票結果しだいで、答えを導き出す機会が得られるかもしれない。

シュローダーはラジオを消した。ジョー・ミドルトンの公判が始まる来週は大騒ぎになるだろう。これまで耳にした噂では、本当に死刑が法律で認められれば、検察側は死刑を求刑するらしい。裁判所の前に群衆が詰めかけるだろう。その群衆がさまざまなプラカードを掲げる。死刑賛成。死刑反対。被害者の権利。人権。

左手に刑務所が見えてくる。スピードを落とすと、高速走行中のバンが追突しそうなほど迫ってくるが、シュローダーの車は脇道へ折れ、一分後には警備員詰め所に達する。ユーモアのみじんもない警備員に身分証を提示する。この詰め所の先が入口だ。その奥で建設作業員たちが新たな収容棟を建てている。彼らはこんな雨のなかでも、作業を終えようと、増えつづける犯罪者を収監する場所を増やそうと、精出している。犯罪は割が合わないなどと口にするなら、犯罪と縁のある業界――新たな刑務所の建設、弁護士、葬儀屋、保険会社――は十億ドルもの金が動く一大産業でもあるということをつけ加えるべきだ。唯一、活況を呈している業界だ。一台の車が彼のあとに続いて駐車場に入ってくる。車を停めてしばらく運転席に座ったまま、傘があればいいがと思うが、仮にあっても使わないことはわかっている。隣に停まった車を見やる。女ひとりだ。女がエンジンを切る。なにをやっているのかはっきり見えないが、これまで女とつき合った経験から、ハンドバッグになにかを入れるか出すかしているのだとわかる。なんでもないそんなことに、彼の妻は五分もかかる。妻のバッグは、彼とつきあう前の時代へ戻るタイムカプセルみたいなものだからだ。女が車のドアを開ける。妊婦だ。大きなお腹で車から降りるのに苦労している様子から考えて、妊娠のきっかけは一年近く前だろう。

「手を貸しましょうか?」彼は車を降りながら声をかける。雨音に負けないように、どなるに近い大声をあげなければならない。言い終わらないうちに全身がずぶ濡れだ。女もだと言っても、女が濡れているのはいまのところ顔と腹だけだが。

「ありがとう」女が腕を伸ばして彼に手を預ける。彼が女を引っぱり出すのではなく、女が彼を車内へ引き込みそうだ。そこなら雨が当たらないし、されるがままになろうかと思う。だが、腰に力を入れ、徐々に衰えつつある腹筋のスイッチを入れて、引っぱる。よろめいた女が両腕で抱きついたので、彼は倒れそうになり、ドアをつかんで体を支える。

「やだ、ごめんなさい」女が体を引き離す。

「こんな日に面会ですか」

女は声をあげて笑う。とても甘美な笑い声。夫だか恋人だかが聞きたがるにちがいない。

「今日は明日より少しはましだって思う?」

「明日は晴れるそうですよ」彼は言う。「でも、先週の予報で言ってた雪がとうとう降りだすかもしれません」この女がだれに面会するのか、興味が湧く。恋人か夫がここに収監されているのかもしれない。だが彼はたずねない。

「もしよければ……こんなこと頼みたくないんだけど、ハンドバッグを取ってくださる?」

「いいですよ」女が脇へ寄り、彼は手を伸ばして助手席のハンドバッグをつかむ。「傘はないんですか?」

女は首を振る。「ただの雨だもの」

彼は女の車のドアを閉めてやる。「土砂降りですよ」こんなずぶ濡れになって、いまさら急いでもしかたない。

女が笑みを浮かべる。「好きなの。雨は……なんていうか、ロマンティックだと思うわ」深々と息を吸い込む。「それに、このにおい。雨のにおいが大好きなの」

シュローダーも深く息を吸い込む。濡れた草のにおいしかしない。

いっしょに表口まで歩くあいだ、女はずっと片手を腹に当てている。体内からいまにも落ちてくるにちがいないものを受け止めるためには、手をもっと下に当てたほうがいいのではないか、とシュローダーは考える。ドアを開けて女を通してやる。

「お顔に見覚えがあるんですが」と言ってはみるが、だれなのか思い出せない。以前知っていただれかに似ているという感じ。女の赤毛を見る――肩に下ろした、ウェーブのかかった豊かな髪。保湿剤やらシャンプーやら、手入れに時間がかかるんだろうな。髪色に合わせて明るい茶色のアイシャドーをつけ、赤い口紅を塗っている。「どこかでお会いしましたか？」

「あら、よく言われるわ」女が言う。ふたりは屋内に入り、雨から逃れていた。「昔、女優をやってたのよ。こういうことになる前にね」腹をなでながらそう言い足す。

「本当に？　私もつい先ごろテレビ業界に入ったんです」

「じゃあ、俳優さん？」

彼は首を振る。「コンサルタントです。あなたはどんなドラマに？」

「それが、恥ずかしいけど、たいしてなにも。シャンプーの宣伝が大半よ。あと、ホテルの広告も少し。フロント係だったり、プールサイドに座ってたり、シャワーを浴びてたり。女優としては駆けだし」女は笑みを浮かべる。「でも、赤ん坊が生まれるし、何年かは表に出ない。おむつの宣伝なら別だけど。ちょっと失礼。お手洗いに行きたいの」彼女は、この先にトイレがあるという標示のある細い廊下の脇で足を止める。「お子さんはいらっしゃる？」

「ええ、ふたり」彼は答える。足もとに水たまりができはじめる。

「初めての子なの」女は言う。「いたずらっ子になると思うわ。いまだってきっと、十分おきにトイレに駆け込まなきゃならないママをおもしろがってるのよ。どうもありがとう――手を貸してくれて」女が笑顔で言う。

「いつでもどうぞ」

カウンターへ行くと、窓口の奥にひじょうに大柄な女が座っている。あいだにアクリルガラスがはめ込まれている。銀行の窓口みたいだ。この前、この刑務所を訪れたのは夏、セオドア・テイトが出所するときだし、あのときは駐車場で待っていた。テイトは彼のかつてのパートナーで、警察官から犯罪者に身を落とした男だ。出所後は私立探偵になった。そしてまた犯罪者に逆戻り。そのあと警察官に復帰。そして被害者になった。テイトはいろんな顔を持っている。シュローダーは、テイトを訪ねること、と頭にメモをする。この数日、会いに行ってない。

「ジョー・ミドルトンに面会したい」と告げて、身分証を渡す。

ジョーの名前を聞くと女の顔がわずかにこわばり、シュローダーの顔もこわばる。ジョー・ミドルトン。あの人でなしは何年も警察で働いていた。床をみがき、ゴミ箱を空にしながら、捜査に先んじるために警察のありとあらゆる人的・物的資源を活用しやがった。ジョー・ミドルトン。シュローダーは彼を逮捕したことにより名声を得たが、そんなものはまやかしだ。もっと早く逮捕できたはずなのだ。死んだ人間が多すぎる。彼は責任を感じた。多くの警察官が責任を感じた。当然だ——殺人犯が警察で働いていたのだから。

「五分で来ます」女が言う。この女がそう言う以上、納得するしかない、とシュローダーは考える。この女に盾突くのは賢明ではない。ひとりでこの刑務所全体を運営できそうな女だ。「お座りください」女は彼の背後の椅子を指さした。手順はシュローダーも知っている。前にもここで待ったことがある――だが、一般市民の立場で待たされるのは初めてだ。対応がまるでちがう。警察官バッジのない立場が気に入らない。さっきの妊婦はまだトイレにいるらしい。シュローダーは、妻の妊娠中のこと、最後にはトイレまで三十秒以上かかる場所にいたくないと言っていたことを思い出す。

腰を下ろすと濡れた衣類が体に張りつく。椅子は継ぎ目のない固形プラスティック製で、金属製の脚がついている。雑誌の置かれたテーブルがひとつ。これで咳き込んでいる人が何人かと、泣きわめいている赤ん坊がひとりいれば、どこかの医院の待合室だ。自分の体から落ちた水滴が床を打つ音が聞こえる。看守がじろりと見るので、静寂を破ったうしろめたさを覚える。〝お座りください〟と言った女がすぐにも紙タオルを放ってくれることを、あるいはモップを放ってくれることを、あるいは彼を外へ放り出すことを期待する。

五分。五分待てば、一年前に逮捕した男と対面しなければならない。

〝クライストチャーチの切り裂き魔〟

警察を愚弄した男。

5

宝くじに当たったようなもんだ。いや、買ってもない宝くじ券が当たったたって感じかな。看守はふたりとも顔色がよくない。アダムはおれにパンチをくらわせたそうな顔をしてる。グレンは抱擁《ハグ》してもらいたがってる顔だ。釈放の知らせに実感が湧いてきた。のろまのジョーの演技が報われようとしてるんだ。十二カ月前に地軸のずれた世界が、正しい位置に戻ろうとしてる。故障箇所が修理された。自然はみずからあやまちを正す。物理法則はあやまりを修正する。のろまのジョーの笑みは最高だし、さっきバーローに見せたときよりもいまのほうがうんとふさわしい気がする。歯が丸見えになるほどの大きな笑み。気をつけないと顎がはずれそうだ。笑みを浮かべると傷痕が動く。居心地のいい場所を探しても見つからない傷痕が痛む。でも、そんな痛みは気にならない。いまは。また家に帰れる。やりたいことをやりつづけるチャンスを手にできる。新しい金魚をペットに飼おう。鋭いナイフを何本か買おう。いかしたブリーフケースを買おう。

アダムがグレンを見て噴き出す。首の筋肉がシャツから盛り上がる。アダムが笑いだすとグレンも噴き出す。二秒ほど見つめ合ったあと、ふたりそろっておれを見る。「傑作だ」アダムは、目はおれに向けてるが、ボーイフレンドに向かって言う。「こいつの顔ったらないな」

「うまくいくとは思わなかったよ」グレンが言う。「まさかだよな。ほんと、完璧な演技だった」

「言っただろ」アダムが言う。「こいつはみんなが考えてる以上に阿呆だって」

「なんのことだい？」おれはたずねた。もちろん、事情は呑み込めた。たちの悪い冗談だったんだ。理想の世界でなら、おれがまぬけに見えるようなまねをしたかどでこいつらふたりを刺し殺してるところだ。でも、ここは理想の世界じゃない――その証拠に、まわりは壁だらけだし、ナイフも手もとにない。おれはだまされてるふりを続けた――そうしないと、おれが本当は利口だってことがばれるからだ。

「こいつはまだわかってないらしい」笑いをこらえようとしてグレンの声が大きくなる。言いたいことを言おうとして興奮してるのか、声が熱を帯びる。なにを言いたいのかは知らないがね。「おまえをここから釈放するなんてことがあると思うか？」彼がおれにじかに質問を向ける。「さあ、行くぞ。おまえに面会したいってやつが来てる」

おれはふたりに一歩近づく。「いいかな――本は持って帰ってもいいかな？」われながらみごとだ。じつに名演技。

「まったく」アダムがまた笑いだす。

「あきれたな、こいつ、まだわかってないらしい」

「阿呆のまねはもういい。行くぞ」グレンがおれの腕をつかむ。熱も興奮も消え、危険をはらんだ声。神経を尖らせてやがる。おれがなにかしようとしたらすぐにも反応する気だ。おれになにかしてほしいんだ。そうすれば、人間の頭蓋骨《ずがいこつ》を前腕と二頭筋にはさんで押しつぶすことができるものか確かめる大義名分が立つ。

「おれは……おれは家へ帰るんだろ?」

「笑わせてくれるぜ」アダムが言い、グレンがうなずく。

ふたりはおれを、さっき精神科医と面会したのとそっくりな別の部屋へ連れて行く。デスクに向いて座るが、ふたりはおれに手錠をかけない。それがなにを意味するのかはわかる。面会相手はおれをしこたま殴りつけることのできるやつだってことだ。看守たちが面会室を出て行く。おれは立ち上がって歩きまわる。おれはいま、拘置所における本質的な二者択一を迫られてる——座ってなにもしないか、入れられた部屋を歩きまわるか。コンクリートの壁をまじまじと見つめる。みごとな建築術だ。現代にも通じる代物。手を伸ばして触れてみる。世界じゅうどこであっても、百年も前に建てられ、この先百年も持ちこたえる刑務所の壁は、これと同じなのだろう。千年後にはデザインが改良されるんじゃないかな。ドアが開く。カール・シュローダーが入ってくる。全身ずぶ濡れだ。居房に戻ったら、天気の話が好きな連中に最新情報を教えてやろう。

「座れ、ジョー」シュローダーが言う。

おれは座る。シュローダーは上着を脱いで椅子の背にかける。シャツの胸もとも襟も濡れてるけど、袖の大部分は濡れてないようだ。その袖をまくり上げる。髪をかき上げたあと、手を振って指先についた水を飛ばす。最後に見たときより髪が長い。伸びた前髪が額に張りついてる。鼻についたしずくをぬぐう。そのあと腰を下ろす。なにも持ち込んでない。上着だけ。財布と鍵束と携帯電話はたぶんどこかのトレイに置いてある。彼がおれを見つめ、おれは彼を見つめる。そのうち、おれはのろまのジョーの笑みを送る。歯をむき出した笑みを。

「ひどい目に遭ってるそうだな」シュローダーが言う。

おれの笑みが消える。この笑みが通用しない相手もいる。「あんたこそ、ひどい目に遭ってんだろう。馘《くび》になったって、ジョーは耳にした」一杯機嫌で犯罪現場に駆けつけて馘になったらしい。こいつみたいな男が酒を飲みはじめるのは、おれみたいな人間が原因なんだろうか。とにかく、酔っぱらって出勤するぐらい、警察を馘になるような違反行為じゃない。停職処分とか、ひょっとすると降格処分ぐらいは受けるかもしれないが、馘になるか？　なるもんか。警察は人員不足で四苦八苦してるっていうのに。シュローダーが馘になったのはなんか別の理由だ。でも、彼がため息をついて、椅子にもたれて〝なあ、ジョー、じつはこんな事情だったんだ〞と話してくれるとは思えない。

「ジョーはいろんな話を耳にしてるはずだ」彼が言う。「それにジョーは、お先真っ暗だってわかってるはずだ。阿呆のふりをしても罪は逃れられん。だから、いまいましい演技はもうやめろ」

「ジョー、俳優、好き。ジョー、テレビ、好き」

彼はあきれて少し目を剝《む》いたあと、鼻筋をつまむ。「なあ、ジョー、阿呆のまねはやめろ。いいな？　このところなにか企んでるらしいが、おれは時間つぶしに来てるわけじゃない。おまえにある申し出をしに来てるんだ。四日後にはおまえの公判が始まる。おまえは――」

「あんたはもう刑事じゃないだろ」おれはそう突きつける。「なんでここへ来た？　この一年、メリッサのことを訊きに何度ここへ来た？　そのたびに言ってるけど――」

「それを訊きに来たんじゃない」シュローダーは片手を差し出す。

逮捕後、警察は、おれに供述させようとして見返りをちらつかせる一方で、二度と外の空気は吸えないぞと言いつづけやがった。「なら、なんでここへ来た？」

「カルフーン刑事がどこに埋められてるのか知りたい」

おれが逮捕される前、ダニエラ・ウォーカーという名前の女がおれの犠牲者のひとりだと見られてた。だが、殺したのはおれじゃない。真犯人は、彼女も〝クライストチャーチの切り裂き魔〟の犠牲者に見えるように現場を細工しやがった。おれはむかついた。実際、あまりにむかついたから、彼女の死を調べて、警部のロバート・カルフーンに殺されたってことをつきとめた。カルフーンは、日常的に暴力をふるう夫を告訴しろと彼女を説得するために家を訪ねたくせに、どういうわけか自分が彼女を殴り殺しちまった。おれがやった殺人の罪をすべてカルフーンに着せるのがおれの計画だった。ところが、そううまくいかなかった。カルフーンを殺したのはおれじゃない。おれはやつを拉致《らち》した。縛り上げた。でも、ナイフで刺し殺したのはメリッサだ。

おれは肩をすくめる。「俳優かい？」

「警察官だ。殺害されるところをおまえがビデオで撮っただろう」

「じゃあ、やっぱり俳優だ」

彼の拳に力が入る。でも、ほんの少しだけだ。「おまえがどう感じてるかは知らんが、おれにとっては、光陰矢のごとしってやつでね。クライストチャーチの犯罪率は低下してるようだ。市民は街へ出て浮かれ騒いでる。おまえが逮捕されてからというもの、殺人発生率が急激に下がってる。おれはもう刑事じゃないが、この街は以前ほどたくさんの警察官を必要としてないんだよ」

「そんなのでたらめだ」おれは言ってやった。街ではいまも犯罪が横行してる。おれがかかわってないだけだ。「で、なにが望みだ？」

「正直に言おうか？　この椅子を持ち上げておまえの頭をかち割ってやることだよ。だが、ここへ来たのは、おたがい協力し合う必要があるからだ」

「協力？　冗談だろ」

「おまえをからかうために刑務所くんだりへ来るものか」

「なんで担当弁護士が同席しない？」

「弁護士がいると邪魔だからだ。それに、おれが求める協力に弁護士など必要ないしな」

「おれは無実だ。裁判が始まれば、世間の連中だって、おれが病気だったってことを知る。おれは今度のことすべての被害者だ。おれがやったって言われてることは――やったのはおれじゃない。本当のおれじゃない。裁判所は被害者を罰したりしない」

シュローダーが声をあげて笑いだす。何年も近くで仕事をしてたけど、この男が笑うのは初めて見た。椅子の背にもたれたとたん笑い声がかすれだす。笑ったせいでおかしさが加速するサイクルにはまったらしく、涙まで流しはじめる。真っ赤になった顔を上げておれを見ると、また笑いだす。釣られて笑ったりしたら、うつぶせに組み敷かれて背中に膝を押し当てられ、腕をねじ上げて折られるにちがいない。

彼の笑いが減速する。止まる。両の手のひらで涙をぬぐう。おれには涙と雨粒の見分けがつかない。

「まったく。笑わせてくれるよ、ジョー。じつにおもしろい。この何週間かくさくさしてたし、笑いが必要だったんだ」彼は深々と息を吸い込んですばやく吐き出し、ゆっくりと首を振りはじめる。「〝おれは無実だ〟」と言うと、ちらりと笑みが戻ったから、また笑いだすんじゃないかって思ったが、彼はこらえた。「信じられんな。おまえがあんな……」彼は言葉を探し、見つける。「確信たっぷりに言うなんて。ぜひ法廷で言ってくれ。いまみたいな言いかたで。それでたくさんの人が喜ぶ」

「なんでここへ来たんだ、カール？」

「こりゃ驚いた。みごとだったよ、何年もおれの名前を忘れてばかりいるふりをしてたのは。おそれいるよ、とても説得力があったからな」

「説得力がなかったら、あんたは大馬鹿だったってことになるもんな」彼にむかっ腹が立ってたんだ。だれも彼もにむかっ腹が立ってるみたいに。「いいから、用件を言えよ」

彼の笑みが消えて身をのりだす。両腕をテーブルに置いて組む。「おまえは自分がひじょうに利口だと思ってる。そうだろう？」

「おれがあんたの思ってるとおりの男だとしたら、あんたより利口だってことは証明済みだよな。でも、ちがう。おれはあんたの思ってる男じゃない。それが、おれがそれほど利口なはずがないってことの証明だ」

「確かに、今朝の心理テストでは利口すぎたらしいな。零点とはね。理由はわかってるんだろう？　おまえのエゴが招いた結果だ。あのテストでおまえは、自分が本当は利口だと思ってることを世間に証明するつもりだった。だが、結果は、おまえのエゴがおまえの足をすくうことになった」

「なんとでも言え」彼があのテストについて知ってることにむかついた。警察を馘になっても噂話は耳に入ってくるんだろう。

「じつは、知的障害者を装ったおまえの話しかたは、なんとなく気に入ってるんだ。その風貌に合ってたというか。だからこそ、おまえは一連の犯行をやりおおせたんだ。要するに、言うまでもなく、おまえはおれたちをまんまと欺《あざむ》いたってことだ。おまえが愚か者のまねを完璧に演じたからだよ」

「はいはい、わかったよ。もういいだろ、カール？　あんたはおれを馬鹿にしようとしてる。けなそうとしてる。とにかく、弁護士の同席が必要ないっていう用件はなんだ？」

彼が椅子に背を預ける。精神科医とちがって指を組み合わせたりしない。案外、あの精神科医に対して、おれと同じ結論を出してるのかもしれない。

「おれの協力が必要だって言ったな」おれが促《うなが》すと、どうしてかその言葉に切りつけられたみたいに、彼は顔を少しゆがめる。「おい、カール、顔色がずいぶん悪いぞ。大丈夫か？」

「二万ドル」と彼が言う。

おれは会話の一部を聞き漏らしたにちがいない。「なにが？」

「おれはその申し出をするために来てるんだ」

さっきの彼に負けないほど大笑いしてやった。ただし、おれのは自然と湧き上がったものじゃなくて作り笑いだし、猿芝居もいいところだ。結局、咳き込んじまって、なま温かい洟《はな》が垂れてテーブルに落ちる。左まぶたが動かないから、また動くようにするためには、手を上げて閉じてやらなきゃならない。そのあいだずっとシュローダーは黙って座ったままおれを見つめて、濡れた服をときどき整えてる。

「おれたちはおまえのＤＮＡを入手した」彼が口を開く。「おまえは被害者の家で飲み食いした。カルフーン刑事の拳銃を所持していた。おまえが警察の会議室に仕掛けてた盗聴テープもある。一時期おまえが保管していた駐車券も。立体駐車場の最上階にあった死体の発見に至った駐車券だ」

「おれたち？　まだ刑事のつもりか？」

「おれたちは至るところでおまえのＤＮＡを検出したんだよ、ジョー。証拠が充分すぎるから――」

「まだ〝おれたち〟って言うんだな」そう指摘してやった。

「心神喪失を申し立てても恥をかくだけだ」彼はかまわず続ける。「おまえほどたくさんの人間を殺しておきながら尻尾《しっぽ》をつかまれないなんてことは、完全な自制心がないかぎりありえんよ」

「それか、警察が無能と馬鹿の集まりでもないかぎり。これで面会は終わりか、カール？

それとも、二万ドルもの金が絡むあんたの用件ってのがなんなのか説明するか？」

「知ってのとおり、おれはもう警察官ではない。警察組織とは完全に無関係だ」

「当然だ。まだ警察に勤めてたらびっくりだよ。あんたが犯罪現場に酔っぱらって現われた映像をテレビで観た。おもしろかったな。馘になって当然だよ」

「いまは、あるテレビ番組の仕事をしてる」

「はあ？」

「霊能者の出てる番組だ」

おれはゆっくりと首を振る。そうすれば、どういうことか説明のつく情報を振り落とせるって期待するけど、情報のかけらが足りなくて状況が理解できない。霊能者？　金？　いったいどういうことだ？　「いったいなんの話だ、カール？」

「未解決事件の解明に手を貸す霊能者が出てる番組だ」

「それがおれとどんな関係があるんだ？」

「番組でおまえの主張を検証したいらしい」

「おれの主張？　おれに言い分なんてないよ、カール。これまでだれも傷つけたことがないんだから」

シュローダーがうなずく。きっと、その答えを予期してたんだ。「いいだろう。とにかく、仮定の話をさせろ。仮におまえがカルフーン刑事の遺体のありかを知っているとしよう」

「知らないよ。おれが知ってるのは彼が死んだってことだけだ」

「だが、いまは仮定《ハイパセティカル》の話をしてるんだ、ジョー」

「意味がわからない」おれは言う。「超《ハイパー》なんだって？　超みじめ《ハイパーパセティック》？　長ったらしい言葉は苦手なんだ」

彼は目を閉じ、またしばらく鼻筋をつまむ。「いいか、ジョー。番組は」自分の手に向かって話している。「おまえが遺体のありかを知ってるかもしれないから二万ドル出すと言ってる」彼は鼻から手を放して、もう一方の手と指を組む。「遺体のある場所を教えても、決しておまえの犯行だとにおわせることはしない。それどころか、情報を提供した事実をおまえが口外しないという誓約書を番組とのあいだで交わしてもらう。そこで、仮におれたちが遺体を発見した場合、メリッサを見つけ出すために警察が用いることのできる証拠がなにか出ると思うか？」

それについて考えてみる。おれはカルフーン刑事の死体を燃やしてから埋めた。警察が発見できる証拠などなにひとつない。灰と骨と土だけ。あと、ひょっとすると衣類の断片が少し。

「いいか、ジョー。メリッサが殺したってことは警察にもわかってる。おまえが遺体を隠したことも。遺体のある場所を話したところで、おまえには失うものなどひとつもない。

得るものは山ほどある」

「番組はなんのために死体が必要なんだい？」とたずねてみるが、質問を言い終わらないうちに答えがわかる。番組で死体を〝発見〟したいんだ。死体――たぶんカルフーン刑事の死体――を、そしてたぶん蠟燭《ろうそく》に囲まれてトランス状態とやらに入ったどこかの霊能者を見世物にする気だ。その霊能者が死体のところへ案内する。視聴者は大喜びする。番組は視聴率が上がって注目を浴びるし、霊能者はファン層が拡大してテレビ出演が増え、本まで出すかもしれない。「ちょっと待て。わかったぞ。霊能者は彼を食い物にする気だな」

「そうだ、ジョー。そのとおりだ」

「二万ドルなんて、どうやって使えってんだ？」

「もっと快適に過ごすために使えばいい」彼が言う。「どことも同じで、ここでだって金がものを言うんだろう。そうだ、その金を使ってもっと腕のいい弁護士を雇えばいい」

「それはだめだ、カール。理由その一、金はこんな場所よりも塀の外で使うほうがはるかにいい。理由その二、おれは死体の場所を知らない」シュローダーが反応を示す前に、おれは片手を上げて制する。「でも、ひと晩考えてみようかな。ただし、二万ドルぐらいじゃ考える役に立たない。じつは、おれにも霊能力があってね。感じるんだ……五万ドルなら、もっと役に立てるかもしれないって」

「冗談じゃない」シュローダーが言う。

「そう、冗談じゃないさ。どうやら、おれが逮捕されたあと、サリーは五万ドルもらったらしいな。そうだろ？」一応たずねてはみるけど、事実なんだ。去年、おれの逮捕に結びつく情報の提供者に五万ドルの報奨金が出ることになってて、なぜかザ・サリーが——警察署で働いてる体重過多でイエス・キリストを愛する保守管理係だ——その報奨金を受け取った。いくつもの失敗を通して、どういうわけかザ・サリーは、警察が見つけられなかった事実をつきとめ、そのせいで警察がおれの家へ駆けつけることになった。「だから、キャンディーみたいに金を差し出すってんなら、それなりの金額をもらいたい」

彼は答えない。

「〝超みじめ〟な話、あんたがさっきから言ってる相手を連れてきたほうがいい。〝超みじめ〟な話、五万ドルくれるなら、おれはカルフーン刑事の死体のありかを言い当てるかもしれない」

「じゃあ、引き受けるんだな？」

おれは肩をすくめる。仮定の話なら、そうしてもいい。

「時間切れが迫ってるんだ、ジョー。明日までに腹を決めろ」

「考えてみるって。明日、相手を連れてこい」

シュローダーが立ち上がる。濡れた上着をつかみ、袖を通さずに、乾いた腕の一方にかけた。ドアロへ行ってドアを叩く。ドアが開けられると、おれたちは抱擁も交わさず、シュローダーはさよならも言わずにドアを出る。おれはそのまま面会室で、居房へ連れ戻す迎えが来るのを待つ。待つことがおれの世界だ。いまは、待つあいだに考える新しい宿題ができた——五万ドルあればこんな場所でどんな特権を買えるかを考えるっていう宿題だ。

6

じつは彼女にはひとつの計画があった。よくできた計画が。実行するにはふたり必要だった。彼女自身と彼——実行するもうひとり。サム・ウィンストンという男。でも、サムには裏切られた。サムなんて女にも使う呼び名だから、めめしい男になるのかもしれない。サムはかつて軍隊にいた。ふたりの出会いは、サムが彼女の家に押し入ろうとしたときだ。彼女はサムを殺しかけたものの、サムのなかになにかを見た。他の連中が病気の猫や脚が三本しかない犬に見出すなにか、つい助けてやりたくなるようななにかを。結局、サムは彼女の家に押し入ろうとしたんじゃないとわかった。そうじゃなかった——彼は数年前まで、ドラッグのせいで金と記憶の大半とを失って妻を叩き出すまで、この家に住んでいた。彼は帰ってきたのだ。泥酔し、自分の持っている鍵でドアが開かないという現実を頑として受け入れようとしなかった。

それが、ここクライストチャーチの問題だ——この小さな世界は偶然に支配されていて、そういう出会いが毎日のように繰り広げられている。

サムは五年前に除隊処分を受けた。実戦経験はまったくなし。ただし、ドラッグでハイになって給油車で食堂に突っ込み、六人もの兵士を負傷させた――本人が得意げに語るところでは〝死者は出してない〟らしい――一件をのぞいての話だ。サムはみずからの怒りを世間に、人生に向けていた。なにに対する怒りなのか、具体的に話すことはなかった。喜んで彼女につきまとい、命令に従った。まさに脚が三本しかない犬。ペットだった。彼女の正体を知る日までは。それまで二カ月も、どうやってジョーを狙撃するかについてふたりで計画を練ってきた。それなのに彼は、金を得るチャンスに目を輝かせた。彼女はそれを目《ま》の当たりにした。警察が彼女の本名をつきとめたというニュースが流れた。テレビに彼女の写真が何枚も映し出されると、サムは食い入るように画面を見つめ、そのうち彼女に目を転じた。丸くした目の奥で、スロットマシンにドル記号が並んで大当たりのベルが鳴り響いているようだった。

サムにとっては運の尽きだった。それが一週間前のことだ。彼女はサムをあきらめて計画を推し進めざるをえなかった。だから、思いやりのある飼い主がやるように、彼を安楽死させてやった。

公判開始は月曜日。今日は木曜日。検察はジョーが拒否できない申し出をするだろうけど、ジョーにはわたしのことをくわしく供述する気にならないでほしい。彼を狙撃したいのは火曜日でも水曜日でも、公判が始まってから一カ月後でもない。計画では月曜日に実行するはずだった。当初の計画は頓挫《とんざ》したが、新たな計画でも、実行するのは月曜日だ。いまみんなが見てるのは彼女ではなくメリッサだ。いまにも破裂しそうな腹をした妊婦。もうすぐ母親になる女。だれもまじまじと見ないし、殺人者ではないかと疑いもしない。人をだますのは簡単。彼女は何年も人びとを欺いてきた。かつら《ウィッグ》をつけたり、毛染め《ヘアダイ》をしたり、つけまつげをしたり、妊娠九ヵ月を装えば、自分のなりたい人物になれるということがわかった。あのシュローダー、腕利きの元警部シュローダーでさえ、彼女だと気づかなかった。思い出そうとしている様子だったが、思い出せなかった。だれの目にも太った妊婦にしか見えない。疑う根拠をひとつも与えなかったから、シュローダーは彼女の作り話を鵜呑《うの》みにした。昨日とはちがう人間になれるし、明日はまたちがう人間になることができる。だからこそ、もう何年も、自分のやりたいことが自由にできた。だからこうやって生き延びている。

いま彼女がなりたいのは濡れてない人間だ。この雨で服のなかまでずぶ濡れ。身震いがする。キーホルダーをなくしたことにシュローダーが気づくといけないので五分待ったが、あの刑事もなにがしかの理由があって馘になったのだし、こうした注意力不足もその理由のひとつなのだろう。シュローダーの車のなかは予想にたがわず散らかっている。後部のマットを覆いつくすほどのファストフードの包み紙、子どもたちの服、ベビーシート。彼女を見ている人間はひとりもいない。この悪天候では、だれしも、どこかからどこかへ濡れずに行くことしか考えない。さっきシュローダーには雨が好きだと言ったが、本当は雨なんて大嫌い。まさかこの街にまだ住んでいるなんて、自分でも意外だ。彼女はこの街で生まれた。この街で育った。この街でレイプされた。妹もこの街で生まれた。この街で育った。この街でレイプされた。そして、この街で殺された。クライストチャーチには思い出がたくさんあり、その大半がいい思い出ではない。駐車場にはほかにも車が停まっているが、彼女はだれかがまずいときに降りてきて見とがめられるなどと心配していない。どのみち、ここでの用はほぼすんでいる。仮に、いまシュローダーが出てきて正体を見破られたとしても、彼を刺し殺し、死体を後部座席に載せて車で走り去ればいいだけだ。ま、そうなったら残念だ。この数分のあいだに、シュローダーの今後について具体的な計画を思いついたのだから。

シュローダーは刑事ではなくなったいまも警察の情報に通じている。ジョーを裁判所へ送るルートが彼女の想定していたルートとは異なる可能性を〝だれも撃ちたくない〟デレックに指摘されたあと、彼女が期待したのはそれだった。どこかで情報を手に入れる必要があり、シュローダーがその情報を持っていると踏んだ――なにしろ彼は切り裂き魔事件の捜査責任者だったのだから。それに、彼のあとを尾けるのは簡単だった。自宅も勤務先も知っている。馘になった理由はわからない。表向きは勤務時間中の飲酒絡みとされている――ひと月前、ある犯罪現場に現われた警察官たちは酔っぱらっていた――が、ほかにもなにかあると彼女はにらんでいる。具体的になにかはわからない。それに、べつに知りたくもない。重要なのはジョーだ。いま知りたいのは、シュローダーがジョーに関して知っている情報、警察がジョーを裁判所へ送り届けるルートだ。

後部座席に段ボール箱がひとつあって、ジョーの捜査資料が詰まっている。犯罪現場報告書のコピー、たくさんの写真、詳細に記された証拠。いまとは別の人間だったころの彼女の写真。彼女はそれを手に取り、なめらかな縁に親指を這わせる。大学生活が始まる数週間前に撮った写真。もう大昔のことだ。あのころの彼女は、たんにいまとちがうだけじゃなく、完全に別の人間だった。いまは新たな外見と性格を身につけた――この写真を見ても、見知らぬ他人を眺めているようだ。こっちを見返す瞳は希望と夢をたたえている。いずれこんな人間になるのに。写真の娘はそんなことは思ってもいない――無邪気で、自分の可能性にまったく気づいていない。ともあれ、この写真が撮られたときの思い出には頬がゆるむ。この写真が別人であるように、あのころもいまとはちがっていた。豊かな日差し。青い空。夏。楽しい日々。親友のシンディが撮ってくれた写真。車に寄りかかって大きな笑みを浮かべた、気性のおおらかな娘。シンディとビーチへ向かうところだった。結局シンディは砂丘でふたりの男とファックし、自己嫌悪に駆られて、家へ帰るまで泣きどおしだった。大学を出て以来シンディには会ってないが、この先も訪ねることがあるとは思わない。

写真を上着のポケットにしまう。

箱の奥から探し物を見つけ出す。警察が予定している裁判所までのルート地図。ざっと目を通す。デレックの言ったとおりだ。その現実を受け入れる。そのあと携帯電話で写真を撮る。携帯電話をしまい、さらに資料に目を通す。知りたいことはもうひとつある。協力してもらうことになる男の電話番号と住所。それについてもデレックに教えられた。どうやらデレックはアイデアマンだったようだ。探し物を見つけ出し、やはり写真に収める。

ここへ来てよかったと思う。シュローダーがどこへ向かっているのかがわかった瞬間、彼を放ってUターンしようかと思ったが、彼女は背を向けて逃げる性分ではない。加えて、この機を逃せば、彼の車を探るチャンスを二度と得られないかもしれない。だいいち、時間切れが迫っている。もちろん、いまやシュローダーは彼女の逃走計画の一部だ。彼女はC４爆弾を取り出す。ステアリングコラムの下方、カーステレオの裏側あたりへ手を伸ばす。そのあたりに張りつけると、ブロック状のC４爆弾がわずかに変形する。そのあと、また下方へ手を伸ばして、先端に受信機を取りつけた雷管を、完全な直方体ではなくなった粘土様のかたまりに突き刺す。

自分の車に戻る。何秒か大きなあくびをする――ゆうべの大半は起きていたので、いまはなにより昼寝をしたいが、眠るわけにはいかない。だれも隠れていないか確認するためにトランクを開けさせられたあと、警備員詰め所を通過する。外へ出て高速道路に向かう途中で路肩に停車して腹の詰め物を取ると、一瞬にして妊娠九カ月の体でなくなる。もう体重過多ではないし、十五分おきにトイレへ行く必要もない。詰め物を後部座席へ放る。赤毛のウィッグも。

つかんだばかりの住所を携帯電話のGPSアプリに入力する。例によって、住所の位置を把握するのに彼女もアプリも数分を要するが、最後には、ジョー・ミドルトンを狙撃するのに手を貸してもらう男の住所へ行く道順がわかる。だが、まずは市内へ戻る必要がある。ジョーを狙撃できる場所を改めて見つけなければならない。彼女の頭にはすでに、うってつけの候補がある。

7

看守の目は充血している。まるで、毎晩、眠っているあいだに一本につながった眉が下へ伸びて目を引っ掻いているみたいに。その看守が、所持品を収めたトレイをシュローダーに渡す。車のキー、財布、小銭――いや、車のキーはない。シュローダーは空のトレイをのぞき込んだあと、ポケットを軽く叩いてみる。

「キーホルダーがないが」と言う。

看守はむっとした顔になる。なにかの罪に問われたかのような顔だ。「車のキーなんて預かってない」

「預けたはずだ」

「なら、ここにあるはずだ」看守が言い、一本眉毛がVの字形になる。

「言いたいのはそれだ。あんたに預けたんだから、ここにあるはずなんだ」

「おれが言いたいのは、あんたがおれに預けたんならちゃんと返すってことだ。落としたんじゃないか。車のドアにぶら下がってるかもしれん。イグニッションに挿したままってこともある。あんたは車のキーを家に置いて、歩いてここへ来たのかもな」

シュローダーは首を振る。「ありえんよ。いま言ったどれも」

「そうとも。ありえんよ。おれがあんたのキーホルダーを隠したり盗んだりするなんて。ここの囚人のだれかに、車をぶっ飛ばしてこいと言って渡すなんて。なあ、駐車場を見てこいよ。キーホルダーが車になければ戻ってこい。いっしょに監視カメラの映像を観よう」看守が言い、デスク上方のカメラを指さす。「あんたがおれにキーなんて渡さなかったってことに、この場で百ドル賭けてもいい」

シュローダーはカメラを見上げたあと、またしても自分のポケットを軽く叩く。車をロックしたか？ もちろんだ。いつもロックしている。ただ今日は、あの妊婦に気を取られていた。だからって、キーをイグニッションに挿しっぱなしに？ したかもしれない。ポケットの中身をトレイに移すときにキーホルダーがないことに気づかないほど注意力がおろそかだったことは確かだ。本当に？ ここの手順は、空港の保安ゲートを通るときと似ている――ポケットを空にすることにばかり気を取られて、取り出したものにはろくに注意を払わない。

「わかった」彼は言う。「駐車場を見てくる」

「そうしてくれ」

シュローダーは入ってきた通路を戻り、待合室を抜け、トイレへ続く通路と、ほかの面会者たちの作った水たまりをいくつか通り過ぎる。ドアロで足を止めて上着をはおり、雨のなかへ飛び出す。駐車車輛の数はさっきとほぼ同じ――いなくなった車もあれば、新たに停められた車もある。あの妊婦の車はない。だれに会いに来たにせよ、長時間の面会はできなかった。腹のなかの子が膀胱《ぼうこう》を圧迫するから面会を切り上げたんだろう。彼は襟もとを合わせた。

車はロックされている。キーホルダーは、あの妊婦の車が停まっていた区画の脇に落ちている。彼はキーホルダーを手に持っていたにちがいない。妊婦の体を支えたときに落とした。阿呆のような気がする。頭のどこかで、なかへ戻ってあの看守に詫びたほうがいいと考えるが、それは頭のほんの片隅の訴えだ。実際にそうするほど頭の大部分を占める意見ではない。あんな横柄な看守のためにそこまでする必要はない。

車に乗り込み、濡れた上着をはぎ取って、切り裂き魔事件の捜査ファイルを詰めた段ボール箱の横へ放る。片方の袖が箱の上に着地する。ファイルを――本来、彼が所持していてはいけないファイルだ――濡らしたくないので、身をのりだして払いのける。この数年、切り裂き魔事件は彼の生活とともにあった――いっしょに帰宅し、自宅の一室に入り込んでそこを仕事場に変えた。室内の資料を見れば悪夢に苛《さいな》まれることになるので、その部屋には絶対に入らないと妻に約束させた。ある意味、この捜査ファイルは彼の結婚生活をも侵害した。職場で仕事をしたうえ、空き時間があれば――子どもたちがいるので時間があくことなどほとんどないのに――自宅でも仕事をした。その後、状況が一変して警察を馘になり、自宅へ持ち帰っていた捜査書類や写真のコピーを返却しなければならなかった。ただ、その前に彼はそれらのコピーを取った。車に載せた段ボール箱いっぱいに入っているのはその一部だ。もう自分の担当事件ではないが、公判日が近づいてきたので、わが身になにが降りかかっても対応できるように準備しておきたかった。

本当の望みは、ジョーのやつを絞め殺すチャンスが転がり込んでくることだ。もう何百回も、あいつの首に両手をまわす場面を頭に思い描いている。あいつを撃ち殺す場面、あいつを刺し殺す場面。あいつの体に火をつけてやる場面。いろんな想像をめぐらせた。そのどれもが、ジョー・ミドルトンにとって悪い結末だ。この街の多くの人間が同じような想像をめぐらせたことがあるにちがいないと、彼は確信している。

正直を信条としていることもあって、シュローダーが自己嫌悪を覚えない日は一日もなかった。連続殺人鬼が警察内にいたのだ。週に五日も顔を合わせていた。あの野郎はおれにコーヒーまで淹《い》れてくれた。それで警察官だなど、おこがましい。捜査に当たった全員がだ。捜査に費やした時間を合計すればどれだけになる？　ジョーが警察を笑い物にした時間は？

市内へ戻る道中も、ここへ来たときとたいしてちがわない。同じ景色。同じような動物たち。同じようなトラクターの運転手たちが彼には稼ぎ出せないほどの金を稼いでいるが、彼らは毎朝、願い下げにしたいほど早くに起き出している。雨はまだ降りつづいている。車を激しく叩く。彼はこの冬を乗り切れる自信がない。新しい仕事がうまくいかないようなら、この街を離れる潮時かもしれない。家族を車に詰め込んで、ニュージーランドでもっとも陽光の降り注ぐ街ネルソンへ行くのもいい。そこに姉が住んでいる。ネルソンはおそろしく快適な街なので、だれでもそこに住んでる親戚がひとりはいるって感じだ。どこかのブドウ園で働くのもいい。ブドウを摘んでワインを作る。それとも、観光バスの運転手になろうか——ワイン試飲《テイスティング》ツアーに連れていき、客たちが酔っぱらうのを眺めるんだ。

ジョー。くそったれジョー。ネルソンにめぐらせる思いが消え、例によって、ジョーが頭に入り込む。裁判が終われば、ようやく幕を引くことができるのかもしれない。

どの通りも車はあまり走っていないが、この天候のせいで通行速度がひじょうに遅く、ちょっとした渋滞が起きているように見える。その状況は、市内へ近づくにつれてひどくなる。ウィルスン・ハットン刑事と昼食の約束をしているのに、遅刻しそうだ。車を路肩へ寄せて停め、携帯電話を出して、あと十五分かかりそうだと元同僚に知らせようとしたが、その前に呼び出し音が鳴る。ハットンからだ。

「ちょうど電話をかけようとしたところだ」と告げる。

「なあ、カール、すまんが昼食はキャンセルだ」ハットンが言う。

「当ててみよう。また殺人事件だろ？」冗談のつもりだったし、ハットンは〝はずれ〟と答えるのがお約束だ。だが、口にしたとたん、冗談に聞こえないことをシュローダーは察した——電話を通して伝わってくるハットンの不機嫌さが、最悪のシナリオを示しているし、そもそも人の死は笑いごとではない。早くも自分の軽口を後悔する。

「ああ、今朝、死体が発見されたんだ」ハットンが言う。

「なんてこった」

「いや、少なくとも今回の被害者は悪党だ、カール。だから、べつに気の毒に思うことはない」

そういうことなら、シュローダーはこれっぽっちも気の毒に思わない。この世から悪党がひとり減った。なぜその死を惜しむ必要がある？

「詳細は？」シュローダーはたずね、窓の外へ目を向けて、交差点を見下ろしている選挙看板を見つめる。シュローダーが今年できなかったことを——現職の維持だ——やりたがっている現首相の看板。この選挙ポスターによれば、彼に投じる一票は、ニュージーランドの将来への一票になるらしい。ただし、それがよりよい将来なのか、より悪い将来なのかは明記していない。首相はいかにも自信に満ちた男に見える。世論調査の結果を見れば、自信を持っていいとは思えないのだが。選挙は数カ月後だ。シュローダーはだれに投票したものか決めかねている——ドライバーの気を散らすような選挙看板を交差点にたくさん立てていない候補者に入れようかな。

「すまん、カール。口外できないのは知ってるだろう」

「いいじゃないか、ハットン……」

「言えるのは、たちが悪い事件だってことだけだ」

「どうたちが悪いんだ？」

「あんたが考えてるようなたちの悪さじゃないよ。とにかく、話せるようになったら話すから」

「今夜、一杯どうだ？」シュローダーは水を向ける。

「なんで？　あんたのテレビ番組用におれから情報を引き出す算段か？」

「大衆は超能力を信じてるって言ったのはおまえじゃなかったか？」

「話せるようになったら電話する。じゃあまた、カール」彼はそう言って通話を切る。

シュローダーは携帯電話を助手席に放る。表紙に『死者を探す』のイラストが書かれたファイルの横へ。ハットンが言ったのはどういう意味だろう。犯罪の多発している街で〝たちの悪い〟と言わしめる事件はどれぐらいひどいものだろう。

昼食の約束がキャンセルになったので、まっすぐテレビ局へ向かう。彼は、誇りを捨てたくせに、自分は魂を売ったのだという重苦しさを持ちつづけている。雨のなかへ足を踏み出し、ジョナス・ジョーンズと話をするためにテレビ局の建物へと入っていく。

8

面会室にひとり座ったまま残されてから数分後、ようやくアダムとグレンが入ってくる。

「おまえが決めろ」アダムが言う。「もうすぐ弁護士が来ることになってる。このままここで三十分ほど待ってもいいし、おれたちが房へ連れて帰ってやってもいい」

どっちだって同じ。大差ない。ちがいは、ここのほうが少し広いのと、ほかの囚人たちの声を聞かずにすむってことだ。「ここで待つよ」

アダムが首を振る。「わかってないな」

「なにが？」

「おまえに選択権はないってことがだよ。今日はすでにテストで失敗したらしいな。なのに、また失敗だ。ほら、行くぞ」

ふたりはおれを居房へ連れ帰る。ドアをいくつか通り、ほかの看守たちやコンクリートの壁、コンクリートの床を通り過ぎて、日差しも逃げ場も未来もない場所へと。房に着くまで、やつらがおれをからかいやがる。まあ、どっちかっていうと無害なお楽しみだ。弁護士にここから出してもらったあと、おれがやつらに与えてやるお楽しみに比べたらね。不当に逮捕されたとき、おれの味方になりたいって連中からオファーが殺到した。おれの弁護をしたがる弁護士どもからだ。それによって得られる名声とその後の弁護依頼が狙いさ。おれの裁判はわが国でかつて類を見ないほど注目を集めることになるから、弁護を担当すれば有名になるだろ。弁護費用なんておれには払えないのに、そんなことは関係なかった。最初の担当弁護士の名前はガブリエル・ガベル。四十六歳。〈ガベル・ワイリー・アンド・デンチ〉のパートナー。ちょっと残念な名前だってことは置いとくとして、おれの弁護士になって六日後、ガベルに殺害の脅迫状が届いたことが公表された。それでも彼はおれの弁護士でいつづけたが、その六日後には地球上から忽然《こつぜん》と消えちまった。

そのあと、別の弁護士がおれの弁護をするチャンスに飛びついた。どういうわけか、ガベルの失踪でおれの事件がますます有名になってたんだ。またしても六日後には殺害の脅迫が大量に届きだした。今度の弁護士は、たんに消えちまうんじゃなくて、頭をハンマーで叩きつぶされた死体となって立体駐車場で発見された。警察が犯人捜しに本腰を入れたのかどうかは怪しいもんだ。警察署の会議室に特別捜査本部が設置されたり、活発に捜査案が出されたとは思えないし、超過勤務が行なわれたとも思えない。捜査員のだれかが睡眠不足になったなんてことはないだろう。

もう、おれの味方になりたがる弁護士なんてひとりもいなかった。裁判所から任命された弁護士がつくと、殺害の脅迫はなくなった。その弁護士は、おれの弁護などしたくないが選択の余地はなく、そのとおり公言した。担当になった弁護士がつぎつぎと殺されれば、おれの裁判は行なわれない。市民は、担当の弁護士がまた殺されることよりも裁判が行なわれることを望んだんだ。

その後、弁護士の接見を受けたのはほんの五、六回。おれを嫌ってるんだ。やつにはおれのことをもっとよく知ってもらう必要があると思う。裁判はあと何日かで始まる。収監されて十二カ月も経つと司法手続きが停止しちまったように思えたけど、ようやく、ゆっくりと進みだすんだ。司法の車輪がさ。

シュローダーの申し出について考えるうち、おれも年貢《ねんぐ》の納めどきかなと思う。おれには、この房、この区域以上は望めないってことか。五万ドルあれば人生が少しはましになるかな。これ以上悪くなるってことはないはずだ。ふたりの看守が収容区域のドアを開けておれを通す。居房のドアはすべて開いてて、この区域に収容されてる三十人全員が自由にうろついてる。空間の許すかぎり、つまり、そう遠くへは行けないけどね。おしゃべりしてもいい。共用区域に座ってカードゲームに興じたり体験談を披露し合ってもいいし、だれかの居房にこっそり入ってファックや喧嘩をしてもいい。おれが自分の居房に座って天井を見つめてると、不意にだれかの気配がする。

「なんだってあんたはそんなに人気者なんだ？」サンタ・ケニーがたずねる。ドアロの壁に寄りかかってやがる。おれはおしゃべりしたい気分になったためしなんてないし、いまだって例外じゃない。質問を無視してると、しばらくしてケニーのやつが別の質問をする。

「あいつら、なにが望みなんだ？　まだあんたに罪があるように見せようとしてるのか？」

おれはロマンス小説の片方を手に取る。もう二回も読み通してるけど、ほかにこれといってやることもない。時間つぶしにしようと思って、いまはうしろから読んでるんだ。末永く幸せな結末が崩壊して、腹筋とくっきりした顎を持つ男と、美しい髪とみごとなおっぱいを持つ女がだんだん離れて、出会う前に戻るのがおもしろい。

「世間の連中にはわかんないんだ」サンタ・ケニーが言う。「連中はおれたちを見る。街じゅうが被害妄想みたいになってるから、おれたちを見て、その責任をなすりつける標的にしやがる。真犯人を見つけることができないくせに、おれたちに憎しみを向ける。償《つぐな》う人間が必要だからだ」

おれは本を置いて彼を見上げる。「おれたちに罪があるように見せようなんて、頭がいかれてる。だいたい、つかまったときにサンタ服を着て盗んだ車に乗ってて、その車のトランクに八歳の男の子を閉じ込めてたからって、なにも意味しない」

「そのとおり」サンタ・ケニーが言う。

「それに、四月だったってことも、なんの足しにもならない。目立っただけさ」

「そのとおり。じゃあイースターのころにサンタ服を着るのは犯罪かっつうの」

「そんなばかな。クリスマスにイースターバニーの格好をしたら犯罪か？」

「それに、トランクに子どもがいるなんて、おれにわかったはずないっつうの」

「そうともさ」

「車だって、盗んだんじゃなくて自分のだと思ってた。似てたんだ。だいいち、暗かったんだぜ。まちがいなんて、だれだってやるだろ」

「暗いと、なんでもちがって見えるからな」

「言いたいのはそれだよ。あのガキは、おれが連れ去り犯だと思ってるけど、目隠ししてやったのになんでわかる？」

「まったくだ」おれはあいづちを打つが、この会話は前にもしたことがある。それも一度や二度じゃない。五万ドルの一部をだれかに払って、こいつを永久に黙らせてもらうってのもありだな。

「カードゲームでもどうだい？」彼がたずねる。

「またあとで」

ケニーは肩をすくめる。〝あとで〟ってのは彼にとっちゃ侮辱の言葉なのかね。「あと二十分で昼食だ」そう言って、ふっと立ち去る。おれはまたロマンス小説を手に取る。ページを見つめて、同じ語を何度も繰り返し読む。男と女が恋に落ちる話をおれが物するとしたら、本当のロマンスを書くだろうな。おれとメリッサの恋みたいな話をさ。メリッサに会いたい。ものすごく。

ふたりの看守が来て、またおれを連れ出す。こいつら、今日は本当におれが好きらしいな。

「朗報だ」アダムが言う。

「おれは家へ帰るのか？」

「ほら。ほんと、おまえは察しのいいときがあるよな」

ふたりがおれをまた収容区域の外へ連れ出す。ひねくれてはいるが、決まりきった日常が破られて感謝してる。裁判が始まることだし、向こう数日はこんな調子だろう。一ヵ月前と、その一ヵ月前、さらにその数ヵ月前は、どこを切り取ってもまったく同じ。起床。なにかを見つめる。食事。またなにかを見つめる。そして消灯。来週には陪審の前に引き出される。有罪評決が出るはずがない。おれはジョーだ。みんな、ジョーが大好きだ。

さっきと同じ面会室に入れられる。弁護士がすでに待ってる。テーブルにブリーフケースを立てて置いてやがるから、一瞬、ナイフがいっぱい入ってるんだろうかって思う。五十代後半。ほどよい年齢だ。生意気に見えるほど若くないし、これまでに得た経験と知恵ともどもクリスマスまでに棺桶《かんおけ》に放り込まれるほど年老いてもない。名前はケヴィン。おれには絶対に縁のなさそうな高級スーツを着て、吐き気を起こさせるコロンをつけて、おれが絶対に手を出したくない肥満の女房がいる。ブリーフケースのふたの内側にはさんだ女房の写真は、ブリーフケース本体と同じ重さがあるにちがいない。

看守がおれを手錠で椅子につなぐ。そして出て行く。

「きみにいくつか知らせを持ってきた」ケヴィンが言う。

「いい知らせなんだろ？」

彼は首を振り、眉間にしわを寄せる。「よくない知らせだ」

「まずはいい知らせを聞こうか」

「えー……わかってないようだな、ジョー。よくない知らせ、いや、悪い知らせだ」

「じゃあ、悪い知らせから聞こう」

「検察からきみにある提案がある」

「それはいい知らせだ。釈放するってんだろ？」

「ちがうよ、ジョー。そうじゃない。訴訟の迅速化、税金の節約、本件訴訟が大騒ぎになるのを避けるべく、仮釈放なしの終身刑をきみに提案している。死刑に対して賛成あるいは反対を訴える連中が通りを占拠する事態を避けようとしているんだ」

「死刑？　意味がわからないな」口ではそう言ったものの、あいにく意味はわかってる。

「それが悪いほうの知らせだ。あとで説明するよ」

「だめだめ、いますぐ説明しろ」両手を振りたいところだが、できない。「どんな話なん

「あとで説明すると言ってるだろう。その前に、もっと悪い知らせだ。心神喪失を訴える作戦に問題が生じた」

「どんな問題？」

「ベンスン・バーロー」

「それはだれ？」

「検察がきみに面会させた精神科医だ。まだ正式な報告書は提出していないそうだが、私に知らせてくれてね。状況はきみにとってひじょうに不利だ。要するに彼は、きみが心神喪失を装っていると証言するつもりなんだ」

「おれの言葉とやつの言葉の対決になるのか」

「なあ、ジョー、法廷で争ってもいいが、勝ち目は薄いだろう。バーローはきわめて名高い精神科医、きみはきわめて悪名高い連続殺人鬼だ。どっちの言葉に重きを置かれると思う？」

「おれのだ。精神科医を好きなやつなんていない。ひとりもね」

「心神喪失を訴える作戦だということは承知している。だが、それには問題がある。きみの担当になって以来ずっと言いつづけているだろう――有効な弁護方針ではない、と。正気でなければ、長年にわたって女性を何人も殺害しながら尻尾をつかまれずにすんだはずがないんだ」

シュローダーが同じようなことを言ってた。「じゃあ、なんにも覚えてないのはなんでだ?」おれは言う。本当は、殺した順にひとりひとり、女どもが顔に浮かべた恐怖の表情、血、セックスを覚えてるけどね。いちばん覚えてるのはセックスだ。楽しい時間。「あんたの言いかたは、おれが有罪だって思ってるみたいだ。それでもおれは裁判をやりたい。さあ、さっき言ってた死刑ってのはなんだい?」

彼がネクタイをまっすぐに直す。それで、山ほどある殺しかたのなかで、だれかをネクタイで絞め殺した経験はまだないなって気づく。やることとリストに書いておこう。「それが問題なんだ、ジョー。きみがここに収監されてから、世のなかの事情が変わってね。ある意味、きみが引き起こしたってことだが。国民はクライストチャーチの来しかたをよく思ってなくて、きみは言うなれば、その象徴にされたんだ。なぜこんなことになってしまったのかを追及するうち、きみに目をつけた。国民投票が行なわれる。政府は九百万ドルもの税金を注ぎ込んで、死刑制度復活の是非を問うつもりだ」

おれは鼻から大きく息を吐き出す。まあ、鼻で笑うに近いな。そのニュースならテレビで観たけど、国民投票なんかでなにかが決まるもんか。でたらめだ。

「選挙人名簿に載ってる全員に投票用紙を送付するそうだ。政府は国民の意見を聞きたがってるし、十九歳以上ならだれでも意思表明の機会が与えられる。きみには正直に伝えよう。いまの世情から考えると、きみにとってはよくない知らせだ。だから検察はきみに提案を持ちかけている。いまのうちに有罪答弁取引をして終身刑の提案を受け入れろ――」

「でも、おれは無実だ！」

「もう一度言う。そうしなければ、検察は死刑を求刑することになる」

「でも、国民投票で……」

「聖書を読んだことはあるか、ジョー？」

「うしろに載ってるレシピだけね」

「目には目を」彼はおれの返事を無視して続ける。「この国民投票はそういうことだ。死刑制度の復活案は可決される。それは確実だ。死刑が復活すれば、きみは絞首刑になる」

「絞首刑？」

「それがこの国の処刑方法だったんだ、ジョー。かつて、この国では死刑囚を絞首刑に処していた。一九五七年を最後に実施されていないが、もしもこの提案を飲まなければ、きみは〝クライストチャーチの切り裂き魔〟としてだけではなく、死刑制度を復活させた男としても歴史に名を残すことになる」

「でも――」

「話を聞け、ジョー」彼の口調は、おれが子どものころに聞き慣れたものと同じだ。その口調はあのころだって嫌いだったけど、いまも嫌いだ。「話を聞け。政府は絞首刑を復活させたがっている。わかるか？　それが文明化された市民社会を取り戻すための唯一の道だと考えている。今年は選挙年だ。政治家連中は有権者の意見に耳を貸す。国民が賛成すれば死刑復活法案を可決するかという質問ばかり受けて、票が欲しいがためにイエスと答えつづけている。国じゅうが地雷原みたいなものだ。きみはこの提案を受け入れるべきだ。きみの命を救うにはそれしかないという私の意見に耳を貸すべきだ」

「ここから出してくれれば命を救えるだろ。おれがやったことは自分でもどうしようもない。おれの責任じゃない。薬物治療とカウンセリングを受ければ……」

彼が指でテーブルを打ちはじめる。小指から始めて親指まで順に打つってことを何度も繰り返す。「話を聞けと言ってるのに、聞く耳なしだな」

「はあ？」

「もっと簡単に言おう。きみは」彼は指を打ちつけるのをやめる。だれのことを言ってるのか、おれにわからせようとして指を突きつけるためだ。「完全に。出口なしだ」言葉を句切るたびに指をぐいと突きつけやがる。「だから、提案を受け入れて、警察が知りたがってることを残らず供述しろ。メリッサについて、カルフーン刑事を埋めた場所について。この街でいとわしい裁判が行なわれる事態を回避しろ。さまざまな抗議集会が開かれることになる。市民の半数はきみを殺したがってるが、半数はきみを永久に刑務所に入れておきたがっているだけだ——だが、街じゅうがきみを憎んでいる。状況はまずい。この街にはきみを支援する者なんていない。陪審員のだれひとり、きみの味方などするものか」

「終身刑なんてごめんだ。二十年も服役できない」想像してみる。五十代になったおれ。父さんみたいに後退した生えぎわ。車を盗む。気の合わない相手をトランクに押し込む。腰痛に関節炎も少々。片手にナイフを持って忍び足で階段を上がる。杖が必要。おれが訪ねたい二十五歳の女が毎年新たにこの世に登場する。そのなかのひとりと浴室で充実した時間を過ごし、シンクに抜け毛を残す。かつて女たちは恐怖の色を浮かべた目をおれに向けたもんだ。二十年後、女たちはどんな目でおれを見るだろう？　おもしろがってる目か？

「承知できない」おれは言う。「裁判を受けたい。少なくともチャンスがある。懲役二十年でも死刑でも大差ない。十八年目に獄中死したらどうなる？　無駄死にじゃないか。そんな提案は断わりたい」

おれがしゃべってるあいだ、ケヴィンはゆっくりと首を振りながら、こめかみのあたりを掻いてやがる。しみひとつないスーツの上着にふけがいくつも落ちる。「ジョー、きみはわかっていない。本件の場合、終身刑は〝終生〟だ。二十年ではない。三十年ではない。二度とこの塀の外へ出られないということだ。この話を受けろ。さもないと、きみは一年以内に絞首刑だ」

「死刑復活案が可決されれば、だろ」

「理論上はどっちに転ぶこともありうる。だが、否決はない。可決されるよ。ま、決めるのはきみだ。二十四時間やるから決めてくれ」

「検察はなんだって無実の人間にこんなまねができるんだ？」

弁護士はため息をついて椅子に背を預ける。自分の将来に対する危惧《きぐ》はみじんもない。いらだってるようだ。さっきからテレビのチューニングをしようとしてるのに、合わせることができないって感じ。

「二十四時間も必要ない。おれは無実だ。陪審がそう判断するよ」

「ジョー――」

「病気だからって理由で有罪にできないだろ。おれはそうだった。病気だった。こんなの不当だ。人権侵害だ。とにかく、検察の提案は断わってくれ」

「きみに選択肢はないよ、ジョー。逮捕時にあの拳銃を所持していたこと、自宅に例のビデオテープがあったことから、きみに選択の余地は残っていない。裁判はただの見世物だ。陪審の選別こそまだ行なわれていないが、評決はとうに決まっている。全世界がすでに判断を下している。この提案を拒否すれば、きみは一年以内に絞首刑だ」

「終身刑になるぐらいならそのほうがましだ。こっちの精神科医をよこしてくれ。診断してもらう。証言台に立って、ベンスン・バーローの野郎が言うことすべてに反論してもらうんだ」

「いいか、ジョー。最後にもう一度だけ言うが、そういうふうには運ばない」

「提案を受け入れるつもりはない」

「わかった」

「ほかに言うことは？」

「たとえば？」

「わからない。励ましの言葉とかかな。あんたがやってるのは、おれに悪い知らせを届けることだけみたいだ。おれをがっかりさせようとしてるだけみたいだ」

「きみが提案を拒絶する意向だということは検察に伝えよう」彼は腕時計をちらりと見る。

「弁護側の精神科医とは明朝九時に面会だ」おれが時間を忘れたみたいじゃないか。「しくじるなよ」

「しくじるもんか」

「それはどうかな」彼は言い、席を立ってドアをノックし、面会室を出て行く。

9

メリッサはその家の前に車を停めて二分ばかり玄関ドアを見つめ、印象をまとめる。いかにも中流階級が住みそうな通りに建つ典型的な住宅。築二十年か三十年。レンガ造り。近所の家々に比べて少し伸びすぎた庭の草。こぎれい、温かい、住みやすい、うんざり。ワイパーを止めるとフロントガラスの雨水が厚くなり、視界がゆがむ。言いたいことは、ここへ来るあいだに練ってある。あとは、それがうまくいくか確かめるだけだ。

詰め物入りの服《ファットスーツ》に目を向けて、それを着れば役に立つだろうかと思案し、結局は着ることにする。そして、赤毛ではなくブロンドのウィッグをつける。車を降り、新聞紙をかぶって玄関ドアまで駆ける。あの男が玄関へ出てくるかどうか、この家にだれかいるのかどうか、わからない——なにしろ、まだ午後一時だ。二十秒後、もう一度ドアをノックすると、足音とドアチェーンをはずす音が聞こえる。

ドアが開く。開けたのは三十代後半の男。徐々に後退しているらしい黒髪。ひげは、頰のあたりは黒いが、顎のあたりは白いものが混じっている。コーヒーのにおい。青白い皮膚――まるで、今年もその前も、夏じゅう屋内で過ごしたみたいに。裾を出した赤いシャツ、ブルージーンズ、安物の靴。メリッサは安物の靴をはく人間が嫌いだ。貧しさの表われだから。早くも彼女は、ここへ来たのはまちがいだったと悔やみはじめている。

「なんの用だい？」男がたずねる。

「ミスタ・ウォーカーですね」質問ではなく断定。シュローダーのファイルでウォーカーの写真を見ている。

「あんたは記者か？　もしそうなら、帰ってもらって結構」

「わたし、情報のかけらを探してお宅のゴミ箱をあさったようなにおいがしてる？」

「いや……」

「じゃあ、記者じゃないわ」

「なら、何者だ？」

「ある仕事の提案を届けにきた女」

当然ながら、彼は面くらった顔になる。「どんな提案？」

「入ってもいい？　お願い。大事な話なの。ほんの数分ですむから。雨のなかで立ちんぼはいやだし、足も疲れてて」

ウォーカーはじろじろと眺めまわしてようやく彼女が妊娠していると気づく。「なんかの販売員？」

「赤ん坊みたいに眠れる機会を売ろうとしてるの」

「ふん。奇跡の薬ってやつを売りつける気だろ」

「そんなところ」

「仕事の提案を装った奇跡の薬か？」

「お願い。少しだけ時間をちょうだい。ちゃんと説明できるわ」

ウォーカーはため息をつき、脇へ寄った。「いいだろう」

「お子さんたちは学校に？」

「ああ」

彼女は濡れた新聞をドアの脇に置く。「じゃ、案内して」

ウォーカーが先に立ち、子どもたちや亡妻の写真が飾られた廊下を通って奥へ行く。彼が前に住んでいた家の写真まである。メリッサはその家へ行ったことがある。一年前、そこでカルフーン刑事を殺した。ジョーがいた。ビデオカメラまで用意していたことはあとから知った。その気になればジョーは狡猾《こうかつ》なろくでなしになる。

「座って」ウォーカーが言い、居間の窓の下に置かれたソファを指さす。「さっさとすませてくれ。産気づいてカーペットを汚されたくない」

冗談のつもりかどうかよくわからないが、メリッサはすぐに、冗談ではないと判断する。妊婦腰を下ろす。ファットスーツには側面にすきまがあって、そこに拳銃を入れている。妊婦がやるように腹をなでると、サイレンサーの先端を手に感じる。ウォーカーが向かいのソファに腰をかける。家具類は新しい。一式全部が。ソファ、コーヒーテーブル、テレビ——すべて、買ってから一年未満のものばかり。ウォーカーは新たな生活を築こうとしている。ただし、生活はずぼらだ。彼女の位置からいま通ってきた廊下が見え、カレンダーが先月のままになっているのがわかる。掃除機をかける必要のあるカーペット——ソファのクッション部分のすきまにポテトチップスのくず。テーブルに複数の空のコーヒーカップと、五十ほどのカップの跡。飲み物を絶対に同じ場所に置かないみたいだ。なにもかもが新しく見える反面、くたびれているようにも見える。ウォーカー本人がくたびれて見えるのと同じだ。

「さて」彼が切りだす。「仕事というのは？」

「奥さんは殺されたんでしょう」

「おい——」

「ジョー・ミドルトンに」

彼が立ち上がりかける。「その話なら——」

「あの男はわたしの妹も殺した」

ウォーカーは腰を浮かせたまま動きを止める。まるで、三日も床に寝るはめにならないうちから腰を押さえようとしている感じ。彼がそのまま立ち上がるのか、また腰を下ろすのか、メリッサにはわからない。と、彼はゆっくりとソファに身を沈める。

「それは……気の毒に」

「妹は決してだれも傷つけなかった。車椅子生活を送ってた」

「新聞で読んだ。あれは……いや、あいつの犯行はどれもひどいけど、彼女にやったことは、なんていうか……とりわけ悪質だ」ウォーカーの口調が同情を帯びる。

「そうね」車椅子の女の事件はメリッサも新聞で読んだ。その女に会ったことはないが、実の妹が殺人被害者なので、遺族の気持ちは想像がつく。いまは遺族になりきって話ができる。うまくいく。

「なあ、つらい気持ちはわかる」ウォーカーが言う。「でも、グループ・カウンセリングに参加する気はない。それは前にも言っただろ。声をかけてくれたことには礼を言う。前のときだって感謝はしてたんだ。でも――」

「あの男を殺すつもりよ」

ウォーカーは目を丸くして彼女を見つめたまま黙っている。このソファは座り心地が悪い。部屋じゅうに子どものおもちゃが散らばり、床の上やほかの家具をごちゃごちゃにするのに手を貸している。これだから、子どもが欲しいなんて一度も思ったことがない。子どもなんて空間を取るし、時間も奪う。ソファの下に入り込んだ小銭を拾わせる役には立つかもしれないけど、それ以上に、部屋を風水学的に最悪の状態にするだけだ。あくびをこらえて腹をなで、話を続ける。

「グループ・カウンセリングの勧誘に来たんじゃないのか？」

「手を貸してほしいの」

「手を貸す？」

「あの男をライフルで撃ち殺して」

ウォーカーは首をわずかにかしげる。「なんで自分でやらない？」

「この体で、だれかをライフルで撃つなんて無理だから。見てよ。それに、ふたりがかりの計画だから」

ウォーカーは彼女をまじまじと見る。「どうやってジョーを撃ち殺すっていうんだ？拘置所へ行って、彼の房へ案内してくれとでも言うのか？」

「ちがう」

「じゃあ、どうやるんだ？　来週、法廷で撃ち殺すつもりか？」

「それもちがう。もっと単純な計画。ライフルも入手済み」

「いいか――」

「待って」彼女は片手を上げて制する。「あんなことをしたあの男には死んでもらいたい。そうでしょ？」

ウォーカーは間髪を容れずに答える。「もちろんだ」

「それを自分の手で実現したくないの？」

「したいさ」

「だったら、実現させてあげる。彼に苦痛を与える手伝いをしてあげる。それに、これをあげる」彼女はブリーフケースを開けてウォーカーに向ける。

「いくらあるんだ？」

「一万ドル」

「そんなもんか？　人ひとりを殺すのに？」

「これは金銭報酬」彼女は言う。「満足感を得ることが報酬よ。あの男はあなたの奥さんを殺した。家に押し入り、衣服をはぎ取って——」

「やめろ」彼が片手を上げて制する。「やめろ。あいつがなにをやったのかは知ってる」

「感じない？　熱のようなものを。体じゅうを駆けめぐる——この熱、この欲求、復讐心。あなたのなかで燃えてるでしょ。夜も眠れないほど深い恨み。あなたの生活を支配し、あなたの生活を破壊してもなお収まらない思い」

「感じるさ」彼が言う。「もちろん感じる」

「わたしは夜中に汗まみれで身震いがして目が覚める。あの男を殺してやりたいって思いで頭がいっぱい。わたしたち、できるわ。いっしょにやってのけられるし、わたしたちがやったなんて、だれにもわかりっこない」

彼は首を振る。「おれはあいつが憎い。本当だ。でも、あんな男のために人生を棒に振りたくない。ひとつでも手ちがいがあれば、ふたりとも刑務所行きだ」

「なにも手ちがいなんて起きない」彼女は言うが、すでに手遅れ――熱心に売り込みすぎた。そんなつもりじゃなかったのに。ウォーカーが手を貸したくなるように仕向けるつもりだった。姿を見せて〝ジョー・ミドルトンを撃ち殺したい〟と告げ、ウォーカーに〝話に乗った――計画を教えてくれ――どんな計画でも、おれはやる〟と言わせたかった。最初の考えがベストだったのかもしれない。だれかに金を払ってやらせるって考えが。遺族のだれかにやらせるのが得策だと思った。それなら、ライフルと計画を提供すればいいし、結果も提供してやれる。ふたりがかりの計画を単独計画に変更せざるをえないのかと心配になりはじめる――だが、単独計画は頭にない。

「復讐したくないの？」とたずねてみる。

「もちろん、したいさ。だが、刑務所送りになる危険を冒してまでやりたいわけじゃない。悪いな。子どもがいるもんで」

「じゃ、手を貸してくれる気はないのね？」

彼は首を振って、その気はないと示す
メリッサはブリーフケースを閉じて立ち上がり、腹をなでる。「失礼する前に、ひとつ教えて。さっき、グループ・カウンセリングとか言ったわね」

「カウンセリング・メンバーのなかから協力者を探せるって考えてるのか？」

「当たってみる価値はあるでしょう」

「毎週木曜日の夜に集まってるグループだ」

「木曜日？」

「そう。今日だ。殺人被害者の遺族や友人たち。おれは参加したことはないが、聞いた話じゃ、あの男のせいで苦しんでる人もたくさん来るらしい。選び放題だぞ。志願者が多すぎて、断わらなきゃならないだろうよ」

「場所と時間は？」

「七時半から。コミュニティホールに集まるんだ」

「どこの？」

「知らない。この街のどこかだろ」

「警察へ行く？」

「とんでもない。成功を祈ってる。本当だ。だれかにあの人でなしをぶっ殺してもらいたいと思ってる。ただ、おれがやるわけにはいかない。悪いな」

メリッサは玄関ドアへ向かう。ウォーカーがついてくる。ジョーがこの男について言ったことを思い出す。〝よく女房を殴ってた〟。奥さんがドアにぶつかるたびにトリスタン・ウォーカーが居合わせることをつきとめたのがカルフーン刑事だった。

DV夫なんて最低。

「本当に手を貸す気はないのね？」彼女はそう訊きながら濡れた新聞を手に取る。

「おれのことは放っておいてくれ」ウォーカーは彼女に言う。

メリッサは腹をなでつづけながら通りへ足を踏み出す。本人の希望どおり、トリスタン・ウォーカーを放って。

10

テレビ局の空調は季節ひとつ分遅れている。少なくともそう聞かされたし、現にそのとおりだとシュローダーは思う。エアコンはまだ冷気を吐き出している。きっと、春から夏へ変わりはじめるころにようやく暖かい空気を送り出すのだろう。このテレビ局は主要ネットワークのひとつの傘下にあり、ジョー・ミドルトンがニュースに取り上げられはじめたのと同じころに設立された。それまで主要局はオークランドに集中しており、この街の地元局はひとつだけだった。それが突然、クライストチャーチが犯罪の中心地となり、記者連中が常駐したがる街になる。プロデューサー連中が犯罪番組を作りたがる街にもなった。シュローダーは以前、ある男から、治安が悪化《スリップ》してクライストチャーチが地獄と化すにつれて、この街までの飛行にかかる時間（スリップには、航空機を前進させながら横滑りさせるという意味もある）が長くなるという屁理屈を聞かされたことがある——さらに、このところの気温が決定打になる。

エレベーターに乗り込む。エレベーター内には音楽が流れている。こんなものを好むやつがいるとは思えないクラシック音楽。まず彼が嫌っている。いや、ここにいるのがいやだから、この音楽が気にくわないだけかもしれない。もうひとり乗り込んできて横に並ぶが、ふたりともまっすぐ前を見つめたまま、努めて言葉を交わさない。腹が鳴り、朝食を抜いたこと、昼食も抜くはめになりそうだということを思い出させる。四階で降りて通路を進み、メイク室、カフェテリア、並んだオフィスの前を通ってジョナス・ジョーンズのオフィスへ行く。放送スタジオは三階だ。それより上にいることにジョナスはある種の満足感を覚えるのだろうか。

ノックはしない。霊能者を訪ねるのにノックなど必要ないと思う。ドアを開けて入る。ジョナスはデスクに向かって座り、脱いだ靴をみがいている。

「ああ、戻ってくれてよかった」ジョナスが言う。

シュローダーとしてはよろしくない。刑事の職を失ったのには理由がいくつかあり、そのひとつがジョナスだ。シュローダーは去年までだれも殺した経験がなかった。人を殺したという悪夢は、ジョナスに銃弾を何発か撃ち込んでやっても少しも悪化しないにちがいない。

「やっと話した」シュローダーは言い、デスクをはさんで向かいに腰を下ろす。両足をデスクに上げたくなる。このオフィスには、著名人と会っているジョナスの額入り写真が何枚も飾られている——多数の俳優、数人の作家、地元の人気者が何人か。著書のサイン会でのジョナス自身の写真も何枚かある。そのなかの一枚が現首相のためにサインしている写真なので、シュローダーは現首相に投票しないと心に決める。

「それで？」ジョナスがたずねる。「それとも、私をじらすつもりか？」

「考えてみる？　考えてみるそうだ」

「考えてみる？　冗談じゃないぞ、カール。子どもの使いじゃあるまいし。二万ドルを提示しただろうな？」

「もちろん」

「彼はいくらまで釣り上げた？」

「五万だ」

「五万は大金だ」ジョナスが言う。シュローダーはジョーがさっき言ったことを思い出す。サリーに五万ドルの報奨金が支払われたことについて。去年ジョーの逮捕に至ったのは捜査の賜《たまもの》であり、サリーもひと役買った。サリーの働きは、報奨金をもらうに値するほど大きかったか？　そんなことはない。シュローダーに言わせれば、答えはノーだ。だが、シュローダーの懐《ふところ》が痛むわけじゃないし、彼女に支払われるのを見て満足だった。その時点で大きく宣伝されもした。今後は報奨金の設定される事件が増えるだろう。その種の金が支払われることがわかれば、市民は悪事を働いている連中の名前を進んで提供するようになる。すべて〝犯罪は報われない　警察に協力すれば報われる〟という新たなキャンペーンの一環だ。

「そう、五万は大金だ」シュローダーは言い返す。

ジョナスは手を止めて数秒ばかり彼の顔を見つめたあと、また靴みがきに戻る。「十万の予算を取ってある」靴はすでにぴかぴかなのにまだみがいている。「想像つくか？　われわれがロバート・カルフーン警部の死体を見つけたらどうなるか？」

シュローダーは想像をめぐらせてばかりいるし、そのせいで胸が悪くなる。「あんたが持ってると言いつづけてる霊能力をなぜ使わないのかわからん」それは前にも指摘し、今後も口にしてやる。前にジョナスが説明したにもかかわらず。そうやって、シュローダーなりに、霊能力などでたらめだってことはお見通しだと毎日ジョナスに思い知らせている。

ジョナスは手のなかで靴をまわして眺めている。いや、ぴかぴかの革に映る自分の顔を眺めているのだろう。「霊能力はそんなふうに働かない。もしそうなら、世界じゅうの霊能者がナンバーくじを当てているはずだ。現われては消えるし、だれに対しても働くわけじゃない。カルフーンにも試しているが、なにも感じない。われわれが読み解いている世界とは領域がちがうんだ――確実かつ迅速なルールなどない。探り探りやっていくしかない――」

「わかったよ」シュローダーは片手を上げて制する。自己嫌悪は頂点に達すれば治まるだろうか。それとも、このまま上昇しつづけて、酒の手を借りざるをえなくなって家じゅうの鏡を割るはめになるのだろうか。

「いや、きみはわかってない」ジョナスが言う。「この先も理解することはない。霊界の住人のなかには話題にされたくない連中もいるんだ、カール。きみは理解したくないからわからないんだ」

「とにかく、おれが理解しようがすまいが、申し出はジョーに伝えた。返事は明日だ。いちばん骨なのは、彼が金を欲する理由を与えることだよ」

「金を使えば、塀のなかで保護を得ることができる」

「保護ならすでにされてる。やつは、保護の必要な連中ばかりが収容されてる区域にいる」

「なるほど。じゃあ、金を使って、もっと腕のいい弁護士を雇うことができる」

シュローダーは彼に笑みを見せる。「そうかもしれん。だが、やつの弁護をしたがった弁護士どもがあんな目に遭ったんだ。依頼を引き受ける弁護士がいるとは思わない」

ジョナスが靴をみがくのをやめてシュローダーの顔を見つめる。「じゃあ、ほかにどんな申し出をすればいいと思う?」いらついている口調だ。

シュローダーは肩をすくめる。彼にもよくわからない。「やつが申し出を受けるか拒むかだ。タイミングと状況を考えると、いまは遺体を発見されたくないだろうな」

「とにかく、われわれに話すメリットに彼が目を向けることを願おう」

「やはりまちがっている」シュローダーは言う。「こんなやりかたは」

「ただでさえ彼の起訴罪状は多い。それに、彼がカルフーンを殺してないのは周知のことだ。お膳立てしてメリッサをはめたかもしれないが、彼はメリッサを殺しちゃいないし、カルフーンを縛り上げてもいない。返事はいつ聞きに行く？」

「明日の同時刻に」

「わかった。それで結構だ」彼は靴を置いて椅子の背にもたれかかる。「契約成立手当はなにに使うつもりだ？」

自分でもわからないので、ジョナスにたずねられたくなかった。契約成立手当は一万ドル。ジョーがこの取引に応じればもらえることになっている。ジョーは五万ドル、シュローダーは一万ドル。ともに、殺された刑事をネタに得る金だ。右肩上がりの自己嫌悪が天に届きそうだ。「わからない」いや、わかっている。妻はまるで殺人報奨金のように思うだろう。彼はすでに寄付する先をいくつか考えている――いざ小切手を手にしたら寄付する気になるかどうか怪しいが。

「なにか使い道を考えているはずだ」ジョナスが言う。「家族を食事に連れて行ってはどうだ？　休暇旅行とか？　新車を買うとか？」

「そうだな。それか、住宅ローンに現金注入するかもしれん」

ジョナスが声をあげて笑う。「かなりの額のボーナスだ。計画どおりにことが運べば、今後もボーナスが出るかもしれん」

シュローダーは返事をしない。最近は自分の将来を考えるのがたまらなくいやなのだ。

「教えてくれ、カール。今度の国民投票をどう思う？」ジョナスが話題を変える。

「いいことだと思う」シュローダーは、ジョナスに深入りすることになるボーナスから話題がそれてほっとする。

「きみは死刑に賛成なのか？」

「そういう意味じゃない」だが、賛成票を投じるつもりだ。「国民の意見を求められるのはいいことだという意味だ」

「同感だ。どんな噂を聞いたか知ってるだろ？」

「えっ？」

「ジョーに有罪評決が出れば、検察は死刑を求刑する意向らしい」

「その噂なら聞いた」シュローダーは言う。べつに極秘の情報ではない。「だから、五万ドルが役に立つと説得するのがむずかしい。あいつはどのみち死刑になるんだから」

「それはどうかな。仮に国民投票で賛成の結果が出たとしても、死刑が執行されるまで何年もかかるかもしれない。十年先になる可能性もある。もっと先の可能性も。それだけ時間があるんだから、金は役に立つはずだろう」

シュローダーはうなずく。同意したくないが、ジョナスの言うとおりだ。

「それがひとつの切り口になると思うだろう？」ジョナスがたずねる。

「どんな切り口に？」

「いまはまだわからん。だが、ジョーが処刑されれば、番組的にはおもしろいかもしれない。仮に国民投票で賛成の結果が出て死刑制度が復活し、政府が見せしめのためにジョーを一、二年以内に処刑するとしよう。それを使えると思うか？　なんらかの形で、うちの番組で？　ずっと考えてるんだが、ジョーの犠牲者がほかにもいて、ほかにも死体があるのなら、ジョーにしゃべらせればいいんじゃないか。なんとかして。そうなれば――」

「そうなれば、やつの処刑後、あんたがやつと交信して、やつが遺体のありかを教えるって筋書きか？」

「そんなところだ。まだ決めてないがね。具体的には。筋書きの一部ははっきりしてる。可能性を感じる。いまはまだ考えをまとめようとしてるところだ。どんな申し出をすればジョーが受け入れるかわからない。だが、なんとかしよう。とにかく、きみにもっと多額のボーナスを出せるかもしれない。どう思う？」

シュローダーはジョナスに本心を打ち明けないことにする。そこで、彼に調子を合わせる。「きっとうまくいくよ」

「私もそう思う」ジョナスが言い、口を横へ広げるようにして笑みを浮かべる。また靴をみがきだす。「教えてくれ。今朝の殺人についてなにか聞いてるか？」

「たぶん、あんたのほうがたくさん噂を聞き込んでるよ」

「被害者は胸に二発くらったらしい。プロの手口と考えられるそうだ」

「ほら、あんたのほうがくわしい」

「現時点ではな。だが、きみの能力をもってすれば、もっと探り出すことができるだろう。番組で使える材料があるかもしれない。調べてくれるか？　知り合いの刑事の何人かに電話をかけろ」

問題は、シュローダーがテレビ局で働きだして以来、知り合いの刑事たちが仲良しではなくなった点だ。「手は尽くしてみる。一時間後には現場入りなんだ」

「その前に昼食でもどうだい？」ジョナスが言い、靴をはく。「腹ぺこだ」

「もうすませたもので」シュローダーはそう言って席を立ち、エレベーターへ向かう。

11

同じ眺め。同じ声。毎日が前日と同じ。ただ、今週は面会者が引きも切らず、おかげでいつもよりは活気がある。裁判さえ終われば、おれは家へ帰って、二度と収監される心配を——ついでに面会者に会う心配もだ——しなくてすむ。ただ、家へ帰る前に一年か二年、精神科病院に放り込まれることになれば話は別だ。そうなったら、ほかの患者に嚙みつかれることと、パステルカラーの部屋に慣れちまうことを心配しなきゃならない。

居房でひとりで時間が過ぎるのを待つ。ここではそれがいちばんの連れ。おれの拘置所暮らしの経験を要約するとそうなる。いままで、おれをレイプしたり刺し殺したりしようとするやつがひとりもいなかったおかげだな。しばらくすると足を少しばかり伸ばしたくなるから、共用区域へ出て行く。そこで調査をすれば、おれが三十人の無実の男のひとりだってわかるだろうよ。おれはのろまのジョー。自分の欲求の犠牲者《ヴィクティム》。ジョー・ヴィクティムだ。おれは、ペットショップに放火して逮捕され、有罪判決を受けた囚人とおしゃべりして時間をつぶす。ペットショップには猫や犬、小鳥、魚がいた。たくさんの魚たちが。

おれはこの男を殺す方法をずっと考えてる。くそったれの魚殺し野郎。こいつ以上の悪党はいない。

小児性愛者をはじめとする要注意囚人たちがおしゃべりしたり、カードゲームをしてる。くそったれ天気が話題の中心に返り咲きだ。自分の居房へ引っ込んでる連中もいる。その全員がひとりでいるわけじゃない——笑い声のする居房もあれば、うめき声や囁き声、枕を噛んでる音の漏れてくる居房もある。

時間がのろのろと進む。毎日そうだ。死ぬまでこんなところで我慢するぐらいなら絞首刑になったほうがましだって言ったのは冗談じゃない。こんなの、理想の生活じゃないからな。

しばらくすると、おれたちは看守につきそわれて食堂へ行く。収容区域ごとに時間をずらしてすませるんだ。おれたちの割り当ては一時半。昼食は、周期表の元素を少なくとも四十個は含んでるにちがいない食品で作られてる。色も味もない十五分間の口の運動。でも不思議と、いつも満腹になる。トレイは、割って鋭利な凶器にすることなんてできない薄い金属製。テーブルはすべてボルトで床に固定されてる。おれたちが並んで座る長い椅子も。六人の看守が周囲に立っておれたちを監視してやがる。食べ物は水分があるので、みんなの噛んでる音が聞こえる。エドワード・ハンターって名前の服役囚がナイフをしっかりつかんで食べながらおれをにらんでるから、おれはナイフをしっかりつかんで、放火して魚たちを焼き殺しやがった男をにらみつける。だが、そいつをにらみながら、おれはメリッサのことを考えてる。彼女がすごく恋しい。おれたち、最高のカップルになれたはずなのに。

これからなってやる。陪審のおかげで無罪放免になったら。

おれはトレイを持ってケイレブ・コールのテーブルへ行き、隣に座る。両腕、両手が傷痕だらけだ。こいつの顔は、肉体的苦痛をたくさん経験した男のものだ。骨と皮だけって感じ。短期間で一気に体重が減った証拠だ。ま、囚人食なんかじゃ太れないけどね。彼は目を上げておれを見ると、すぐに食べ物に視線を戻す。

「おれの名前はジョー」

沈黙。

「あんたはケイレブ、だろ?」

やはり沈黙。

「で、ケイレブ、おれはずっと考えてたんだ。あんたとおれは友だちになれるんじゃないかって」

「友だちなんぞ作る気はねえよ」彼は食べ物に向かって言う。

「ここじゃ、だれだって友だちが必要だ。十五年もいたんだから知ってるよな?」

「失せろ」友だちづきあいを始めるにあたって、よろしくないお言葉。

「おれたちには共通の友だちがいる。カール・シュローダーって男。そいつがあんたを逮捕した。そうだろ？」

「シュローダーのことは話すわけにいかねえ」彼はまだ食べ物を見つめてる。

「なんで？　あんたを逮捕した男だろ？　馘になる直前に。おれは、あの夜なにがあったか知りたいだけだ。なんかあった。そう確信してるんだ」

「言ったろ。失せろ。わかったな？」

「沈黙を守る義理でもあるのか？」

「おれが一般囚人棟じゃなくてここにいる理由はシュローダーだ」

「そうなのか？　だったらなんで、あいつの親友みたいな態度を取るんだ？」

　彼が食べるのをやめる。ナイフとフォークを置いて、体をひねっておれを見る。失せろっていう最初の願いをまだ叶えてやってないからね。彼はおれのトレイの端に手をかけてテーブルの上から払い落とす。トレイが床にぶつかる大きな音、飛び散る食べ物。食堂にいる全員がおれに注目してる。静まり返ってる。

　相手が女なら、対処方法は心得てる。この場で刺し殺してやるんだ。だが、やつは女じゃない。男だ。それも、おれがまだフライパンで殴りつけても、拳銃で撃っても、背中を刺してもない男。不意に、どっぷり深みにはまっちまったって気がしてくる。

「わざわざ挨拶に来てくれて、ありがとよ」なんて彼が言うもんだから、一気に不安になる。「逮捕されたあと、しばらく入院してたんだ。そのあと、自殺警戒監視がついた。警察はおれが死にたがってると考えたらしいが、確かにあのときはそんな気分だった。だが、いまはちがう。なにしろ、死ぬ前にまだやることがあるからな。かたづけなきゃならねえことが。だから、シュローダーの話をするわけにいかねえ。とにかく、あと二十年はおれにかまうな。二十年経ったらここを出て自分の生きかたを続けるんだから」

「何カ月か前に、自分の生きかたの続きをやったらしいな。あんたの生きかたはほかの人間にとっては好ましくない。だから、あんたはここへ逆戻り」

「からかってるつもりか？」

そのとおり。「ちがう」

食堂内がまたざわめきだす。おしゃべり再開。おれたちは注目の的じゃなくなる。

「いいか、問題は」彼が言う。「あと二十年も生きたとしても、おれが外の世界に戻って会いたいやつらがもうこの世にいないかもしんねえってことだ。だとしたら、二十年も我慢してもなんにもなんねえ。そう考えると滅入るぜ。逮捕されてからずっと、その考えが頭から離れねえんだ。落ち込んじまう。だから自殺警戒監視がついた。別の目的を持とうって思って乗り切った。けど、こんな場所じゃ、選択肢はかぎられてる」

「シュローダーについておれに話すって選択肢もある」改めて教えてやる。

彼が首を振る。「さっき言ったろ、シュローダーのことを話す気はねえって。絶対に。やつのことをしゃべったら、一般囚人棟に戻されちまう」

「ほら、言えよ。彼はなにをしたんだ？」

「おまえを目的にしようかな」

「えっ？　なんで？」

「いま、おれにくっちゃべってるからだ。この何週間か、おまえのことばっか考えてたからだ。街じゅうの人間がおまえのことを考えてる。自分の裁判のことをしゃべれよ。噂はあれこれ聞いてるぜ。心神喪失を訴えるつもりらしいな」

「どんな噂だい？」おれはたずねる。

「おれの娘は殺された」彼が言う。「十五年前に。それは聞いてるか？」

おれは首を振る。自分に多少なりとも関係がないかぎり、ほかの連中にも、そいつらの事情にも、まったく興味はない。

「娘を殺したのは、刑務所に入ってるはずだった男だ。そいつが刑務所に入ってなかった理由を知りたいか？」

おれは首を振る。べつに知りたくないし、考えたくもない。なのに彼は、話を続けろの合図だと受け取りやがる。

「そいつは二年前に少女を痛めつけたくせに有罪判決を逃れたからだ。心神喪失抗弁を利用してな」

おれはゆっくりとうなずく。そりゃいい。最高だ。「つまり、心神喪失抗弁を利用すればうまくいくってことだな」

彼はおれをにらみつける。すぐに、自分のトレイを脇へ押しやり、席を立つ。おれより瘦せてて背も少し低いくせに、背筋がぞっとするような表情を浮かべてやがる。一般囚人棟に入れられても、この男なら生き延びるだろう。

「心神喪失抗弁を利用するな」おれの担当弁護士のつもりか。「だれだって自分のやったことに責任を取んなきゃなんねえ。なのに、医者がしゃしゃり出てきて責任を取らせないなんておかしい」

「おれの犯行だと警察が言ってやがることをおれがやったのは、本当におれのせいじゃない」おれは言って聞かせる。「なにひとつ記憶がないんだ」

「なるほど。利用する気だな」彼はおれに指を突きつける。「心神喪失抗弁。利用するつもりなんだ。おれの娘が殺される原因になった心神喪失抗弁を」

「娘さんはいくつだったんだい？」おれはたずねる。

予想外の質問だろうに、正解を知ってるもんだから、答えようかと迷ってる。「十歳だった」

「じゃあ、おれたちが友だちになれない理由はないな。あんたがおれに協力できない理由、シュローダー刑事がなにをやって職を失うことになったのかを話せない理由はない」

「言ってることがわかんねえ」

「あんたの娘は幼すぎて、おれのタイプじゃないってことだ」

彼が怒りをたぎらせてにらむ理由がわからない。やっかんでるんだな。こっちはあと何週間かでここを出て行くわけだし、向こうはあと二十年もここに閉じ込められる。ここの連中は、そういうことを考えてむかっ腹を立てやがる。

「三日」彼が言う。

「三日ってなにが？」

「三日後におまえの裁判が始まる。だから、三日やる。そのあいだに、おまえを殺すかどうか決める。どうせ二十年もここにいるんだ。おまえを殺してもそれが増えることはねえ。おまえを殺せば減刑されるかもな。考える。すぐに知らせてやる」彼がそう言い置いて立ち去る。

おれは出て行く彼に目を注ぐ。ほかのだれも、やつなんて見てない。おれのこともだ――みんなが自分の食事に戻ってる。おれの食事はすっかり床に散らばってるけど、ケイレブのがほとんど残ってるから、それを食いだす。三日やるって言葉について考え、彼が言ったとおり実行できる可能性はあるかと思案する。三日のうちにおれを殺す。だがおれは、彼を説得する時間が三日あるって考える。ジョーの魅力でしゃべらせてやる。そう考える。

おれはたいがい人生に前向きだからね――だからこそ、みんなに好かれてるんだし。それでも、食事をする両手がちょっと震えてやがる。

木曜日も午後になる。いつもの木曜日と月曜日と同じく、おれに面会者だ。今日はみんながおれを欲してるらしい。来週の月曜日以降は、国じゅうがおれを欲するんだろうな。みんながテレビの前に張りついてニュースを観るんだ。

またしても阿呆コンビの看守がおれを面会区域へ連れて行く。今度の部屋は、午前中に面会者ふたりと会ったのよりもうんと広い。大きな会議室ぐらいの広さがあって、たぶん十二人の囚人とその面会者、さらに何人かの看守を一度に収容できるだろう。今日はほとんどだれもいない。囚人がふたり、それぞれの奥さんと面会してる。子どもたちと。抱擁。涙。一挙一動を監視してる看守ども。ベビーカーに乗せられた赤ん坊がおれをじっと見てる。ふと、子どものいる人生はどんなものだろうって考える。息子ができたら、釣りやボールの投げかた、売春婦と寝て金を払わない方法なんかを教えてやれる。すぐに、おむつ替えや寝不足といったことが頭に浮かぶ。そんな人生を、ほんの数秒だけ考えたあと、おれに会いに来た人物に向き直る。

母さんだ。

母さんは、膝の上でハンドバッグをしっかりとつかみ、部屋の隅でひとりの老人と並んで腰かけてる。年をとったようには見えない。むしろ若返ったように見える。いつもよりましな服装をしてるのは確かだ。それに、いつもより幸せそうだ。愛するひとり息子が拘置所に入ってるからじゃなくて、ウォルトのおかげならいいけど。

おれが向かい側に腰を下ろすなり、母さんは笑顔になる。めずらしい。母さんが笑みを浮かべることができるんなら、おれは宝くじを当てることができる。

「こんにちは、ジョー」母さんは身をのりだす。そのまま抱きしめそうな勢いだけど、なんとか思いとどまって、おれの腕に触れるだけにした。「元気そうね」おれにほほ笑みかけたうえにお世辞まで言うなんて、母さんはどこか悪いに決まってる。脳腫瘍《のうしゅよう》ができてるんだ。それか、脳卒中を起こしたんだ。そっちは元気か、なんて聞かなかった。

「よう、若いの《サン》」ウォルトが言う。おれはウォルトの息子《サン》なんかじゃない――じいさん連中の日常行動のひとつなんだろう。入れ歯をはめ忘れたり、プードルの毛を乾かすために電子レンジに放り込んだりするみたいにさ。おれが返事をしないと、ウォルトは目をそらして、おれの肩先のレンガ壁の構造に興味深いものを見つける。たぶん、前におれが考えたのと同じことを考えてるんだろう。こういう建物は時代を超えて変わらないってことを。

「母さん、会いたかったよ」まあ、リップサービスだ。

「ミートローフを持ってきてやりたかったんだけど、禁止されてるから」

「許可されてると思うよ」おれが言う。

ウォルトはだんまりを決め込んでる。というか、三人とも十秒ほど無言。そのうち母さるんだから。

んが話を続ける。こぼれるような笑みには本当に困ったもんだ。つられてほほ笑みたくな

「わたしたちから、いい知らせがあるの」〝わたしたち〟って言うんだから、おれのこと
でも、おれが釈放になるってことでもなくて、母さんとウォルトのことだ。つまり、母さ
んがウォルトの金玉を蹴りつけて体に火をつけてやったって言うんじゃないかぎり、その
〝いい知らせ〟はおれが聞きたくない知らせってことだ。

「ここにいるのはいやだ」おれは言う。「おれがやったって警察が言ってることを、おれ
はやってない。少なくとも、やった記憶がない。おれは病気なんだ。なんで警察は――」

「わたしたち、結婚するの！」母さんが言う。

「それに、ここには、おれを殺したがってる連中がいる。隔離してもらわなきゃ――」

「信じられる？　結婚よ！　人生でこれ以上いいことなんてある？」母さんがたたみかけ
る。

「あるんじゃないか。おれを殺したい連中がここにいなけりゃね」

「愛し合ってるし、待つ理由もないし。来週、式を挙げる。急だけど、うきうきする！
あんたにも出席してほしいの」

「きみに介添人になってもらえたらと思ってたんだ」ウォルトが言う。

「あら、いい考えね」母がウォルトの腕をつかんで、おれには一度も見せたことのない顔

をウォルトに向ける——〝愛《いと》しそう〟としか表現できない表情だろうな。

ウォルトは腕をつかまれて幸せそうだ。それ以上のことは承知しないからな。

「結婚するのか」おれはようやく母さんの言葉を理解する。「結婚」

「そう、結婚よ、ジョー。月曜日にね。すごく幸せ！」

「出席できないかもしれない」おれは言う。

「刑務所のきまりのせい？　きっと、あんたが結婚式に出られるように手配してくれるはずよ。お願いしてみるから」

「ここから出してもらえないって。見込みゼロ。その日に裁判が始まるんだし」

「完璧ね。どうせ刑務所の外に出るんだから。ほんの一時間のことよ」

「警察は同意しないと思うな」

「そう否定的にならないで」

「おれが釈放されるまで待っちゃどうだい？」

「あんたはどうしていっつも意地悪するの？」

「意地悪してるわけじゃない」おれは言い返す。

「意地悪してるし、上手よね。まんまと成功してる。もうわたしたちの大事な日を台なしにしてる！」

「この子に文句を言わないでやれ」ウォルトが言う。「時間をやれば気を変えるさ。新しい父親ができるなんて、この子も容易に受け入れられんだろう」

母さんはウォルトの言ったことを考えてるらしい。新しく身につけた芸だ。おれがなにを言っても母さんがまともに取り合ってくれたことなんて一度もないんじゃないか。「そうね」母さんはまだ渋い顔をおれに向けてる。

「意地悪してるわけじゃない」おれは繰り返す。「ただ、なんていうか、テレビに出てる連中はおれが有罪だって考えてるみたいだけど、絶対に信じちゃだめだ」ニュースがセールスだってことぐらい、おれにはお見通しだ。不安を売りつけてるだけで、国民感情の反映なんかじゃない。「新聞はどう？　なんて書いてる？」

「知らない」母さんが言う。

「知らない？」

「このところ新聞は読んでないんだ」ウォルトが答える。

「このところニュースは観てない」母さんが白状する。「ニュースは観ないし、新聞は読まない」

「でも、おれがニュースになってんだよ。おれのニュースは追っかけてたはずだ」

「ニュースなんて気が滅入ることばっかり」母さんが言う。

「だから気持ちが滅入る」ウォルトが言い足す。

「ニュースなんて観ない。観るはずないでしょ」

「だって、おれがニュースに出てんだよ」

「でも、それがどうやってわかるわけ？」母さんの口調はそっけない。

「テレビをつけて、イギリスのくだらないテレビドラマ以外のものを観る気があれば、わかるはずだよ」

「そうそう、きみに教えてやらんと」ウォルトが身をのりだす。「ゆうべ、カレンの実の父親が意外な人物だと判明したんだ」

「どきどきしたわ」母さんが言う。

ふたりがしてくれるドラマの話に耳を傾けて情報を頭に入れるうち、かつて飼ってた金魚のピックルとエホバのことを思い出す。あいつらにそのドラマの話をしてやってたことを。あいつら、いまおれが考えてるのと同じことを考えてたのかな。そうじゃないといいな。あいつらがいないと寂しい。記憶が五秒しか続かない、おれのかわいいペットたち――あいつらには死んだ記憶もないんだろうな。

「わたしたちが本当に結婚するなんて、信じられる？」看守が来て面会時間の終わりを告げると、母さんが訊く。

「信じられないよ」おれは答える。それに、信じたくない。

「わしのことを父さんなんて呼ぶ必要はないぞ」ウォルトが言う。「少なくとも、いまはまだ」

「この子も気を変えるわよ」

「もちろんさ。きみの息子だからね」

母さんが立ち上がる。なにかがいっぱい入ったビニール袋を下げてる。ウォルトも倣《なら》って立ち上がる。母さんがおれに歩み寄って抱きしめる。強く抱きつくもんだから、ばばあ専用の香水とばばあ専用の石鹼とばばあのにおいがする。

「彼はあんたの父さんよりはるかにましよ」母さんが小声で言う。「それに、あんたがゲイじゃなくて、ほっとしたわ、ジョー。あんたがやったと警察が言ってることは――ゲイならあんなことしないでしょ」

「その子がゲイなものか」ウォルトが言う。母さんの小声って、彼に聞こえるほど大きいんだ。声をひそめるってことを知らないんだから。

「あなたもね」母さんがおれから身を離してウォルトを見る。短く笑う。「でも、昨日あんなこと試したあとだもの、わからないわよ」

ふたりで笑ってる。床が抜けた気がして、おれは崩れるように椅子に座り込む。背を向けて帰ろうとしたところで、母さんは下げてるビニール袋を思い出して、おれに差し出す。

「あんたに」

「えっ？」

「これ。あんたに」母さんは声を大きくして、語を句切って強調する。言葉の壁を突き破ろうとでもいうのかね。

おれは袋を受け取る。本がいっぱい入ってる。もっと本が欲しいと思ってたから、ありがたい——拳銃のほうがうんと欲しいけど、本がありがたいことに変わりはない。

「あんたのガールフレンドから」母さんが言う。

そのとたん、拘置所なんて消え失せて、手錠で木につながれて金玉をペンチにはさまれたことを思い出す。すぐに、メリッサのベッドに横たわったこと、彼女の体の感触、みごとな曲線美、シーツのなかの行為に気持ちを集中して彼女が目を閉じたことを思い出す。胸がときめき、うなじがぞくぞくしだす。「おれのなんだって？」

「美人だったな」ウォルトが言うと、母さんは、よくおれに向けるような顔を彼に向ける——舌を嚙んじまって、その痛さで顔をしかめてるみたいな表情だよ。

「これを、だれが母さんに？」おれはたずねる。

「さっき言ったでしょ」母さんが言い、ウォルトと出口へ向かおうとする。ふたりを退室させるために看守がドアロへ行く。「じゃあ、月曜日に」母さんが言う。「小さな式よ。多くても十人。所長さんには今日のうちに話しなさい。そうしたら、あんたを出す手配をする時間がたっぷりあるでしょ」

「おれは——」

「あんたの従弟《いとこ》のグレゴリーも来るわ。新車を買ったんだって」

「裁判所へ行くんだ」

「ジョー――」

「悪いね」おれは片手を上げる。「意地悪してる」

「ほんと。それでも愛してるわ」母さんは言い、身をかがめておれを抱きしめる。次の瞬間にはもういなくなってる。

12

たっぷりの朝食を昼食代わりにする。ベーコン、卵、ソーセージ、コーヒー――どれもひじょうにうまい。こんな朝食を食べれば人生観が変わる――少なくともそれが、〈ハート・ストッパー〉という店名の下に並んだメニューの下方に記された宣伝文句だ。食事の途中で、その宣伝文句も心臓が止まるほど驚く《ハート・ストッパー》という店名も、疑う理由はないとシュローダーは思う。

彼はカウンター席にひとりで座って、朝食をとりそこねたせいで大きくなる一方だった空腹感を埋めている。二メートル足らず右手の床の上に、血痕と、死体の形をなぞったチョークの線。ひっくり返されたテーブルがふたつ、割れたガラス。この簡易食堂には十五人もの人間がいるが、食事をしているのは彼だけだ。店内各所に置かれた鑑識標識板、血痕や指紋や足跡の大きさを測るための鑑識写真用の定規。さまざまな物の表面につけられた指紋検出用の粉。ドア口に張られた立入禁止テープ。

犯罪現場そっくりだ。

いや、ほぼそっくりだ。

再度ハットン刑事に電話をかけても、今朝の殺人事件に関する情報はほとんど得られなかったが、ジョナス・ジョーンズの利益に結びつきそうな点が皆無であることと、被害者が悪党だったとハットンが言った意味だけはわかった。被害者の男は、武器密輸の罪で服役経験のある前科者。武器を密輸するだけでも違法だが、その武器がなにに使われたかが大問題だった。男は買い手が何者かなど意に介さなかった。買い手のほうも、自分たちがこの国の首都にある国会議事堂の周囲に仕掛けようとしているさまざまな爆発物が爆発したときに死ぬことになる人びとのことなど意に介していなかった。シュローダーには、ある朝目が覚めたときに国会議員の数が前日よりも百人減っていたとしても、国民の大半が気に留めるとは思えなかった。その爆薬密輸犯の名前はデレック・リヴァーズ。十二年間、軽量コンクリートブロックだけを眺めて過ごした。一年前に釈放され、今朝、胸に二発お見舞いされた。ハットンによれば、電子式の爆発物探知機で調べた結果、リヴァーズがつい最近も爆薬を扱ったことが確認されたらしい。

「衣装部屋に床穴があった」ハットンが言った。「やつはそこに武器と爆薬を置いていた。その買い手がやつを撃ち殺したってのがわれわれの見立てだ。つまり、犯人は自分につながる痕跡を消そうとしている。つまり――」

「爆薬はなんらかの犯罪に用いられるってことだ」シュローダーが結論を言い、ふたりは通話を切った。

シュローダーは密輸事件当時のリヴァーズを覚えている。根っからの悪党だった。だれかが死を惜しむたぐいの人間ではない。あの霊能野郎の利益に結びつく要素はなにもない。いまのところは。だれかがなにかを吹っ飛ばして大勢の命が奪われれば——その場合、この事件はジョナスにとって利用価値がある。

ジョナス・ジョーンズ。

あのとりすました男に対して我慢の限界が近づいている。これまでにもジョナスは、捜査を台なしにしたり妨害したりしたことがある。彼が情報を流したせいで交通取締りが機能しなかったり、負傷者が出たことも。本物の霊能者など存在しないのに、どういうわけかジョナスは忠実なファン層を獲得しており、ファンの数が日に日に増えているようなのだ。だから、もしもジョナスがカルフーン刑事の遺体を発見すれば、ファン層はさらに強化され、数も増え、ジョナスがまたしてもくだらない本を発表して大量に売れるってことになる。少なくとも、番組はおもしろくなるだろう。

ジョーに沈黙を守ってほしい気持ちがどこかにある。ただ、その思いよりも、カルフーンの亡骸《なきがら》を遺族のもとへ返してやりたい気持ちがまさっている。心の奥底に例のボーナスのこともある。なにはともあれ、金が欲しい。妻子に金が必要だ。よからぬことから得る利益だが、だいたい、歯科医は虫歯によって儲《もう》け、屋根職人は嵐によって儲け、車輛解体業者は自動車事故によって儲けている。

　正直、この仕事を受ける以外に現実的な選択肢はなかった、と考えたくなることもある。なにしろ、失業した身だ。二度と警察官にはなれない以上、すぐれた職業技能はなんの役にも立たなかった。私立探偵免許証を持っていたのに、開業許可申請を出して一週間と経たないうちになんの説明もなく却下された。警察の差し金にちがいなかった。この街に新たな私立探偵など必要ないから、どこかのだれかが邪魔をしたのだ。単純労働ならできる。車のセールスは無理。また学校へ通う手もある。小売業は無理。だから、ジョナスの番組に加えてその他の番組でも警察コンサルタントを務めてもらえないかとテレビ局から打診されたとき、引き受けることにした。考えた時間はたった一日。警察勤めのときよりも給料は増えた。勤務時間は減った。くだらない仕事も減った。ただ、ジョナスの相手をすると、もっとシャワーを浴びたくなった。問題がジョナスだけなら、拳銃自殺をしたくなっていただろう。だが、そうじゃない。彼には妻子がいて、請求書の支払いがあり、家を守らなければならない。新しい仕事でがんばってやっていかなければならないのだ。

　だいいち――ジョナスの相手をするのは、仕事のほんの一部にすぎない。少なくとも、いまはジョナスの相手をしなくてもいい。

『清掃魔』というドラマ番組のプロデューサーのひとりが来て、十五分後に撮影を始めるので食事を終えてくれと言う。犯罪率が上昇しつづけていることに対する精神的な負担に苦しむ犯罪現場清掃人のコンビを描いたドラマで、神経が参りかけている主人公を軸に展開する。脚本家たちが教えてくれたところでは、主人公は犯罪現場を〝消滅〟させることができるので、どうすれば人を殺して罪を逃れることができるだろうかと考えつづけているらしい。いまは、二週間後に第一話の放送を控えて、第六話を撮影中だ。早くも街じゅうに広告看板が立てられ、テレビでCMを流し、新聞各紙に記事を出して、番組を宣伝している。評判がよければ撮影が続く。番組が続こうが打ち切りになろうが、シュローダーはかまわない。このドラマでも次のドラマでも、またその次のドラマでも――もらう給料は同じだ。『清掃魔』のコンセプトは悪くないと思う――彼はテレビドラマがあまり好きではない――が、シーンの演出に助言を与えて信憑性《しんぴょうせい》を持たせるのが彼の仕事だ。今日の撮影場所は、午後は休業している本物の簡易食堂だが、丸一日の休業手当をもらった店主がシュローダーに手早く食事を作ってやると言ってくれたのだ。シュローダーはだれかを抱きしめたくなることはめったにないが、この店主は文句なしに抱きしめてもいい。

彼は食事を終え、皿をカウンターのかげに隠す。ストーリーは、夜間この食堂に押し入った二人組が、情報を得るために店主を拷問《ごうもん》し、ハンマーでめった打ちにして血や骨片をあたりにまき散らすというもの。体力と気力、化学薬品と気のきいた冗談が必要だ。きっと、編集作業をする際にはムード音楽も必要だろう。

俳優たちが位置につく。

「問題ないか？」脚本家のひとりがシュローダーにたずねる。そいつが胸に〝アンクル・ダディの愛のバスに乗れ〟と書かれたTシャツを着ているので、自分で考えたコピーだろうかとシュローダーは考える。そうじゃないことを願う——このドラマにふさわしくないからだ。

シュローダーは用意された現場に目を走らせる。「おおむね大丈夫だ」

「おおむね？」

「チョークで書いた輪郭」彼がそれを指摘するのは、これが初めてではない。

「わかってる」脚本家が言う。

「わかってることはわかってる。だが、警察はあんなものは描かない」

「でも、映画とかテレビでは描くし、視聴者は見たがる」脚本家の指摘も、これが初めてではない。「見たいものが見られないと気にくわない。苦情を言う」

「視聴者をあまり信じてないんだな」

「そうか？　あんたが警察にいたのは十五年？　二十年？　人間は信じるに足ると思うか？」

シュローダーは苦笑する。悔しいが一理ある。「始めていいぞ」

片隅へ下がって撮影を見守る。テレビで流れるときにましに見えるといいが。いま見るかぎり、下手な芝居だ。撮影開始から三十分が過ぎたころ、携帯電話が震えだす。ポケットから電話機を出し、発信者を確認する。ハットンだ。カメラがまわっていないので、足音をたてても大丈夫。彼は外へ出る。

「事件だ」ハットンが言う。

「はあ?」

「関連の有無は不明。とにかく、十五分ほど前にトリスタン・ウォーカーの死体が発見された。自宅で胸を二発、撃たれてる」

トリスタン・ウォーカー。ダニエラ・ウォーカーの亭主。ダニエラ・ウォーカーはジョー・ミドルトンの犠牲者だ。胸に二発はデレック・リヴァーズと同じ。「くそ」

「ああ、要約すればそういうことだ」

「で、見立ては?」シュローダーはすでに自分なりの見解を組み立てはじめている。

ハットンが肩をすくめる音が聞こえる気がする。「わからん。今朝は、爆破計画の可能性ありと見てたんだが、今度は切り裂き魔事件の被害者の亭主の死体だ。それも、本当にジョーが殺したとは断定できなかった被害者の」

あの一件に関しては、当初より、ジョーの手口と一致しない点がいくつかあった。ジョーに訊問が行なわれたが、その他の殺人と同じく、覚えてないの一点張り。そんなでたらめも、法廷では通用しない。するはずがない。ふと、脚本家の言ったことを思い出す。人間は信じるに足りない。司法制度において確実なものはなにもない。シュローダーは車へ向かって歩きだす。

「来てくれ」ハットンが言う。「切り裂き魔事件と関連があるなら、現場にあんたがいたほうがいい。あんたの担当した事件だ。あんたなら関連に気づくかもしれない」

「いま向かってる」彼は言い、電話を切る。

13

ナイフで刺されたとか、ひとりもしくは複数の囚人にレイプされたっていうんでもないかぎり、運動の時間は強制だ。それは一般囚人棟でも同じこと。おれたち三十人全員が、雨の降る中庭へ出されてる。見えるのは、金網の柵と、航空管制塔を小さくしたような監視塔がいくつか。走るところなんてない。せいぜい中庭を端から端まで往復するぐらいだし、運動時間はそれをやれってことにちがいない。おれは囚人どもといるときがいちばん人間愛ってやつを感じる。いまここへ来ておれを見れば、シュローダーにもそれがわかるはずさ。おれが無実の男だってことが。

顔に雨粒を感じながら中庭の縁を歩く。着てる服はずぶ濡れ。でも、運動時間のあとはシャワーの時間だし、木曜日は囚人服の着替えがある。一日一時間、歩いて脚をほぐす。一時間ぐらいじゃ足りないし、この街のいい女どものところまで行けやしない。柵の外は機械の音だらけ——研削盤《グラインダー》が真新しい金属板を切るときに飛び散る火花の音、ハンマードリルがレンガに穴を開ける音。新しい棟の建設作業音。増えつづける囚人を収容する居房を増やすための音だ。何人かがサッカーボールを蹴りだす。ゴールを決めたあとシャツを脱いで味方と抱き合うなら、サッカーももっと楽しいかもしれないな。父さんはサッカーが大好きだった。ウェイトトレーニングやストレッチをしてる連中もいて、筋肉に負荷をかけられてタトゥーがゆがんでる。

メリッサが母さんを訪ねた。

おれはそのことばっかり考えてる。そんなおれを、ケイレブ・コールが中庭の反対端からにらんでる。あの目を見るかぎり、心神喪失抗弁を利用するっていうおれの作戦を気に入るまでにはまだ長い時間がかかりそうだ。やつを見るまいとしても、一分おきぐらいに、まだおれを見てるか知りたくなってちらりと目を向ける。で、まだ見てるってわかる。

柵の外を見ると、地面の広がりと、またしても柵。その柵の外に自由がある。ジョー・ヴィクティムには自由が必要だ。ジョー・ヴィクティムはこんな場所に閉じ込められるはずじゃなかった。ジョー・ヴィクティムは翼を広げて飛びたいんだ。

頭を切り替えて母さんとウォルトのことを考える。それはまずかった。新婚旅行でふたりがなにをするか考えちまった。胸が悪くなる。ウォルトがしわだらけの手でさわると、きっとウォルト以外の男は見たがらないにちがいない母さんの体のあちこちでしわがたるむ。ジグソーパズルのピースがぴたりとはまるみたいに、しわが噛み合う。そんな考えを振り払うためには、中庭を横切ってケイレブ・コールのところへ行き、先を尖らせた歯ブラシを手渡すしかないって気がしだす。でも、そんなことはせずに、母さんが持ってきてくれた本のことを考える。

ガールフレンドから。

メリッサからだ。

ビニール袋は看守に取り上げられたけど、本は所持許可が出た。ビニール袋は武器になると考えられたんだ。本は冗談扱い。アダムはタイトルを見て笑いやがった。きっと、まだ笑ってるにちがいない。メリッサが母さんを訪ねて、ペーパーバックのロマンス小説を何冊かことづけた。でも、なんで？

考えられる理由はふたつしかない。その一、おれがロマンス小説を好きだってことをメリッサが知ってるから。彼女んちに二泊したし、その前の丸一週間はあとを尾けさせてやってたから、おれが本当はロマンティックな男だって知ったんだ。本は、再会できるまでの毎日をおれが乗り切るためのプレゼント。

理由のその二のほうは、もっと調べてみないと。運動時間が終わったから、シャワーの時間の前に居房へ戻って探ることにする。一冊目を手に取る。『肉体の欲望』。最初は、ただのロマンス小説じゃなくて、おれの世界にきしみが生じる前にメリッサと過ごしたふた晩のことを指してるんじゃないかって思ったけど、手あたりしだいに何ページか読んでみて、すぐにそうじゃないって気づく。本を繰って、角を折ったページとか、マーカーで線を引いた一節とか、なんらかの書き込みを探しても、そんなものはひとつもない。

二冊目を開く。一通の封筒が落ちておれの腹に着地する。鼓動が速まるけど、裏返してみると、すでに封が切られてる。きっと、薬物の持ち込み検査をしてる看守どもだ。メリッサがどんなメッセージをくれたにせよ、看守どもが読んだわけだ。おれは封筒を開く。カードが一枚。でも、メリッサからじゃない。母さんからだ。結婚式の招待状。絵入り。写真じゃなくてイラスト。大ぶりのナイフでウェディングケーキを切ってるふたつの手。かつて持ってたナイフを思い出す。招待状の中身を読みながら首を振る。カードを封筒に戻して、また本を手に取る。

この本にも隠されたメッセージはない。ほかの本にも。くだらないタイトル、くだらない文章、くだらない登場人物。読んでるうちに体のなかが熱くなる。印もメッセージもなし、なんの意味もなし。だいいち、母さんがおれに渡す前に、同じ理由で看守どもがざっと目を通してるはずだ。でも、なにかあるにちがいない。でなきゃ、メリッサがおれに届けさせるはずがないだろ? 彼女なら、書き込んだり線を引くわけにいかないって知ってただろうな――本が調べられるってわかってたはずだから。じゃあ、なんだろう? おれはなにを見落としてる?

『見せてよ、愛を』を開く。よくもこんなクサいタイトルをつけたもんだ。まあ、この手の本のタイトルはたいがい、ろくなもんじゃないけどね。一種のアピールさ。クサいタイトル、表紙に描かれた筋骨隆々の男、透けるほど薄い服を着た女。この本に関しては、自己啓発本みたいなタイトルだけど。何章か読んでみて、主人公のベリンダは、売春婦のようなふるまいをしてる自分の本当の姿に気づいてくれる男がひとりぐらいいるんじゃないかと期待して、できるだけ多くの男に愛を与えることによって愛を見つけるんだとわかる。

短い本だし、おれは読むのが早いけど、飛ばし読みする。時間はたっぷりあるとはいえ、メリッサのメッセージを早く見つけたいからね。とりあえずざっと目を通して、メッセージを見つけられなかったら、あとでじっくり読もう。というわけで、ベリンダの結末を知る。仕えてた老婦人から一千万ドルも遺《のこ》してもらった裕福な元ジゴロと結婚するんだ。時代を超越した古典的展開。

別の一冊を途中まで読んだところでシャワーの時間になる。三十人がなんとなく社会階層ごとに分かれてる。犯した罪によって分かれてるんだ。みんな、ほかのよりもいい犯罪があるって思ってる。ほかのより健全っていうのかな。なぜか、そっちのほうがましな人間ってことになる。おれにはよくわからない。おかしな世界だけど、もともと、おかしな時代を生きてるからね。なかに十二人もいる老人ホームに放火できる男は、子どもを三人レイプして四人目を餌食《えじき》にしようとしたところで逮捕されたサンタ・ケニーのような男に比べりゃ、王さまみたいな扱いを受けるんだ。この世の至るところで線引きがされてるけど、そのどれにも意味なんてない。どの線で踏みとどまって、どの線なら越えていいのか、おれにはわからない。ここにいる連続殺人鬼はおれひとりじゃないのに、おれはひとりで連続殺人鬼のグループだ。エドワード・ハンターもひとりのグループ。やつは何人も殺してるけど、相手が悪党ばかりだったから英雄《ヒーロー》と呼ばれてる。だからって釈放はされないけどね。ケイレブ・コールもひとりのグループ。おれたち三人でクラブを作るべきだな。そろいのTシャツを作ってもらうんだ。

裸の男どもといっしょにシャワーを浴びても楽しくなんかない——でも、どういうわけか父さんの声がおれの頭のなかに入ってきて、そうとはかぎらんぞって言う。なにが言いたいんだろう——とにかく、男どもの前に裸で立ってると、いつも父さんの声が頭のなかに入ってくるんだ。裸で立ってるなんて屈辱的だよな。

シャワー室はスポーツジムのシャワー室に似てる。広い共用スペースに、シャワーヘッドと蛇口がたくさんあって、どこもかしこもタイル張り。床はコンクリートで排水口が十個あまり。湯気が立ち込め、湯は熱すぎ、石鹸は少ししか置いてないからまわして使う必要がある。たまに陰毛のめり込んだ石鹸を渡されることがあって、ぞっとする。シャワー室に入って数分後、左隣と右隣のやつらが急にそれぞれ左と右へひとつずつ詰めるもんだから、おれはひとりになる。

次の瞬間にはひとりじゃなくなってる。ケイレブ・コールが間近にいる。

「決めた」彼が言う。

湯がおれたちふたりに降り注いでる。湯気が立ちのぼる。むんむんする湯気に頭がくらくらする。「それで？」

「それで、おまえを殺すことにする」彼の拳が目にも留まらぬ速さでくり出されて腹にずしりと命中し、気がついたときには、おれは息もできずに膝をついてた。ケイレブは一歩下がって、胸の前で手を組んでる。

「おい」看守のひとりが呼ばわる。「どうした？」だが、もうもうとした湯気のせいでよく見えないようだし、無関心で怠惰な看守がわざわざ確かめに来やしない。

「足をすべらせたんだ」コールが大声で答える。「シャワー室の床はすべりやすいだろ」

おれは彼を見上げる。膝をついたままの格好は、サッカー選手でもないかぎり、裸の男どもだらけのシャワー室では不快な目の高さだ。

「まちがいないか？」看守がまた大声で訊く。

「ああ。足がすべった」おれが答える。

看守の返事はない。

「尖らせてナイフ代わりにできそうなものを見つけたら、おまえを切り裂いてやる」ケイレブが言い、おれが見つめるなかで体を洗いだす。体じゅうの傷痕が石鹸の泡に隠れる。

「どう思う？」

こっちもなにか尖ったものを見つける必要がある、と思うよ。

「金を払おう。二万ドル」

彼は石鹼を持った手を止める。首をねじり、目を細めておれを見る。「なんの話だ？」

「おれに手出ししないって条件だ。二万ドル払う。あんたはその金で、二十年後に自分でやるつもりだった外の世界での仕事をだれかにやらせればいい」

彼がゆっくりとうなずき、そのうち口をへの字に曲げる。「わかった」

「つまり、条件を吞むんだな？」

彼が首を振る。「考えてみるってことだ。その手の申し出はじっくり考えねえとな」石鹼の泡を洗い流す。「明日、返事する」彼が湯気のなかへ消え、ひとりになったおれは膝をついたままの格好で、生きて裁判を受けられる可能性はあるんだろうかと思案する。

14

運命は彼女の味方だ。だが、当のメリッサはそうは思っていなかった。やむなくサム・ウィンストンに二発くらわせたときにも、今日また別の男に二発お見舞いするはめになったときにも。だが、おかげで支援ミーティングのことを知った。運命が彼女の味方でなければ、ミーティングは今日ではなく別の曜日に行なわれていたはずだ。統計上、彼女は七分の一のチャンスをものにしたことになる。逆を言えば、ミーティングが今日ではない確率は七分の六。だから、これは運ではなく運命だ。ありがたい運命。彼女はこれまで数奇な運命にもてあそばれてきた。妹も彼女自身もひどい目に遭った。ここに来て好転だ。たとえば、さっきだって、裁判所の裏口の向かい側に建設途中のビルを見つけた。最近ではよくあることだが、建設を請け負っていた会社が倒産したのだ。完成なかばの七階建てのオフィスビル。どの階からも裁判所の裏口がよく見える。運命が味方だということを受け入れるのは、運命が今夜なにをもたらしてくれるかを見届けてからだ。

支援グループを見つけるのはむずかしくなかった。インターネットでほんの三分。ジョー・ミドルトンの犠牲者だけではなく、それ以外の犠牲者――もっと正確に言うと被害者の遺族だが、彼らは自分たちも犠牲者に分類しているらしい――のための支援グループ。場所は、この街の北の郊外地区ベルファストのコミュニティホール。ベルファストといえば、悪い日には数キロ離れたところからでもゴミのようなにおいがするし、また別の悪い日にはたんなるベルファストにほかならない。ホールの前の駐車場に二十台の車が停められていて、彼女の車が二十一台目。まだ雨が降りつづき、まだ寒いが、予報では、向こう数日は天気が回復するらしい。

メリッサは傘をさして――じつは今日の昼すぎまではウォーカーのものだった傘だ――舗装の割れた箇所にできた水たまりを避けようと歩道に目を凝らしながらホールへ向かう。一本の傘に入り、たがいの体に腕をまわしている老夫婦と並ぶ。夫妻は彼女に会釈《えしゃく》をして、やさしい笑みを見せる。この人たちがここへ来るのはわたしに息子を殺されたからだったりするのかな、とメリッサは考える。彼女はまたウィッグを変えている――今度は黒髪だ。

老人がドアを開けて妻を先に通し、そのままメリッサも通してくれるので、笑顔で礼を言う。この夫婦に似ただれかを痛めつけた記憶はない。ホールに入る。結婚披露宴ができるほど広く、二十一歳の誕生日パーティを開くには不快な場所。四方の壁が板張りだ。ドアロの床に、濡れた靴跡がいくつもある。この連中の前で転んで陣痛が早まったふりをしたくはないので、濡れた箇所を慎重によける。暖かい空気を吐き出しているヒーターが見え、稼働音も聞こえるのに、ホール内はひんやりしている。わがものにしたばかりの傘を閉じて、似たような傘が十本あまり置かれた壁ぎわに立てかける。上着を脱いで腕にかける。ホールには三十人、ひょっとすると三十五人ほどいる。そこかしこで二、三人ずつ集まって、どことなく親しげな様子で立ち話をしている。ひとりでいる者もいる。奥には円形に並べられた椅子。その奥に演台。昔はそこで合唱や司祭の説教が行なわれていたのだろう。いまは人間よりも椅子の数のほうが多い。細長いテーブルにコーヒーとサンドイッチが用意されている。何年後かにはこの連中も社交活動をしはじめて、夏にはどこかの公演でミーティングを開いてピクニックでもするのだろうか。少人数の社交グループ。死と悲嘆を通してもたらされた生涯の友。仲間うちで結婚や出産なんてこともあるかもしれない。それに彼女もジョーもひと役買っているわけだ。誇りに思っていい。

「何カ月？」

一メートル足らず左から声をかけられて、メリッサは驚いて飛び上がりそうになる。声の主である女性に向き直ってほほ笑みかける。女ってどうしてこうなんだろう。どうして、腹の膨らんだ女を見ると決まってそう訊くんだろう。自分に関係があるみたいに。妊娠した経験のある女は、妊婦を見かけると、それがたとえ知らない相手でも話しかける権利があると思っているらしい。

「予定日は来週よ」メリッサは腹をさすりながら答える。

女が笑みを浮かべる。メリッサよりせいぜい四つ五つ上といったところ。結婚指輪をしているので、妊娠した経験があるのか、それとも妊娠したがっているのかだろう、と考える。子を授けてほしい夫はもうこの世にいないのだろうか。

「男の子、それとも女の子？」女がたずねる。

「生まれてからのお楽しみ」メリッサは笑顔で言う。この腹を膨らませてるファットスーツに性別なんてあるはずない。カモフラージュのために結婚指輪をしているので、それをまわす。既婚者がそうするのを見たことがある。「わたしたち夫婦の希望で」

「あなたがひとりで入ってくるのを見てたの」女の笑みが消える。「ご主人は……あなたがここにいる理由じゃないわよね？」

「ちがうわ。おかげさまで」メリッサは答える。

女は悲しげな顔でゆっくりとうなずき、片手を差し出す。「フィオナ・ヘイワードです」

「ステラです」メリッサは、ここへ来る道中で決めておいた名前を口にする。女の手を取り、握手を交わす。温かい手。「ご主人は――あなたがここにいる理由？」

「一ヵ月近く前に殺されたの」フィオナが言う。声が少し詰まり、うっすら涙ぐむ。「自宅で。頭のおかしいやつが家まで主人を尾けてきて刺したのよ」

「お気の毒に」

「おたがいさま」フィオナは言う。「少なくとも、警察が犯人をつかまえてくれたわ。あなたは？」

「妹。殺されたの」

「お気の毒に」

「おたがいさま」メリッサが言って笑みを送ると、女がほほ笑み返してうなずく。「ずいぶん昔のことだし」言いながら、妹、葬儀、妹の死が家族にもたらした打撃を思い出す。

「初参加なの」フィオナが言う。「知った人はひとりもいないし、ちょっと緊張してて。ついてってやるって言ってくれる友人や家族は何人もいたんだけど、ひとりで来たかった。理由は説明できないけど。本当はね、来るなんて自分でも思ってなかった。でも」彼女は不安げな小さい笑い声を漏らす。「こうして来てる」

「わたしも初参加」メリッサは言いながら、この会話から逃れる方法を考える。妊婦に扮するためのファットスーツに忍ばせた拳銃について考える。拳銃が慰めを与えてくれる。

「いいかしら……いっしょにいても？」

やっぱりそう来た。メリッサは拳銃を取り出すことを考える。「ありがたいわ」

みんなが席につきはじめている。コーヒーを持って座る者。たがいの椅子を近づけ合う者。全員が座ると、五十代なかばから後半と思しき男が輪の外側をまわりながら、空いている椅子を引いて外へ出し、ほかの連中が椅子を前へ引いて輪を狭《せば》める。男は無精ひげを生やし、デザイナーブランドの眼鏡をかけて、高級靴をはいている。魅力的で、センスがい。白髪がある――といっても、こめかみのあたりだけで、髪の色はダークブラウン。みんなそれぞれにおしゃべりを続けているが、〝デザイナーブランドの眼鏡〟氏が着席したとたんに静まり返る。メリッサは男から目を離すことができない。

「ご参加いただき、改めて礼を言います」深みのある声は、こんな状況でなければ、セクシーと言えるだろう。メリッサは好意を覚える。「みなさんのなかに、新しい顔がいくつか見えますね。私たちが支援と話し相手、さらにはいくばくかの希望も提供できることを願います。私たち全員、悲劇を経験してここにいます。私たち全員、信じられないほど醜い犯罪に見舞われたからここにいるんです。初めてのかたのために自己紹介を。私はラファエルと申します」彼は笑みを浮かべる。「母が美術学者でして」そして言い足す。「それで、こんな名前を」メリッサの知ったことではない。「娘が殺人被害に遭いました。だからここにいます」

もう何十回も口にしたようなさりげなさで、彼はそのせりふを口にする。

「この支援グループは、家族を失った悲しみから生まれたものです。娘の名前はアンジェラ。去年ジョー・ミドルトンに殺されました。彼は娘を、妻を、母親を奪った。ここには、彼のせいで来ている人も、彼と同じような男あるいは女のせいで来ている人もいます」メリッサは一瞬、全員が自分のほうを向くのではないかと思うが、もちろん、そんなことは起きない。「私は、喪失感に苦しむ人たちのカウンセリングを行なう仕事をしています」

彼が説明を補足する。「三十年近くも人助けをしてきたというのに、娘を失ったとき、自分自身を救うためになにもできなかった。そのうち、同じような境遇の人たちと痛みを分かち合いたいと考えた」彼は笑みを浮かべてひとりひとりの顔を順に見ていく。メリッサの顔にはつい見とれるような美しさがあるので、いくぶん長めに目を留める。「私たちがここにいるのは痛みを消し去るためではありません。この痛みを消し去ることのできるものなどないんですから。私たちは、痛みを分かち合い、理解し合うためにここにいます。こうして集う必要があるから、ここにいます」

メリッサは周囲の顔を見まわして、なんとかあくびをかみ殺す。昼寝をする時間がなかったし、このミーティングが長引かないことを願うだけだ。疲れ切っていて、丸一日でも眠れそうだ。だが、この連中のなかから、だれかに手を貸してもらう。一時間の我慢だ。あるいは、どれだけ時間がかかるかわからないこのミーティングが終わるまでの。痛みについて話したところで、痛みを消し去ることはできない。妹が殺されたあと、一年間、毎週、精神科医に話をしたけど、これっぽっちも役に立たなかった。精神科医なんて彼女の脚を見てるだけだった。

全員がラファエルを見つめている。この生きる屍《しかばね》たちから選び放題。ひとりぐらいは、狙撃することもいとわないほどジョーを恨んでいるはず。

大事なのは、それがだれかを探り当てることだ。

15

シュローダーはまず、集まりだしたマスコミのバンの輪を通り抜けなければならない。やじ馬どももどもども、通りの端をふさいでいる。ここクライストチャーチでは殺人事件が多発しているにもかかわらず、やじ馬どもがまだ見に来るのだから驚きだ。しかも、こんな雨のなかを。殺人事件にまさるものなんてないんだろうな。殺人事件がおもしろい現実を生み、おもしろいテレビ番組を生むのだろう。記者連中は傘をさし、カメラマン連中は雨天の装備をして、カメラはビニールをかぶせられている。この街に必要なのは──いや、ちがう──いま人類に必要なのは稲妻だ。聖書に記されているような強烈な稲妻が天から落ちてきて、連中の真ん中に突き刺さることだ。ジョナス・ジョーンズが、自分ならできると考えそうなことではないだろうか。

車で通り抜けるのは無理だ。制限速度に近いスピードを出して、ボウリングのピンのように散り散りにやつらを撥《は》ね飛ばすぐらいの勢いで突っ込まないかぎり、あの人込みを通り抜ける方法はない。この車にはサイレンなどついていないので、やむなく、やじ馬どもの後方に駐車する。犯罪現場までは、厚い人垣と降りしきる雨。

刑事時代の最後の数ヵ月間つきまとっていた疲労感は、拳銃と警察官バッジを返しても消えなかった。むしろ、しつこい鼻風邪のように居座っている。シュローダーは内ポケットに手をやって、最近はいつも手近に置いているカフェイン錠剤のパックを引っぱり出し、一錠飲み込んだあと、もう一錠飲むことにする。五分もすれば、倦怠感は消えないまでも、この数年のあいだに蓄積された疲労感を封じ込めてくれるはずだ。

車を降りて雨のなかへ出ると、やじ馬どもをかき分けて進む。立入禁止テープのところで立ち番をしている巡査たちは、近づく彼を二度見する——彼がもう刑事ではないことを知っているが、たぶん今回は例外的措置なんだろうと考える。シュローダーが釈明を始めないうちに、雨に濡れないように傘をさしたケントが近づいてくる。彼女が巡査たちに手短に説明したあと、シュローダーは立入禁止テープを持ち上げてくぐる。現場となった家は閑静な住宅地にある。ウォーカー一家が以前住んでいたのとは別の家だ。前の家は、カルフーン刑事が失踪したのと同じ夜に全焼した。ジョーが火をつけたに決まっている。その後、あの土地は売りに出された。この家は前の半分の大きさで、築後せいぜい五年といった平屋だ。立ち並ぶ家はどれも配色が同じ。雨に洗い流されたような薄茶色と灰色。

ふたりとも濡れないようにとケントが傘を高く上げるが、効果はあまりない。ドアロで靴を脱ぎ、ビニールの靴カバーをはく。死体があるのは玄関ドアを入ってすぐの廊下だ。

ハットンがふたりのそばへ来る。

シュローダーは刑事に戻った気がする。このにおい、この光景、この音。まさしく本物の犯罪現場。チョークでなにかの輪郭をなぞろうとする者も、せりふを短くできるかと彼にたずねる者もいない。雨に濡れて寒く、気が重い。それが現実感を強めている。廊下の先に居間が見える。焦げ茶色のカーペット、ビロード張りのソファ、暖色の壁。家庭的な雰囲気たっぷりだ。主《あるじ》であるトリスタン・ウォーカーが、片手を胸に当て、もう片方の手を体の下敷きにして横向きに倒れていることをのぞけば。この男と最後に会ったのは一年前。ウォーカーは勤務先のパートナーの家に滞在していた。シュローダーはその家を訪ねて、犯人逮捕をウォーカーに報告した。

ケントとハットンはこれ以上ないほど正反対だ。ハットンは肥満体形。警察に入った当初はちがった。太りすぎは採用されないので、肥満だったはずがない。だがいまは、砂糖の摂《と》りすぎで、濡れれば溶けるという不安から雨を避けている。刑事ふたり分もある体のおかげか、馘にならずに警察にとどまっている——警察にとってはシュローダーを馘にするほうが簡単だった。ケイレブ・コールのせいで彼が人ひとりを殺したときに。

ケントは見映えがいい。息を呑むほどの美人でもある。見つめていたい女、彼女の笑顔を見るためなら寿命が一週間縮まってもいいと思えるたぐいの女だ。きっと、ここにいる男の半数が彼女に恋してるにちがいない。

「三人目の被害者よ」ケントが言う。

「はあ？」

「三人目の被害者」彼女が繰り返す。

シュローダーはその情報を数秒かけて整理する。「似たような事件がほかにも二件あるということか？」

ケントがにっと笑う。「警察を辞めたあとも鋭い頭脳が健在で、ほっとしたわ、カール。よく計算できました」

「お絵かきしてるところを見てもらいたいね。絶対に線からはみ出さないんだ」

「危険と隣り合わせの生活をしてるみたいね」話し合えるように彼女が死体の向こう側へまわり、三人は死体を三角形に取り囲む。

「最初の被害者が出たのは先週」ケントが言う。「サム・ウィンストンという男よ」

「その事件は新聞で読んだ。市内の廃ビルで見つかったんだよな。記事によれば、麻薬ディーラーに殺されたそうだが」

「わたしたちもそう見てたの。名前に聞き覚えは？」

シュローダーは首を振る。「知ってるはずなのか？」

「知らないと思う。軍隊にいたんだけど、五年前に除隊処分を受けてる。かなり深刻な薬物問題を抱えてたから、わたしたちも麻薬絡みで殺されたんだと思い込んだ。従軍期間もそう長くなかった。二年よ。除隊後は仕事に就かないまま、失業手当で生活してた」

「で、いまは三件に関連があると考えてるんだな？」

「見たところ、手口が同じなのよ。ウォーカーの遺体から銃弾を回収ししだい条痕検査にまわして照合させるわ」

「まだ推理の段階か？」シュローダーがたずねる。

ハットンが首を振る。「引っかかるのはタイミングだ。この街じゃ、ありとあらゆる方法で人が殺されてる。でも拳銃による殺害はそうあるもんじゃないし、この一週間のあいだに、同じ手口で三人が殺されてる」

シュローダーはうなずく。無視できない共通点だ。「ウォーカーとリヴァーズに接点はなし？」

ケントが答える。「かたや拳銃と爆薬を売る男、かたや、それらを使う訓練を受けた男。だけど、ふたりのあいだに直接の接点はない」

「少なくともいまのところは」ハットンが言い足す。

「そのふたりとウォーカーのあいだにも接点はないな」シュローダーが言う。

「殺害方法が同じだという点をのぞけばね」ケントが言う。

「ウォーカーに麻薬常用癖はなかったのか？」

「あったとすれば、隠すのがよほど上手だったのね。この家からは、彼が麻薬をやってたことを示すものはなにも出てない」

「で、おれになにをしてほしいんだ？」シュローダーは切りだす。

「ウォーカー事件に手を貸してほしい」ケントが答える。「彼を知ってたんでしょう。彼や家族と会ってるわよね。ウォーカーのような男に、リヴァーズやウィンストンとどんな共通点がある？」

「知り合いじゃない。事情聴取をしただけだ。何度か」ウォーカーが妻を虐待していた、ウォーカーの妻を殺したのはおそらくジョー・ミドルトンではない、という密告があったからだ。一時、ウォーカーは妻殺しの容疑者だった。だが結局、ウォーカーには鉄壁のアリバイがあったし、警察は新たな容疑者をあぶり出すことができなかった。

「とぼけないで、カール」ケントが言う。「あなたは切り裂き魔事件の捜査責任者だったのよ。ここへ来てもらった理由はわかってるでしょう」

シュローダーはうなずく。ここへ呼ばれた理由は承知している。ハットンの言うとおり、引っかかるのはタイミングだ。三件の殺人が一週間のあいだに起きている。ジョーの公判開始まであと何日かというこの時期に。ハットンとケントは切り裂き魔事件との関連を考えているのだ。

「わかった。ここまでの捜査状況を聞かせてくれ」

「おれたちはある仮説を立てている」ハットンが言う。

「前科者、軍の除隊者、ウォーカー」ケントが説明する。「三人でなんらかの計画を練っていたか、なにかを計画してる人物と組んでいた。その計画には爆薬が関係している。物証がある。薬莢《やっきょう》。毛髪。長い毛よ。どの現場からも同じブロンドの毛髪を採取した。DNAは検出されてない。人工毛だから」

「つまり、犯人はウィッグをつけてたんだな」シュローダーは確認する。

「そのようね」ケントが答える。「だから、女の可能性が高い。男は肩に届くほど長いウィッグはまずかぶらないでしょう。それに、居間からも毛髪が採取されてる。つまり、それが彼を射殺した女の遺留品だとすれば、女はノックに応えて玄関ドアを開けた彼に向けて発砲したんじゃないってことになる。もちろん、毛髪がそれぞれ別の人間のものだという可能性はある。一方は彼が居間で話をした人物の毛髪、もう一方はドア口で彼を撃ち殺した犯人の毛髪だという可能性が」

「指紋は？」

「そこらじゅうから検出されてる」ハットンが答える。「大半は除外できる。いまのところ、前科者の指紋と一致したものはひとつもない」

「おれがメリッサの関与を疑うか知りたいんだな」シュローダーが切りだす。「ここへ呼ばれた本当の理由はそれだろう。週明けにはジョーの裁判が始まるしな」

「これまでに採取された指紋はどれも、彼女のものと一致してない」ケントが言う。「でも、彼女がやった可能性があると思う？　彼女は巧みに身を隠しつづけてる。なんらかの方法で外見を変えてるのでもないかぎり説明がつかない。もちろん、おそらくウィッグはつけてるだろうし」

「彼女だとすれば、犯行手口がまるでちがう。署名的行動が見られない。被害者のだれひとり、制服を身につけてない。拷問を受けてない。仮に彼女が犯人だとしても、どんな理由で彼らを標的に？」

「タイミングだ」ハットンが言う。「ジョーの裁判まで一週間を切ってる」

「いま被害者三人の経歴を調べてるところ」ケントが言う。「共通点を探してる。三人の人生がどこで交わったのかを。問題は、接点がまったくないかもしれないってことよ。おたがいを知らない可能性もある。でも、三人は共通の人間を知ってる」

「なるほど」シュローダーは言う。「わかった。その線で考えてみよう。検討するぞ。メリッサが犯人だと仮定する。殺害の理由は？　被害者ひとりずつに絞って考えてみよう。まずはサム・ウィンストンだ。彼と組む理由は？」そうたずねながら、『清掃魔』の脚本家ならどんな感想を述べるだろうかと考える。現実味を欠いている？　展開が遅い？　突っ立って考える場面が多すぎる？

「まだ情報をつなぎ合わせてるところなの」ケントが答えて言う。

「なるほど」脚本家はがっかりするだろうな。「じゃあ、タイミングに注目してみよう。

メリッサであろうがなかろうが、犯人はなんらかの主張をしようとしてるのかもしれない。予想されるのは裁判所あるいは警察署の爆破だ。メリッサが殺人を好んでいることはわかってるが、彼女の手口はもっと個人的な接触を伴う。大規模な爆破は彼女の流儀じゃない。拷問するのが彼女のやり口だ」

「でも、被害者を拷問すれば、犯人は彼女だとわれわれにすぐにわかってしまう」ハットンが反論する。「メリッサが自分の犯行だということを隠そうとしてるんだとすれば、拷問しないのは当然だ。そして、犯行を隠す唯一の理由は、こんな殺人よりもっと大きな犯行を計画してるからで、爆薬はその大きな計画に使うんだろう」

シュローダーはうなずく。なるほど、一理ある。「次に、ウォーカーだ。検視官の所見は？」

「ふたつの殺人の時間差は三時間だそうだ」ハットンが答える。「ウォーカーがあと」

そのことにどんな意味があるのかわからないので、三人とも黙り込む。現場ではほかの連中も歩きまわっている――証拠品を捜す刑事たちだ。ほかにも、近隣住民から聞き込みを行なっている者もいる。近隣住民のだれひとり、なにも目撃していない。屋根を激しく叩く雨音が、ただでさえ憂鬱《ゆううつ》な夜をますます憂鬱にしている。どこかで犬が吠えだし、その声はやみそうにない。

「死体の発見者は？」シュローダーは、子どもたちだと返ってこないことを願う。

「子どもたちよ」ケントが答える。「ふだんは彼が学校へ迎えに行くの。でも、時間になっても来ない。連絡がつかないから、教師のひとりが家まで送ってきた。その教師と子どもたちがドアを開けた。そのあとのことは、言わなくてもわかるわよね」

言われなくてもわかる。帰宅して、殺された親の死体を発見した子どもの事情聴取をした経験が何度かある。帰宅して、わが子が失踪したことを知ったり、殺されたわが子の死体を発見した親の事情聴取をした経験も。ひとりが泣き叫び、もうひとりが父親を起こそうとして体を揺すり、教師がふたりを死体から引き離そうとしながら警察に通報している光景が頭に浮かぶ。いま子どもたちは、慰めるすべも知らない親戚のもとへ預けられているのだろう。その先のことは想像したくない。いつも、それ以上の想像は遮断しなければならなかった。さもないと、押しつぶされてしまう。

「要するに、犯人がメリッサなのかどうか、あるいは、裁判もしくは切り裂き魔事件と関係のある人物なのかどうか、わからないというわけだ。トリスタン・ウォーカーは検察側の証人として出廷する予定だったから、それが接点なのかもしれない。リヴァーズは十二年も服役してたし、ジョーはいま塀のなかにいる。両方を知ってる囚人がいるかどうか確認する必要があるな」

「それはおれが調べよう」ハットンが言う。

「切り裂き魔事件に関係があるんだとすれば、ほかの被害者遺族も狙われるおそれがある」シュローダーは検討を続ける。ケントとハットンは彼を見つめるうちにその可能性があることを呑み込み、シュローダーは自分の考えに胸が悪くなる。腕時計に目をやる。大半を『清掃魔』の撮影現場である簡易食堂で過ごした一日が終わろうとしている。撮影班には戻ると約束してきた。そっちがいまの仕事なんだと、無理やり自分に言い聞かせる。彼を馘にし、もはや給料を払ってくれない警察のために手がかりを追うのはいまの仕事じゃない。警察は、彼のやったことの真実が露見したが最後、彼ひとりを矢面《やおもて》に立たせるにちがいないのに。

「犠牲者の支援ミーティングがある」そう告げて、また腕時計に目をやる。「ちょうどいまやってるころだな。切り裂き魔事件の関係者の多くがひとつの部屋に集まるんだ。ジョーのせいで人生が変わっちまった人たちが。証言する予定の人も何人かいる。顔を出すといいかもしれんな。関係者の多くから一度に話が聞ける」

ケントがそれについて考える。ハットンも考えているが、彼の場合は、車のどこかに隠したチョコレートバー一本で集中が切れるだろう。

「そうね。いっしょに行きましょう」ケントが言う。

「いっしょに？」シュローダーがたずねる。

「そう、あなたとわたしで。車の運転もさせてあげる」

16

「質問があります」メリッサが言う。

ここに一時間もいるのに、寒さと老いと退屈が増しただけだ。初参加者が話をする必要はなかった。自己紹介の必要も、参加の理由を話す必要もなし。〝ジェッドです。妹が殺されてから十五日になります〟、〝ようこそ、ジェッド〟なんていう手順を踏まずにすんだ。話をした人もいれば、黙っていた人もいる。話をしたのはもっぱら正規《レギュラー》のメンバーだった。普通《レギュラー》の人たち。コーヒーショップで並んでるときにすぐ前にいたのにそれきり思い出すこともないタイプの連中。彼らがぐじぐじうじうじ言うので、メリッサはただ、わたしみたいにいやなことなんて忘れて前向きに生きればいいのに、と思うだけだった。好きなことを見つけなさい！　フィオナ・ヘイワードは話をしなかった。なにも言わず、両手を握りしめて座っていた。きっと、夫の葬儀でもそうしていたんだろう。

全員がメリッサに顔を向ける。

「どうぞ」ラファエルが言う。

メリッサは咳払いをひとつしてから切りだす。「あの、国民投票が……」ざわめきが広がり、その一体化した音が、この話題が関心を集めていることと、ここにいる全員が同じ見解を持っているということを教えてくれる。

ラファエルが両手を上げ、手のひらを小さく振り下ろすようにして制する。全員が水を打ったように静まり返る。「どうぞ続けて」彼が言う。

「えー、国民投票が実施されるので、わたしたちみんな、死刑賛成に投票する機会が得られます。わたしは妹を殺されました」ある警察官によって。そいつがやったのは、一、妹をレイプ。二、妹を殺害。三、自殺。それをハットトリックなんて言う連中もいる。メリッサは不運の三連鎖と呼ぶ。だが、そういった詳細には触れない。「だから、死刑に値するやつがいるとしたらジョー・ミドルトンだって思ってます。来週あの男の裁判が始まるけど、裁判なんてどう転ぶかわからない。つまり、あの男は死んで当然だと――」

「どう見たって死んで当然よ」だれかが大声で言う。輪の向かい側にいる女だ。怒りをたたえた真っ赤な顔。長らく化粧なんてしてないようだ。ぼさぼさの長い黒髪。

「賛成」別のだれかが言う。数席離れたところに座っている男だ。全員が少し間を置き、さらなる怒りの声があがるのを待つが、メリッサからひとつ置いて隣の席の男が「あんなやつ、殺せ」と言っただけだ。

「どうぞ続けて」ラファエルが促す。

「あの男が罰を免れたらどうなるんでしょう？　あの男が心神喪失を訴えて、陪審が釈放を決めたら？　ねえ、どうなります？　あの男が自由の身に？　そんなの不公平です。わたしにとって不公平、妹にとって不公平、この部屋にいるたくさんの人にとって不公平です。そんなことになったら、どうやってあの男に正義の裁きを受けさせるんですか？」

「いい質問です」ラファエルが言う。それはメリッサもわかっている。だからこそ口にしたんだから。

「答えは単純だ」輪の向こうのほうの男が言う。「おれたちの手であの男を殺す」

別の男が立ち上がる。「そうとも、おれたちが殺す。あいつを追いつめて撃ち殺すんだ」

ラファエルが片手を伸ばして制する。「座ってください。私たちがここにいるのは暴力を容認するためではないでしょう」

「いいじゃない」最初に大きな声をあげた女が言う。メリッサは意見を述べだした面々を観察しながら、パートナー候補のリストに加えていく。この調子でいくと、ここにいる全員が喜んで手を貸してくれそうだ。軍隊を編制できるかも。

「それはこの集まりの趣旨ではありません」ラファエルが言う。「ミス……お名前は？」

「ステラです」メリッサは答える。「あの男が罰を免れたりしたら耐えられない」

「ねえ、ステラ、あの男は罰を免れませんよ」ラファエルの声が硬くなっている。それに気づいた瞬間、メリッサはピンと来るものを感じ、ほかの連中のことなど忘れ去る。去年初めてジョー・ミドルトンに会ったときに覚えたのと同じ感覚。大学教授にレイプされて以来、長年かけて発達させてきた感覚、あの教授に組み敷かれて血を流すうちに叩き込まれた感覚。ラファエルこそ、求める男だ。そう感じられる。だれかのなかに詩人を見出す人、安らぎを見出す人がいる。ゲイを見分ける能力を持つ人もいる。彼女の能力は、他人のうちに秘めた怒りを見つけること。ラファエルの心はまちがいなく闇を抱えている。まさに彼女が今夜見つけたいと願っていた闇を。

「でも、もしも罰を免れたら？　無罪判決が出たら？」

「そのときは、われわれの手で罰するんだ」輪の向かい側のだれかが言うが、メリッサは目もくれない。もはやラファエルにしか興味がないので、声の主を確かめたりしない。デザイナーブランドの眼鏡の奥からブルーの瞳で見つめ返しているラファエル。額に青筋を立て、顎をこわばらせているラファエル。そう、あの淡いブルーの目の奥にはどす黒い考えが宿っている。それは確かだ。

「無罪判決が出れば、保護拘置されるか、だれにも知られない場所へ移される。つらいの」彼女は言う。「妹のことを思うとつらい。もしもジョーが罰を免れたら、わたし死ぬわ。わたし……死ぬわ」

フィオナが肩を抱くので、メリッサはその手を振り払って彼女を撃ち殺したいという衝動をこらえる。ここにいる大半が身をのりだしている。

「ステラ」ラファエルの声に、メリッサが片手で顔を覆うと、フィオナが肩を抱く手に力を込める。

「お手洗いに行きたい」と言ってフィオナの腕の下からするりと抜け出し、立ち上がって腹をさすりながらホールの奥へ向かう。みんながいっせいに話しだそうとしている。追ってくる足音が聞こえる。洗面所で顔に水をはねかけて化粧をまだらにする。これで泣いていたように見えるだろう。ちょうどそのとき、フィオナが入ってくる。

「ねえ、大丈夫?」

「大丈夫よ」メリッサは顔をぬぐう。

「本当に?」

「本当に」

「ラファエルが、そろそろお開きにしようって。みんな、あなたを心配してるみたい。泣きながらここに駆け込んだのはあなたが初めてじゃないんでしょうね。コーヒーでも持ってきましょうか? あ、だめね」彼女はメリッサの腹に目をやる。「代わりに水でもどう?」

「いえ、結構よ」

「月曜日に抗議行動を起こそうって言ってる人たちもいるわ」できたばかりの親友が言う。

「裁判所へ行って、死刑支持を訴えるんだって。わたしも行きたいけど、行かないと思う。行くべきなんだろうけど……やりすぎって気がして。言ってること、おかしいわよね？」

彼女は返事を待たずに次の質問をくり出す。「車まで送りましょうか？」

「その前に化粧直ししたいから」やんわりと断わる。

「待つわよ」

「いえ、結構よ。本当に、心配しないで。わたし……しばらくひとりになりたいの」

「ああ、そうね」フィオナが言う。「気持ちはわかるわ」彼女はドアを開け、しばらく躊躇したあと引き返してくる。「こんな話し合いがなにかの解決になるのかどうかわからない。でも、来週も来ると思う。あなたも来る？」

メリッサはうなずく。

「ご主人を連れてらっしゃい」

「そうするわ」

「じゃあ、またね」ふたりで洗面所を出ながらフィオナが言う。

トイレへ向かう者。ホールから出て行く者。ラファエルは椅子を積み上げている。何人かがコーヒーを飲んでいる。通りかかる全員が足を止めて、大丈夫かと訊く。メリッサは大丈夫だと答える。月曜日の抗議運動について相談している連中。メリッサは上着を椅子にかけたままだったので、そちらへ向かう。ラファエルのところへ。

「大丈夫かい？」ラファエルが問いかける。近くに寄ると、麝香《じゃこう》のようなアフターシェーブローションのにおいがして、ちょっぴり父を思い出す——ラファエルのほうがはるかにハンサムだけど。両親がどれほど恋しいか実感する。

「あんなふうに取り乱したりして、ごめんなさい」

「妹さんのことは気の毒だったね」

「娘さんのことはお気の毒でした」

ラファエルはうなずく。本当に悔しいのにちがいない。椅子を積む手は止めないが、彼女に背中を向けないようにしている。

「娘さんを奪った男を痛めつけてやったらどんな気分だろうって考えたことはある？」メリッサは言ってみる。

ラファエルは持ち上げた椅子を床に下ろす。その椅子の背に両手を置いて、彼女に向き合う。「ひとつ聞かせてくれ。きみはなぜここへ来た？」

「みんなはどうしてここへ来てるの？　少しでも理解するため。気持ちに一応の区切りをつけるためでしょう」

「区切りなどつかない」彼が言う。「たいてい、理解にも至らないよ」彼が見つめるので、メリッサは見つめ返す。彼がその瞳の奥に闇をみごとに封じ込めていると感心する。でも、闇は存在する。それはまちがいない。「それでも気持ちを口に出して言うのは、それを耳で聞きたいからだ。私が具体的に聞きたいのは、きみがここへ来た理由だ。妹さんというのは？　ジョーの犠牲者なのか？」

「そうよ」そう答えたとたん、ミスを犯したことに気づく。彼は妹の名前を訊くにちがいない。

「名前は？」

「ダニエラ・ウォーカー」ダニエラを選んだのは、昼間に彼女の夫に会って殺したから。それで、メリッサを嘘つきだと断じることのできる人間がひとり減ったからだ。

ラファエルは微妙な間を置くこともなく、彼女が嘘をついていると見抜いている様子もみじんもない。「ダニエラは気の毒だった」

「あなたがグループミーティングを始めた本当の理由は？」

これには間があく。ごくわずかな間だが、返ってくる言葉が嘘だと思わせるには充分だ。

「人助けのためだ。なぜ始めたと思ってるんだい？」

「人助けのため」単刀直入に、ジョーを殺すのに手を貸してと言えればいいのにと思う。この男はうってつけの協力者候補だ。こんなに簡単でいいのだろうか？　「わたし、どんなことがあってもジョーは法の裁きを受ける、とだれかに言ってほしくて来たんだと思う」

彼はまた顎をこわばらせてゆっくりとうなずく。「やつは法の裁きを受けるよ」

「あなたは死刑賛成の票を入れるの?」

「ああ。私たちはこの一ヵ月、抗議集会の準備をしててね。きみが手洗いに行ってるあいだにその相談をした。参加するなら歓迎するよ」

「死刑に反対するってこと? てっきり——」

「死刑に反対してる連中に対して抗議するんだよ」ラファエルは彼女を制して言う。「死刑制度の復活を望まない連中が裁判所の前に集まる。私たちもそこへ行って、声をあげるんだ。あの連中、人道主義を謳《うた》ってる連中は、近しい人間を殺されるのがどんな気持ちかなんてまるでわかっちゃいない」

「確かにそうね。それに、法案が可決されてジョーに死刑判決が出たとしても、刑が執行されるのは十年も先かもしれない」

「その可能性は充分にある。いや、まずそうなるだろう」

「あなたはそれでいいの?」

彼は渋い顔になり、頭をわずかに傾ける。「ほかに選択肢があるとでも?」

「わたしは気持ちに区切りをつけたいだけ」言葉を慎重に選んで話を進める。

「ご主人の考えは?」

「主人は出て行ったわ。妹を亡くしてから人が変わったって言われた」

ラファエルは彼女を眺めまわし、膨らんだ腹に目を注ぐ。きっと、亭主はろくでなしだと考えているのだろう。「アンジェラを亡くしたあと」彼が言う。「私も妻のジャニスに出て行かれた。あんなできごとのあとじゃ、結婚生活なんてまず持ちこたえられないんだろう」

「もしできることなら」彼女は切りだしてみる。「もしもあなたが、レバーを引くとかボタンを押すとかなんとかしてジョーの命を終わらせる立場だったら、それを行使する？」

「しない」彼はまた椅子を持ち上げて積み上げる。「そうできればいいとは思うが、私はそんな人間じゃない」

彼女はまた腹をなでる。大いなる時間の無駄だった。あと三日しかないのに、運命は彼女を導く場所をまちがえたのだ。運命なんて信じたせい。それに、ラファエルになにかを見出したなんて、ばかみたい。どうやら彼にはなにもなさそうだ。

「もう帰るわ」

「会えてうれしかったよ」

彼女は上着をつかみ、ホールの裏手へ向かう。盗んできた傘が盗まれていた。それが世の理《ことわり》ってやつだろうか。ほかの連中が駐車場を出て行く――何人かは、建物の端に立っておしゃべりしたり、煙草を吸ってたりしている。何人かは、なかでトイレに行ったり、コーヒーを飲んだりしている。雨はまだ激しく降り、強まった風が、外へ出た人たちのさしている傘をかしがせている。メリッサは足もとに用心しながら車まで行き、ロックを解除して乗り込む。上着のおかげで上半身は無事だが、パンツはびしょ濡れだ。ファットスーツのまま運転したくないので脱ぐ。面倒な作業は、まず上着を脱がなければならないせいで三十秒ほどかかる。この雨のなか、暗い車内の姿はだれにも見えるはずはないが、仮に見えたとしても、なにをやっているのかまではわかりっこない。

ファットスーツを脱いで後部座席に放り、ウィッグをはずそうとしたとき、助手席側のドアが開いてラファエルが乗り込んでくる。

「さて、ステラ」彼はメリッサの腹に、続いて後部座席のファットスーツに目を向ける。拳銃が入ったままのファットスーツに。「ここへ来た本当の理由を聞かせてもらおうか」

17

着替えの囚人服は糊《のり》がききすぎて固い。洗濯する人間はろくに注意も払わず、きっと愛情のかけらもないんだ。首がすれて痛い。おれは襟を直してばかりいる。シャワーの時間が終わって、それぞれの居房に戻されるまであと一時間あるけど、おれは自分の房に戻ってる。ケイレブ・コールとやつの考えから距離を置くため、しばらくひとりきりで過ごすためだ。

メリッサがくれた本の一冊を手に取る。さっき読みかけたのとは別のやつだ。本は全部で六冊。カバーに描かれた男女——しみひとつない肌の女、くっきりした筋肉の男——はみんな、絞首刑になるかもしれないなんて状況に直面してないから、どの顔も幸せそうに見える。本にざっと目を通してメリッサのメッセージを探す。鉛筆でつけた印はない。印のついたページはない。三冊目のページを繰る。もう文章なんて読まずになんらかの印を探すけど、角を折ったページも、はさまれた紙片も、下線を引いた一節も見つからない。四冊目も同じ。五冊目も。メッセージはなし。六冊目も。どの本も一度は読まれてる。背が折れてるし、ページが少し汚れてるから。

共用区域へ出て行く。おれたちの唯一の特権はテレビを観ることだ。三十人でテレビ一台だからたいした特権でもないけど、少なくとも退屈しのぎにはなる。テレビ本体のボタンは全部はずされてるし、リモコンは収容区域の外のどこかにある。つまり、観たい番組をめぐって言い争いが起きることはないってわけ。リモコンはときどき、おれたちが拝謁をたまわりたがるんじゃないかって考えてる看守の手のなかに姿を見せてくださる。ま、おれたちはお目にかかりたくもないんだけどね。

今夜はニュース番組だ。でも、ニュースのネタはおれやほかの囚人たちだから、わざわざ観やしない。おれたちの人生、あるいは、おれたちと同じような連中の人生をのぞき見するにすぎないんだから。監獄生活の退屈さにさらに退屈が溶け込むのと同じで、切り替わる映像が入り交じっていく。ばかなまねをしたり、拳銃で撃たれたり、戦争へ行ったり、経済組織から盗みを働いたりする連中の色と形。コマーシャルが現われては消える――糖尿病薬、降圧薬、勃起薬。コマーシャルに出てくる女たちに手を出そうとするなら、おれも飲まなきゃならない錠剤だ。朝起きたときにびんびんに勃起してるのが望みなら、自分の半分ほどの年の女をつかまえることだね。

ニュースのあと、時事番組が始まる。グレーのカーペットに青い壁、その中央に置かれた演壇の奥にひとりの男が立ってる。カメラに向かって話してる。しばらくすると、男がふたり加わる。それぞれに演壇が用意されてる。ひとつはセットの左側、もうひとつはセットの右側に。男たちは、冷ややかとしか表現できない拍手のなかへ歩いて出てくる。客席の連中は、まるで陪審義務で引っぱってこられたみたいだ。

右側の男は現首相。四十代後半の禿げ男。禿げ男ってやつがおれは嫌いだ。おれは禿げ男に投票しなかった。だれにも投票しなかった。左側の男はだれか知らないけど、首相になりたがってるやつにちがいない。もしもおれが投票するなら、髪があるって理由でこっちに入れるね。世のなかのこういうところが理不尽なんだ。禿げ男がこの国を動かしてるってのに、おれは塀のなかにいるんだから。

サンタ服のケニーがロジャー・スモール・ディックとカードゲームをしてる。おれから何メートルか向こうのテーブルに向かい合わせに座ってる。神経衰弱《メモリーズ》。カードをよく混ぜて裏向きに並べ、好きな二枚をめくる。ふたりがここから出たあとの将来を暗示してるにちがいない。子どもをふたり連れてくる。うつぶせにさせる。思い出《メモリーズ》を作る。でもまあ、よその家の地下室でひそかに行なわれることをとやかく言える立場か？　ケイレブ・コールがおれに視線を注いでるけど、見られるぐらい大騒ぎすることじゃないってふりをする。ほかの連中は読書中。読書なんて自分の房でできるのに、意味がわからん。

エドワード・ハンターはどこかで治療を受けるために留守。たぶん年内に予定されてる公判の準備をしてるんだろう。部屋の壁ぎわに長椅子が置かれてて、そこに座って煙草を吸ってる連中もいる。テレビのボリュームは小さいし、テーマは退屈だと思ってたら、ハンサムな司会者の言葉が耳に入る。ふさふさの茶色い髪は、きっと染めてるんだ。「国民は犯罪に怒りを覚えています。殺人発生率はどえらく高いですからね」テレビで何年か観てるうち、この男が汚い言葉を口にするのが好きらしいってことがわかってきた。〝どえらく〟という語が自分の発言に重々しさを加え、〝さあ行け〟タイプの男だってレッテルを貼ってもらえるなんて考えてるんだろう。ときどきは〝くそったれ〟という語も使う。この男は、汚い言葉を使うことで出世街道を歩んでるんだ。

「次期政府は法執行機関や刑務所にもっと金を使うんでしょうか？　さらに重要なことに、今年度の選挙を経て樹立される政府は、国民が極刑を求めているという結果が出た場合、その民意に従う用意があるのでしょうか？　先にお答えください」彼は野党党首に目を向ける。

「まず」野党党首が答えて言う。「現政府は犯罪撲滅のためにろくな対策を打ってこなかったと思います」渋い顔を司会者に、続いてテレビカメラに向ける。「私が首相になったあかつきには、まず、既存の警察にもっと予算をまわし、人員募集を始めます。警察官を増員する必要があるからです。男女を問わず警察官は過剰労働、薄給、疲労を強いられ、職を辞しているのが現状なので」

「ええ、ええ」司会者が口をはさむ。「しかし、貴党は以前もそう約束しながら、いざチャンスを与えられても公約を果たしませんでしたね。同様に、現政権党も前回の選挙でそう公約しています」

「現政権党にはみんなが失望しています」野党党首は、司会者の発言の前半部分を無視している。「だからこそ、政権交代が必要なんです」

「しかし、貴党なんですよ」首相が言い、対立候補を指さす。「五年前に警察予算を削ったのは」

「それは濡れ衣だ！」対立候補は、赤ん坊からキャンディーを奪い、母親に痴漢行為を働いたと非難でもされたみたいに言い返す。

司会者がうなずき、両手を上げて制する。「おふたりとも、そのあたりのことは追いに。ところで、新しい首相に投票をするのと同日に国民は――」

「その言いかたはまちがってますね」首相が笑顔で抗議する。「国民が投票するのは新しい首相ではなく、現首相です」

司会者がうなずく。「ええ、ええ、それについてはお詫びします。でもまあ、結果は年内に判明しますよ。そうでしょう？　とにかく、国民は、政府に投票するのと同じ日に極刑の是非についても投票を行ないますね。首相になられたあかつきには」司会者はまた野党党首に目を向ける。「死刑法案を可決させますか？　あなた自身は極刑に賛成ですか？」

野党党首の表情は、工場出荷時の設定に戻る。決意を秘めた愛想のいい顔、この国の御しかたを心得てる顔、禿げてないというだけの理由でおそらく勝てるだろうとわかってる男の顔だ。「ねえ、ジム、重要なのは、私が賛成だということではなく、国民が賛成しているという点です」

「つまり、民意に従う、と。そうですね？」司会者のジムがたずねる。

「死刑制度の復活を求める声が圧倒的なら、私の政府はその選択肢を検討します」

「検討ですか？」

「そのとおり。慎重にならざるをえませんからね。国民投票が行なわれ、二度と税金を払わないというのが民意だとなった場合、それに従うべきだとおっしゃるのですか？」

司会者ジムはうなずいてる。「ええ、ええ、おっしゃりたいことはわかります。では、首相、あなたのご意見は？」

「それが民意だとなれば」首相が話しだすと、スタジオのライトが禿げ頭に跳ね返る。

「実現させます。そうお約束します。野党党首が例に挙げた納税問題とは異なり、死刑の是非を問う国民投票は現実だからです。税金なんてだれしも払いたくありませんが、納税が義務だということはだれだって知っています。だれだって殺人犯に街を自由に歩きまわられたくないし、そのために打てる手はある。私たちは選択肢を検討して時間を無駄になんてしません。いまこそ、犯罪に対して断固たる態度を取るべきです。国民が死刑制度の復活に票を投じるなら、私の政府はそれを最優先課題とし、年内に法案を提出します。お約束します」テレビを見つめるうちに肌が冷たくなる。この男はおれを殺したがってる。こいつは、禿げ男に対するおれの見解を改めさせる材料をなにひとつ示そうとしない。

「裁判制度を経た犯罪者全員を絞首刑にするつもりだなどと誤解しないでいただきたい。適用するのは、度を越した犯罪に対してのみですから」

「たとえばジョー・ミドルトンの行なった犯罪ですね？」ジムが問いただす。

おれの名前が出たので、何人かが歓声をあげ、何人かが〝その調子だ、ジョー〟といわんばかりに肩を叩く。だが、この調子じゃ、ジョーは絞首刑になってしまう。肌がますます冷たくなる。

「ええ、そうでしょうね」首相が答える。

「では、服役中の重犯罪者については？」

「彼らはすでに刑が確定しています。さかのぼって判決を変更することはできません。しかし私たちは、これから裁判を受ける犯罪者に対して重罰を科すことができます」

「ミドルトンを例に挙げましょう」ジムが言う。「彼が死刑の是非をめぐる運動のきっかけになったことは否定なさらないと思いますが、そのミドルトンの裁判が来週始まります。二カ月は続くでしょうから、ちょうど選挙の時期に重なる。彼の判決は、死刑法案が可決されるまで引き延ばされるでしょうか？」

首相は小さな笑みを漏らす。「ジム、それは先走りというものですし、話も脱線しています」そして、子どもを叱る教師さながら、ジムに向かって人差し指を振ってみせる。

「いい試みだが、私は裁判所の決めるべきことに口をはさむ気はありません。私も対立候補も、この番組に出演したのは、ジョー・ミドルトンの裁判スケジュールについてではなく、さまざまな問題について討論するためですよ」

「がんばれ、ジョー」奥のほうからだれかが叫ぶ。顔を上げて見ると、長椅子に腰かけて煙草を吸ってる連中のひとりがおれに向かって親指を立ててる。ふたりほどが拍手しだす。ケイレブ・コールは、どのみち殺してやるから国民投票なんぞやっても無駄だって目でまだおれをにらみつけてる。

話題はおれのことから経済へ移る。とたんに、おれの〝問題〟はあっさり忘れられちまう。景気なんてよかろうが悪かろうが、拘置所での生活は変わらないって。不況ならおれたち全員が破産を宣言して強制退去させられるってわけでも、好況ならシャンパンつきの朝食を出してもらえるってわけでもないからね。

立ち上がって居房へ戻る。どのみち、あと十五分で戻らされるんだ。寝台に寝ころんで天井を見上げ、なんだってこんなところへ放り込まれるはめになったのかって考える――おれをこんな目に遭わせたのは悪運、バランスを崩した世界だ。一年前と比べて、塀の外にいたころの生活を思い出す回数は減った。けど、あのころは万事好調だった。ザ・サリーがサンドイッチを作って職場に持ってきてくれたし、夜には、母さんか気に入っただれかを訪ねてた。すぐに、あの日曜の朝を思い出す。ザ・サリーが不意にアパートメントの前の通りに現われたあの朝、おれが拳銃自殺しようとしたらザ・サリーが飛びかかった。そしておれは、いつものように考える。果たしてザ・サリーは正しいことをしたんだろうかって。

みんながおれを嫌ってる。

メリッサ以外のみんなが。

おれは本を手に取り、彼女のメッセージを見つけようとする。

18

拳銃はまだファットスーツのなかだ。いまメリッサの手もとに武器はない。キーはイグニッションに挿《さ》さっている。つかみ取ることはできる。それで何度かラファエルを刺す。場当たり的だが効果はある。ただし、騒々しい手口でもある。彼が悲鳴をあげるにちがいないから。そうなると、みんなに目撃され、犯罪のパートナーとともに車でここを離れるという望みどおりの筋書きから打って変わって、パトロールカーの後部座席に乗せられて連行されるはめになる。ほかに選択の余地がない以上、なにか策を考えて、うまく切り抜けられることを願うしかない。とにかく、いまは演じきろう——なりゆきを見よう。彼女は状況を見るに敏だ。いま、彼女の直感は、これはいい状況かもしれないと告げている。

「まずはその装備の説明からしてもらおう」彼が親指で後部座席を指しながら要求する。

「きみは記者か？　本でも書くつもりか？　本当は何者なんだ？」

「そんなんじゃない」

「私は被害者家族の大半を知ってる。ダニエラ・ウォーカー。ご主人に参加を誘った。子どもたちといっしょにどうぞ、と。断られた。だが、ダニエラの両親は参加した。今夜も来ていらしてたよ——きみが本当にダニエラの姉さんなら、気づいたはずだ」あのときメリッサは気づいていた——名前を出すのはまちがいだ、と。だが、ラファエルはだまされたふりがうまかった。あのとき嘘を見抜いていたことをメリッサにみじんもにおわせなかった。今後はその点に用心しなければ。「さあ、もう一度訊くが、きみは本当は何者なんだ?」

「名前は本当にステラ」

彼女は首を振る。「本当よ」きっぱりと言い、彼を納得させる——それとも、今度も彼はだまされたふりをしているのかもしれない。彼女が嘘をついていることに気づいていながら、それを隠しているのかも。

「だが、ジョー・ミドルトンがきみの妹を殺したってのは嘘だ」

「そう。嘘よ。でも……」彼女は顔をぬぐって雨粒を顔全体に広げる。涙に見えることを願って。「でも、あの男は殺したわ。わたしの赤ちゃんを」

「嘘だ」

「本当よ。あいつ……あいつにレイプされたの。去年。妊娠中だった。三カ月半。妊娠して見える服を着るの。妊娠九カ月の、でも失った。わたしの赤ちゃん。だから、あれを……妊娠出産を間近に控えた妊婦になりたいだけ。わたしは妊娠後期を迎えられなかった。あいつが赤ちゃんを殺したから。あいつが赤ちゃんを殺したせいで夫は出て行った。レイプのあと、夫はわたしに手を触れようとしなかった。どこかでわたしのせいだと思ってたし、わたしが警察へ行こうとしないから腹を立ててた。嘘をついたのは悪かったわ。あんな服で妊婦のふりをして悪かった。でも、あれを着るのは、そのほうが気が晴れるから。赤ちゃんが順調に育ってるって思えるから。人生は思い描いたとおりに進んでるって。でも、そうじゃない。人生は順調なんかじゃない。あの人でなしがわたしを傷つけたせい。わたしから赤ちゃんを奪って傷つけた。だから、あいつには死んでほしい。あいつの死を望んでる。今夜ここへ来れば、あいつを、ううん、自分を、許せるようになるんじゃないかって思ってた。だけどいまは、あいつに銃弾を撃ち込んでやりたい気持ちが、前よりも強くなってる。何発も撃ち込んでやりたい。あいつに死んでほしい。たぶん……同じ気持ちの人を見つけたかったんだと思う。計画があるの。ジョーを殺す計画。だから、わたし……だれかに手を貸してほしくて」

彼はなにも言わない。五秒が過ぎる。十秒。いまの話を信じたにちがいない。考えている。選択肢はあるものの、そうたくさんはない。

「そうか……すまなかった」彼がようやく口を開く。

「あいつはわたしの赤ちゃんを殺した」

「みんなの前でそれを話せばよかったんだ」

「みんなの前で？　まさか。あそこに入っていって、赤ちゃんが死んだという事実に向き合えないからこんな服を着て妊婦になりすましてます、心が慰められるからときどき妊婦のふりをしてるんです、って話すの？」

彼は答えない。答えられるはずがない。

メリッサは沈黙を積み上げる。雨がルーフを叩きつづけている。助手席側のドアが開いたままなので、風がときおり雨を車内に吹きつける。ラファエルは頭のなかで選択肢を検討している。彼女は彼女で選択肢を検討している。ラファエルの選択肢は、彼女に協力するか、それとも立ち去るかというもの。彼女の選択肢は、車のキーでまず彼の目を刺すか、それとも喉を突き刺すかというものだ。

「もしも協力者が見つかったら、そのあとは？」

「裁判なんて開かれてほしくない。ジョーに死んでほしいし、わたしが死をもたらしてやりたい。弁護士に、法律知識をふりかざしてあいつを釈放になんてしてもらいたくない。あいつには自由になって身を隠したりさせない。あいつを殺したい」

「計画があるんだな」

「いい計画よ」

彼女が話しているあいだじゅうラファエルはゆっくりとうなずいている。うなずきながら顎をさすっている。考えている。デザイナーブランドの眼鏡の奥で、あれこれと考えている。「二十分」と言う。「かたづけを終えて戸締まりするのに二十分かかる。ここで待っててくれ。いくつか話し合うことがあるかもしれない。私たちにはいくつか……共通点がある」

「二十分。警察に電話するための時間？」

「ちがう」と否定する彼の言葉を、メリッサは信じる。「待っててくれるか？」

メリッサはうなずく。待とう。彼が車を降りる。ドアを閉め、ホールへ引き返す。雨が打ちつけるので、頭を下げ、襟を立てている。ドア口に達したとき、駐車場に一台の車が入ってくる。彼は弧を描くヘッドライトに向き直り、片手を上げて目を覆う。

車が停まる。エンジンが切られる。カール・シュローダーが雨のなかに降り立つ。

19

ラファエルは疲労を感じている。

この前ぐっすり眠れたのがいつだったか思い出せない。娘が殺されたあとも眠り込んだことはあるが、それは消耗しきった体が中枢機能を遮断した――それにより睡眠か死が訪れる――せいだ。死がもたらされることを幾度となく願っているが、目が覚めて、ただ眠っただけだと知る。それを変える方法を、彼は一度ならず考えたことがある。朝、目が覚めるたびに、自分の葬儀で友人たちはなにを言うだろうかと考えるような人生はつらい。死ぬ方法、だれにも迷惑をかけない死にかたを考える人生は地獄だ。死ぬ方法など山ほどある――巧妙な方法も、簡単な方法も。これまで何度、自殺を考えただろう？　百回？　千回？　毎日一回、ときには一日に五回、ときにはもっと。なぜまだ決行しないのか、自分でわからないこともある。自殺するのは時間の問題。それはわかっている。だれかが自殺したと耳にするたび、〝私にはいい考えだと思える〟と感じる。

むろん、強くありたいと願っている。死んだ娘のため、娘婿のため、孫たちのために、強くありたい。ただ、孫たちには会っていない。アンジェラが殺されてから三カ月後、娘婿はこの地を離れた。子どもたちを連れて、地球の裏側へ行ってしまった。娘婿の実家は英国にある。なんとかいう小さな村。ジョーみたいな頭のおかしい男は住んでない村だ、と娘婿は言った。

ラファエルは、いままで生きてきたなかでこれ以上ないほどの孤独をかこっている。ドアロに立ち、駐車場に入ってくる車に目を注ぐ。またひとり、この街でだれかを亡くした哀れな人だろう。車が停まる。ひとりが降りる。すぐに、もうひとり。ふたりとも、雨をよけるためにさっと襟を立て、足早にこちらへ近づいてくる。シュローダーと、知らないだれか。鼓動がほんの少し速まる。悪い知らせでもないかぎり警察が訪ねてくることはない。妻か？　妻がおれの空想を実行に移したのか？　睡眠薬をひと瓶、空にしたのか？

「シュローダー刑事」ラファエルの声が少し震えている。片手を差し出す。

「もう刑事じゃありません」シュローダーが握手をしながら言う。「カールと呼んでもらって結構。こちらはレベッカ・ケント警部です」そう言い足したあと、ケントに向かって言う。「こちらはミスタ・ラファエル・ムーアだ」

ラファエルはケントに目を向ける。髪が濡れ、頬に何本か張りついている。手を伸ばして払いのけてやりたい衝動を覚え、そんな気になったのはケント刑事がひじょうに魅力的な女だからだと思う。

「ひどい夜ですね」中身のない話を続ければ、現実のできごとについて聞かずにすむと考える。

「集会はもう終わりですか？」ケントがたずね、三人そろって開いているドアロからホール内をのぞくと、居残った六人がコーヒーを飲みながらおしゃべりしている。このふたりの刑事——もとい、ひとりの刑事とひとりの元刑事だ——は彼らの顔を見ればだれかわかるのだろうか、とラファエルは思う。この数年のあいだに悪い知らせを聞かされた人たち。国にとっては単なる悪い知らせ、この街にとっては最悪のシナリオ。

「ええ、十分ほど前に」ラファエルはふたりに目を戻している。「なにかあったんですか？　妻の身になにか？」

シュローダーが首を振る。「いえいえ、その手の用向きじゃありません」

ラファエルは安堵のため息を漏らす。よかった。またホールのなかをちらりと見る。願わくはみんなにさっさと帰ってもらいたい。願わくはこのふたりをさっさと追い返したい。ステラの話の続きを聞きたい。ジョー・ミドルトンの殺害を企てている偽妊婦ステラの話を。じつは彼は、ジョー・ミドルトンを殺すことを考えない日は一日もないどころか、自殺を考えるのと同じぐらいの頻度で考えている。「ごぶさたでしたね、カール」

「ええ。申し訳ない。忙しかったもので」シュローダーが言う。

ラファエルは、言い逃れじゃないかと思う。この支援グループを設立した当初、彼もシュローダーも警察官が顔を出すのはいいことだと思っていたが、それは考えちがいだった――警察官がいるということは、グループ内に責める相手がいることになるとわかったのだ。

「また顔を出してください」ラファエルは言う。「助けになってました。参加者たちに、自分たちの声が届くと感じてもらえていた。で、今日はなんの用で？　ミドルトンのことでなにか？　裁判のこととか？」

「ある意味では」シュローダーは言いながらドアロへ一歩詰めるが、それでもまだ雨に濡れる。ラファエルはそれ以上は場所を空けない。さっさと話をすませたいからだ。

「トリスタン・ウォーカーはこちらのグループのメンバーですか？」ケントがたずねる。

「トリスタン・ウォーカー？　正直、参加者の名前を教えるのはどうかと思います。つまり、参加者全員にプライバシー権があるわけだから」その言葉が口から出たとたん、自分でもつじつまが合ってないと思う――シュローダーにまた顔を出せと言ったのはほんの三十秒ほど前だ。

「ラファエル」シュローダーが言う。「そう堅いことを言わずに。重要な用件でもなければここへ来やしません」

ラファエルはうなずく。「なぜ彼のことを？　彼がなにかやったんですか？」

「彼は集会に参加したことがありますか？」ケントがたずねる。ちらりと笑みを向けるので、ラファエルはほんの一瞬、ひそかな空想を彼女に打ち明けたくなる。ビニールでこの身をくるんで地下に隠れ、大量の睡眠薬を飲み込む。そうすれば、だれにも発見されず、なにが起きたのかをだれにも知られることなく、この人生から、この世界からわが身を消し去ることができる。彼女の笑みに屈する男は多いだろうな。今夜でなければ、自分もそのひとりになっていたはずだ。だが、今夜は屈するわけにいかない。ステラが待っている。ジョー・ミドルトンを殺すという考えが頭のなかを駆けめぐっている。

「何度か声をかけたんですが、そのたびに断わられて。そのうち誘うのをやめました」

「なぜやめたんです？」シュローダーがたずねる。

ラファエルは肩をすくめる。「私が連絡するのを喜んでなかったもので。それに、ある噂を耳にして、このグループに入れたい人間じゃないと思ったんです」

「どんな噂ですか？」ケントがたずねる。

「彼が奥さんをよく殴ってたって」ラファエルは両手をこすり合わせて温めながら答える。支援グループのメンバーのひとりから聞いた噂だ。そのメンバーも、いとこだか近所の人だかだれかから聞いたらしい。「本当のことですか？」

「告訴はされていません」シューローダーも両手をこすり合わせながら答える。

「嘘だとは言わないんですね。で、なぜ彼のことを訊きにここへ？　だれかを殴り倒したんですか？」

「今日の午後、殺されました」ケントは両手をポケットに突っ込んでいる。

「そんな」ラファエルはわずかにあとずさる。「そんな」と繰り返す。それ以上なにを言ったものかわからない。〝それはよかった。おそらく自業自得だろう〟などと言うわけにはいかない。彼が奥さんに暴力をふるっていたことを事実として知っているわけではないし、仮に事実だったとしても、それは殺されるに値する罪だろうか。ようやく、その知らせにふさわしい感情が湧いてくる。「ひどいことを」

「ウォーカーはミドルトン裁判で証言台に立つ予定でした」シュローダーが言う。「あなたと同様に。ほかの被害者遺族と同様に。今夜は、証言する予定の遺族がおそらく十人以上は参加してたでしょう」

ラファエルはゆっくりとうなずく。横殴りの風が十秒おきぐらいに雨粒を叩きつけて三人を濡らす。ラファエルは、証言台に立ったらどんな気持ちになるだろうと考える。これまでにも何度も考えた。だれかに止められる前に、証言台を離れて被告人席のジョーにどれぐらいまで近づけるだろう。裁判所内に拳銃をこっそり持ち込むのはむずかしいだろうか。木や骨を削ってナイフを作ろうか。制止しようとする人間は何人ぐらいいるんだろう。そうした考えはすべて空想──彼にできるのはせいぜい支援グループを作って人助けをすることと、週明けに抗議運動をすることだけだ。

「なにが言いたいんですか？」ラファエルはたずねる。「私たちのだれかが狙われるとでも？」

「その可能性を排除できないんです」ケントが言う。

「だれが私たちを狙おうとするでしょう？」

「わかりません」とシュローダーは言うが、ラファエルは信じない。口調から察するに、シュローダーにはなにか心当たりがありそうだ。

「で、私たちはどうすれば？」ラファエルはたずねる。

「じつは、集会が終わる前に着きたかったんです。グループの全員とお話しできたでしょうからね」

「とにかく、何人かの名前は知っています。なんならリストにしましょう。それに、月曜日にまた集まる予定ですから」

「また集会を？」ケントがたずねる。

「いえ、ちがいます。裁判所の前に集まるんです。死刑復活に反対する連中に対する抗議を行なう予定で。うちのグループから三十人ほどが参加するし、たぶん、その全員がだれかを連れてくる。ま、どのみち、ほかにも詰めかける連中がいるでしょうしね。数百人になるんじゃないかな」控えめに見積もるが、実際には数千人にもなることを願っているし、そうならない理由はない。先ほど考えたとおり、国にとっては悪い知らせだ。この手の悪い知らせは国民に不快なあと味を残す――ものすごい怒りが広がって、裁判所まで出向くのもいとわない連中がわんさか現われる。

「あなたがその運動を主導してるんですね？」ケントがたずねる。

「ちがいます」ラファエルは否定する。「参加者のひとりです。主導者《リーダー》はいません」

「でも、抗議運動を組織する手助けをしてますよね」

「憂慮する市民のひとりとして、自分の務めを果たしてるだけです」

「ご承知でしょうが、その手の抗議運動はあれこれ手に負えなくなる可能性があるんですよ」ケントの声が硬くなる。

ラファエルは苦い顔をする。「双方ともに」「私たちの声をなんとしても聞いてもらいたいんです。それに、平和的に抗議する権利はだれにもある。国民はみな〝法律〟で認められた権利を有します。ジョー・ミドルトンみたいなやつがいるからこそ、死刑制度を〝法律〟で認める必要がある」彼の声は平静だが、心の奥ではケントにどなりつけている。「私は全面的に支援するつもりです。グループ全員が参加する予定です」

「もしも負傷者が出たら？　そのときはどうするんですか？」

「私たちみんな犠牲者です。すでに心を負傷しているので。私たちがやろうとしてるのは、死刑反対運動と現行制度に対する平和的な抗議です。それに、デモを牽制《けんせい》するために、警察がある程度の人員を現場に配置するでしょう」だが、口で言うほどの確証はない。この街ではこの数年、警察の人員不足により、抑止力がうまく機能したためしがない――おそらく、月曜日の抗議運動でもそれは同じだろう。だが、街の安全を維持するのは彼の仕事ではない。ケントの仕事だ。ケントをはじめとする警察官の。それと、シュローダーのような元警察官の。

「トリスタン・ウォーカーもその活動のメンバーでしたか？」ケントがたずねる。「彼も参加する予定だったのですか？」

ラファエルは、自分の行なっていることに対して〝活動〟という表現が使われるのを初めて聞いた。どこかしっくりとしない。「うちのグループは、この国を変えようとする人間の集まりです。それが〝活動〟ってことになるなら、そう呼べばいい」

「で、ウォーカーは？」ケントがもう一度たずねる。

「さあ。抗議運動のことは話してませんが、たぶん来るつもりだったんじゃないでしょうか。私は来てくれることを願っていました」

「今夜、新顔はいましたか？　不審な人物は？」シュローダーがたずねる。

ラファエルは片手を顎へやり、人差し指を口の前に立ててゆっくりと唇を打つ。思い当たるのは、車で待っている女だけだ。「不審？　どういう意味で？」

「場ちがいな人間ですよ」

ラファエルは指を口の前に立てたまま首を振る。「いや、だれも。つまり、新顔はいましたが、それはめずらしいことじゃないし、人が殺されつづけるかぎり、この先も新顔が現われるでしょう。不審な人物という意味では、いません。場ちがいな人間はひとりもいなかった」

「本当に？」シュローダーが念を押す。

「だれかが血まみれでナイフを振りまわして入ってきたなんてことはありませんよ。ほとんどの人は、ここへ来た当初は口をきかない。アルコール依存症患者更生会《AA》みたいなものでね。不安なんです。なにを期待できるのかわからない。他人の痛みを聞いてからでないと、自分の痛みを打ち明けたがらない。口を開くまで数週間かかる。私たちはここで、いいことをしてるんです。人助けをね」

「女性は？」ケントがたずねる。「今夜、目についた女性はいましたか？」

「女性？」ラファエルは、とにかく車に目を向けないようにと意識的に努める。「なぜそんな質問を？ トリスタン・ウォーカーを殺したのは女性なんですか？」

「だれもそんなことは言ってません。ある女性から事情を聴きたいだけです。ブロンドの女性ですが」

ブロンドの女性。車の女は黒髪だ。とはいえ、あの女はジョーを殺したがっている。ジョーを殺したい女が、なぜトリスタン・ウォーカーも殺したがる？ ほかの参加者を思い浮かべる。ブロンドの女性は何人かいた。いつものことだ。だいいち……この街にブロンドの女性なんて五万人はいるんじゃないか？

「名前はわかりますか？　それか、ほかの特徴は？」

「ブロンドということだけ」ケントはシュローダーをちらりと見てから答える。「ブロンドのウィッグをつけてるんです」

「手がかりが少ないですね」ラファエルは言う。「今夜、新顔は何人かいましたが、それは毎度のことだし、入会申込書なんてものもないもので。ブロンドの女性も何人かいましたが、目についた女性はいません」

「さっきおっしゃったリストを作ってください。今夜の参加者で、名前のわかっている人たちのリストを」

「五分ほどかかりますが」

「待ちますよ」

ラファエルは一度だけうなずき、なかへ入る。残っていた最後の数人が帰るところだ。

彼らがさよならと言って悲しげな笑みを浮かべる。ラファエルはリストを作りはじめるが、ステラの名前は含めない。ウォーカーを殺す理由のない女に警察の目を向けさせたくない。

それに、あの女は、彼に大きな喜びをもたらしてくれるかもしれない。

20

夕食は一時間後だというのに腹が空いてきた。こんな場所で空腹をまぎらす手っとり早い方法は、献立を考えることだ。現にそれをやって、空腹感が少しやわらぐ。だが、やわらかいステーキ、フライドポテト、バーベキューソースを思い浮かべたのは失敗だ。考えまいとすればするほど食べたくなる。まるで最後の食事ってやつだし、絞首刑になると決まったら、たぶんおれはこの献立をリクエストすると思う。

とにかく、絶対に死刑判決が出ないようにするには、メリッサのメッセージを見つけないと。なにもないとわかってるのに、なにもないのは確かなのに、また本を繰って、やっぱりどこにもメッセージがないって確認する。そろそろ消灯時間だ。この収容区域の居房のドアはすべて施錠されてるから、この居房にはおれと寝台、便器、おれが聞きたいことを語ろうとしない六冊の本だけだ。近くの房の連中の声が聞こえる。みんな、ひとりごとを言ってる。それか、空想の相手と話してるんだ。

六冊の本。

メッセージはひとつ。

いや、メッセージなんてないのかもしれない。次の一冊をできるだけその近くに落とすとむしゃくしゃして本を居房の隅へ投げつけ、次の一冊をできるだけその近くに落とすというゲームを編み出す。もうひとつのゲーム、メリッサの仕掛けたゲームは、おれには理解できない。

本を拾う。また投げつける。居房でこんなに楽しいゲームをやったのは初めてだ。十分ほどの暇つぶしになる。この先三十年もの時間も、こんな簡単につぶせるものだろうか。それとも、その前に殺されちまうかな。本は六冊とも隅に落ちてる。拾う。背の向きをそろえる。背の角を押さえてまっすぐに整える。そのあと、また投げつける。明日にはケイレブ・コールがおれを探しに来る。明日がこの世の見納めになるかもしれない。

また本を拾う。背をこっちに向ける。

タイトルを見る。

『たそがれの天使』、『見せてよ、愛を』、『肉体の欲望』、『愛が街にやってくる』、『かの人はあこがれ』、『たそがれの天使ふたたび』。

案外、メッセージはここにあるのかもしれない。タイトルのどこかに。それぞれのタイトルから最初の語を拾ってみる。〝たそがれ〟。〝見せてよ〟。〝肉体〟。〝愛〟。〝かの〟。〝たそがれ〟。組み合わせてみる。〝たそがれの肉体〟。〝肉体を見せてよ〟。少しは文章らしくなった。〃かの肉体を見せてよ《ショー・ザ・ボディズ》〃。ふたつある〃たそがれ〃がうまくはまらない。〃愛〃はどこに入るんだ？ メリッサは、死体《ボディズ》のある場所を警察に示《ショー》せと伝えたいのだろうか？ 警察が探してる死体、っていうか、少なくとも身元をわかったうえで探してるのは、カルフーン刑事の死体だけだ。メリッサが殺し、おれが埋めた男。シュローダーの言う霊能者がありかを知りたがってる死体。

どうなんだろう。拡大解釈だ。でも、メリッサはカルフーンの埋まってる場所を知ってる。だいたいの場所だけど。甘い寝物語で聞かせてやったからね。メッセージは――これが正解なら――その死体のありかを警察に見せろってことだ。しゃべるんじゃなくて。

よくわからない。それに、〃愛〃は？ だから、だれも好意を持ちそうにないマイナス思考のジョーにはならずに、プラス思考のジョーでいつづける。楽天家のジョー。だれからも好かれるジョー。塀の外にいる自分を想像してみる。カルフーンの死体のありかをシュローダーに見せることを。しゃべるんじゃない。地図を書くんでもない。あの土の道を案内して土の墓を見せる。カルフーンを埋めた地面を。四、五人の警察官が同行するだろう。腰に拳銃を下げた制服警官。ひょっとすると、おれを逮捕した黒服の連中も。歩いていく――前とうしろに何人かずつついて、問題の前兆を見逃すまいとしてる。冷たい空気。湿った地面。葉の落ちた木々に止まってる鳥たち。そのとき、どこからか銃声がとどろいて静謐《せいひつ》を破る。

ただし、それは昼間じゃなくて夕方、〃たそがれ〃だ。メリッサがそう指定してる。ただ、いつのたそがれなのかは指定してない。メリッサは、母さんが今日おれに面会に来るのを知ってる。おれが本を受け取ってメッセージを解読するって思ってる。警察を案内する段取りが決まるまで時間がかかるのも知ってる。だから、今日のつもりじゃないはずだ。月曜には裁判が始まるから、メリッサは明日を予定してるにちがいない。今日も入れたら〃たそがれ〃は二回。これで完全に意味が通じる。

明日、カルフーンを埋めた場所をシュローダーに見せないと。

ただし……

ただし、なんだ？　ありもしないメッセージを読み取ってるんじゃないかぎり。

プラス思考のジョーが、一歩引いてトラブルを検討する。プラス思考のジョーが、おれをさっきのシナリオに引き戻す。〃たそがれ〃。一列になって進むおれたち。銃声。飛び立つ鳥たち。あたり一帯にこだまする雷鳴のような銃声。発砲場所の見当もつかない警察官たち。次の瞬間、すべてが終わる——胸もとに紅《あか》い花の咲いた制服。彼らの血が地面にしみ込むなか、メリッサ登場。彼女はおれの体に両腕をまわして抱きしめ、キスをする。これで万事解決。大成功。彼女が土だらけ、血だらけの現場からおれを連れ出して、小児性愛者と看守どものいる拘置房から遠く離れた世界へ連れて行く。ケイレブ・コールと、やつの意志決定過程から遠く離れた世界へ。グレンとアダムと、やつらがおれに与えつづけてる地獄の日々から離れた世界へ。そういったすべてから離れてベッドに入る。闇から逃れられる。

マイナス思考のジョーが現われる。プラス思考のジョーが正解かもねって言う。

六冊の本のタイトル。〝たそがれに死体のありかへ案内しなさい。愛してるわ〟

いよいよ確信したね。もっと早く気づかなかったなんて、ばかみたいに思えてくる。うまい手だ。じつにうまい手だし、メリッサはすごく頭がいい。だから、まだ塀の外にいる。

だから、警察が見つけられないんだ。

彼女はおれを救い出そうとしてる。

いまでもおれを愛してるから。愛。

寝台に横たわると、絶えてひさしいものを感じる――希望だ。

21

ラファエルがなかに入り、ケントとシュローダーはドアロにとどまる。さらに二度、人が出る際に、やむなく脇へ寄って通してやる。年配の男が通りざまに会釈をして「じゃあ、刑事さんたち」と挨拶する。シュローダーが見覚えのある年配の夫婦は、わずかな金とスニーカーを狙った男に息子が殺害されたことを知らせに行ったときから二十歳も老け込んだように見える。犯人は奪った金でハンバーガーを買い、それを半分ほど食ったところで手錠をかけられた。

「メリッサの名前を出したほうがよかったかもな」シュローダーは言う。

「そうしないことに決めたのには理由があるわ」ケントが指摘する。「改めて言うまでもないけど、彼女の関与は不明。それに、彼女の名前を出したが最後、みんながありもしない事実を探しはじめることになる。わたしたち警察は不確かなことを口にするわけにいかない。その手の情報は、知らないうちにニュース報道されて、メリッサを刺激することになりかねない。見せしめにだれかを殺すという行動に彼女を駆り立てるおそれがある。だいいち、本当に彼女だとすれば、こっちがそれに気づいていると警告するわけにいかない」

「わかってるよ」シュローダーは口を引き結ぶ。「以前は刑事を生業《なりわい》にしてたんだ」

ケントが笑みを浮かべると緊張がやわらぐ。「そうね。悪かったわ」

いまのやりとりで、かつてパートナーだったセオドア・テイトと似たようなやりとりをよく交わしたことを思い出す。娘を殺されたテイトが彼のパートナーではなくなり、私立探偵になったあとのことだ。四週間前、テイトは警察官に復職する手続きを始めた。いまはまだその手続き中だ——いや、テイトが昏睡状態のまま生死の境をさまよっているため保留になっている。ふたりで役割を交代したみたいに思えてならない。テイトが警察官になろうとし、シュローダーがなんであれ以前のテイトのような人間になろうとしている。彼以上にろくでもない人間に、かもしれない。テイトは奥さんとも——テイトが娘を失うことになった事故で奥さんは昏睡状態になっていた——役割を交代し、奥さんが意識不明から脱したのと同じ日に、自分が昏睡状態に陥った。

シュローダーがあの女を殺したのと同じ日に。

逆転した世界。なぜこんなことになったのか不思議だ。

「それでも、名前を出しても害はないと思う」と言う。「彼に話したほうがいい」

「さっき聞いたでしょう。不審な行動をしてる女はいなかったって。だいいち、メリッサがこの会に参加するどんな理由がある？　メリッサの線をたどるのはいいと思ったし、いまもそう思ってる。わたしたちでリストの名前を追いましょう。もちろん、検察側証人のリストも手に入れて、そっちも追う」

ただ、追うのは〝わたしたち〟じゃなくて〝あんたたち〟だ。おれは捜査の一員じゃない。セオドア・テイトのことを理解しようと二年も努力してきたが、いまなら彼がなにを考えていたのかがわかる。自分が同じ道を歩んでいるからだ。この世には、どうしても忘れ去ることのできないものごとがある。

「とにかく、彼にメリッサの写真を見せたほうがいいかもしれない」と言ってみる。「ただし、メリッサの名前は出さない」

ケントがため息を漏らす。

「参考人だと言おう」と言い添える。

「ニュースで観たと言うかもしれないわ」

「ここで見かけたと言うかもしれない」

彼女がゆっくりとうなずく。「わかった。写真は持ってる？」

シュローダーは地面の水をはね飛ばしてズボンの裾を濡らしながら車へ駆け戻る。上半身だけ後部座席に突っ込んで捜査資料ファイルを開く。あるはずのページにメリッサの写真がない。資料を繰ってみる。もう一度ページを繰り、床や後部座席じゅうを探すあいだにも、雨が脚と腰にしみ込む。写真はナタリー・フラワーズだったころのメリッサ。亡くなった妹の名前を使いはじめる前、人を殺しはじめる前のものだ。シートの下も探す。ファイルから落ちたのに車のどこにもない。家にあるのかもしれない。あるいは、どこかの溝に落ちて、いまの彼と同じようにずぶ濡れになっているのかもしれない。

ケントのところへ駆け戻る。「見つからない」と伝える。

「かまわないわ」

「彼には明日、見せてみるよ」

「ねえ、カール――」

「ああ、おれの担当事件じゃないってことはわかってるさ」片手で制しながら言う。「協力しようとしてるだけだ」携帯電話が鳴りだす。ポケットから取り出して発信者を確認する。テレビスタジオ。サイレントモードに切り替え、留守番サービスに応答させる。撮影セットに戻ることになっていた。『清掃魔』は明日、カジノのシーンを撮影する。週末に大金を賭けた連中の自殺現場を主人公たちが清掃するシーンだ。

「ねえ、あなたが写真を探しに行ってるあいだに考えてたの」ケントが言う。「ラファエルが抗議集会のことを言ってたでしょう？　今夜の集会がその準備だったとしたら？　メリッサとはまったく無関係で、国民投票に関係のあることだとしたら？　今朝のブリーフィングで、この国を暗黒時代に引き戻すとして死刑反対を訴える五千人もの群衆が裁判所の前に詰めかけるかもしれない、と聞かされたわ。それにたぶん、ラファエルが集める国民投票支持派は何百人にものぼるでしょう。その全員が、死刑復活がこの国の将来の形だと唱えている。それほど多くの人が自分の意見を訴えようとしてる。爆薬を持った人間がみずからの主張を行なうには格好の舞台よ」

シュローダーはそれについて考えてみる。「ラファエルがなにか知ってると思うか？爆薬はこのグループのだれかが使うと？」

ケントは首を振る。「このグループは暴力反対を旨《むね》としてる。グループの性質上、人を傷つけることを望まない」

「そういう見方もあるだろう」シュローダーは言う。「だが、逆も真なり。グループの性質上、復讐を果たしたいから暴力を肯定してるってこともある。だれしも、目的が手段を正当化すると考えるものだ」

「復讐のためならね。でも、相手がなんの罪もない人たちの場合は話が別よ」

シュローダーはうなずく。おれは疲れてるんだ。さっきのような混乱した発言がその証拠だ。ここでの用がすんだらまっすぐ家へ帰ろう。子どもが目を覚ますまで、だれにも邪魔されずに何時間か眠れるだろう。「確かにそうだな」目をこすりながら言う。

「でも、人間なんてみんな頭がどこかおかしいものよ。賛成派・反対派のどちらかのだれかが、爆薬があれば主張を通せると考えたのかもしれない。負傷者が出れば大義を通すことができる、と」彼女は何秒かシュローダーを見つめる。「大丈夫、カール？」

彼が大丈夫だと答える間もなく、ラファエルがドアロに戻ってくる。去年会ったときよりも少し老けたものの、あいかわらずハンサムだ。テレビドラマで首相を演じそうな男。助言を行なっている番組のどれかで政治がらみの内容に取り組むことになれば、ラファエルを首相役に推薦しよう。

ラファエルが名前のリストを差し出す。「思い出せたのはこれだけです」二十人近い名前が記されている。

「デレック・リヴァーズあるいはサム・ウィンストンという名前になにか心当たりは？」ケントが、どのみちニュースでまもなく公表されることになる名前を出してたずねる。拳銃で市民を――善良なる市民ではないにせよ――何人か撃ち殺した犯人が野放しになっていることが、夜までには国民の知るところとなる。

ラファエルは髪のなかに指を突っ込んで側頭部を掻く。「ありません。知ってるはずの人たちですか？　そのふたりも殺されたんですか？」

「目につく人がいなかったのは確かなんですね？」シュローダーがたずねる。

ラファエルはまた少し考える。そのうちにうなずく。「確かです」

「時間を割いていただき、ありがとうございました」ケントが言い、順に彼と握手を交わしたあと、ケントとシュローダーは駐車場を駆け戻って車に飛び込む。

22

車で現われたのはシュローダーひとりではなかった——女がひとり、いっしょだった。見かけたことのある女。犯罪取締りの前線に立つ人間を知っておくのもメリッサの仕事のうちだ。名前は知らないが、少し前に補充された要員だということは知っている。シュローダーがあの女刑事といっしょにいる理由は、あれこれ考えずともわかる。切り裂き魔事件だ。トリスタン・ウォーカーの死体が発見され、警察は切り裂き魔事件との関連を視野に入れている。切り裂き魔事件はシュローダーの担当だったから、彼の協力を仰いでいるのだろう。ただ、あの事件とどんな接点を見出してここへ来たのかがわからない。

シュローダーが女とともに車で走り去ると、メリッサは拳銃の安全装置をかけてシートの脇に押し込み、C4爆弾の起爆装置をグローブボックスに戻す。念のため、ラファエルが指さしてシュローダーが近づいてくるのにそなえていたのだ。そうなったらシュローダーと女を爆弾で吹き飛ばし、ラファエルには銃弾をお見舞いしてやるつもりだった。

ホールからだれも出てこないまま何分か経過した。ラファエルがなんだか知らない用をすませて出てくる。ドアを施錠するが、メリッサには、だれかが盗みたがるようなどんなものがなかにあるのかわからない――家具類は、ときおり〝ご自由にお持ちください〟と記した厚紙を添えて道路脇に置いてあるのを見かけるようながらくたと大差ない。案外、だれかがなかにものを捨てないように施錠しているのかもしれない。実際にそういうことがあり、いまある家具類もだれかが捨て置いた不用品なのかもしれない。ラファエルが上着の前をかき合わせ、彼女の車へ走ってくる。

「警察だったよ」彼が言う。

「本当に?」メリッサは精いっぱい驚いた口調に努める。今夜の名演技に、女優になっていればよかったと思う。

「今日、ある男が殺されたそうだ」

「まあ、なんてひどい」と言って、彼女は口もとに手をやる。「あなたの知り合い?」

「いや、べつにひどいことじゃない。殺されたのはDV男だ」

はい、ここで眉を寄せて頭が混乱したような表情。「警察がどうしてここへ?」

「そいつの奥さんがミドルトンの犠牲者だった。そいつは裁判で証言台に立つことになっていた」

「話がよくわからないんだけど」

「警察は、犯人が遺族の関係者を標的にするつもりだと見ている。証言に立とうとしている人たちを」

「そんな見方は……どうかしてるわ」そう聞いて内心はほっとしつつも、笑みを押し殺す。それが切り裂き魔事件との接点なら、なんら案ずることはない。本当にどうかしている。

「本当なの？　わたしたちみんな、本当に危険な立場なの？」

車内は刻々と冷え込んでくる。イグニッションをまわしてヒーターをつける。駐車場に停まっているのは、この車のほかには一台だけだ。ラファエルの車にちがいない。ダークブルーのＳＵＶ。車体後部にスペアタイヤを留めて、それにかぶせたカバーに〝もう一台は盗まれた〟と書かれている。それを見て、少し前に聞いた言葉を思い出す――〝ようこそ、クライストチャーチへ。車は先にご到着〟。

「どうかな。でも、今夜の出席者リストを欲しがったよ」

自分もそのリストに載っているのか訊きたいが、わざわざたずねない。ステラという名前から彼女にたどりつくことはまずない。それに、たずねたりしたら、ラファエルに疑いを抱かせることになるかもしれない。

「きみの計画について聞かせてほしい」彼が言う。

「どうして？　警察に通報したいの？」

「ちがう」彼が首を振る。「協力したいからだ。警察に知らせる気なら、ついさっきそうしてたよ」

それはわかっているが、たずねたのは、アカデミー賞受賞者なみの名演技中だからだ。

「ジョーが法廷に立つ前に狙撃しようと考えてるの」

「それだけ？　それが計画？」

「それだけじゃない」

「そう願いたいね」

メリッサは黙っている。彼をひたと見すえていると、そのうち彼がうなずきだす。次の段階を察したのだ。「くわしく話す前に、私を信用できるかどうか確認したいってことだな」

「信用していい？」

彼はうなずくのをやめる。ダッシュボードの計器類の光を受けた顔がオレンジ色だ。ヒーターが徐々に効きはじめる。「アンジェラが殺されたとき、私は死にたかった。拳銃を買って銃口をくわえ、この世とおさらばしたかった。娘を失ったことは、私の人生においてもっとも耐えがたいことだった」彼の言葉に、メリッサはふと妹を思い出す。「娘が殺された直後、私と家内は――まあ、結婚なんて、あれだけのことがあるとたいがい持ちこたえられないものだ。私たちの結婚もそのひとつさ。私には生きていく理由がほとんどなかった。だが、それは私だけじゃないと気づいたんだ。苦しんでる人たちはほかにもいる。なんとか力になれるんじゃないかって思った。それでも、娘の命を奪った男を殺してやる夢を見ない日は一日たりともない。この世にはあの切り裂き魔のような連中がほかにもいる。親たちから娘を奪い去る連中が。このグループは少しはなにかの役に立っている。だが、本音を言うと、この街を見守り、くずどもを退治する自警団を組めるものならそうしたい。ずっとそれを夢見てるんだ。ほら、西部劇に出てくるようなやつだ。馬で乗り込んでくるおせっかい野郎ども。ガンマン。ジョン・ウェインみたいな。クリント・イーストウッドみたいな。だが、そんなことは無理だ。私にそんなまねはできない。それでも、きみに手を貸すぐらいはできる。いまの私は天に生かされてる。そんな現状をましなものにするためのなにかを、ただ待ってるだけ。生きがいになるなにかを。そのなにかは、ジョーを殺すことだ。自分の命なんてどうでもいい。私の人生は去年で終わってる。この支援グループは、私にとっては延命装置みたいなもの――心臓を動かし、呼吸をさせてるだけだ。私はただ命を維持してるだけで、本当の意味では生きてない。ジョーを殺せば心に平安が訪れるにちがいないし、それさえ手にできれば、ほかのすべてを手放してもいい。私は……思い残すことなく死ぬことができる。だから、ステラ、頭のなかで考えてるだけじゃないと言ってくれ。そうじゃないと、私はただ夢を見るしかない。どんなことでもする。本当に、どんなことでも」

「ライフルは使える？」

「使えるようになってみせる。ライフルで撃ち殺す計画なのか？」

「いざとなったらライフルの引き金を引けるのね？」

ラファエルは大きな笑みを浮かべる。しだいに笑みが薄れ、片手を上げて、指折りながら言い分を述べる。「問題がふたつある。まず、ジョーに私の顔を見せたい。私が何者かを知らしめたいんだ。だから、離れた場所からライフルでやつを撃ち殺すのは私のやりたいこととはちがう。ほかに策がなければそうするが、できればもっと近づいて殺したい。あいつの目から命の火が消えるのを見届けたい。死ぬまぎわに私の娘を思い出させてやりたい」

「それで、もうひとつの問題は？」彼が苦痛と拷問のことを言いだすのはわかっている。

当然だ。苦痛、拷問、たっぷりの報酬。

「もうひとつの問題は、あの男に苦痛を味わわせてやりたいってことだ。胸に銃弾を撃ち込めば、あいつの苦しみはそう長く続かない。それがきみの計画で、変更の余地がないのであれば、その計画に乗るが、できることなら――」

メリッサは手を伸ばして彼の前腕に触れる。「それ以上言う必要ない。わたしの計画で、あなたの問題をふたつとも解決できるから」願ってもない展開。これは運命だ。そうにちがいない。運命と、ほかの人には見えないなにかを他人のうちに見つける能力のおかげ。経験から身についた能力。あの大学教授に衣服をはぎ取られた夜から急カーブで上昇した学習曲線。

「裁判は月曜に始まる」彼が言う。「時間は足りるのか？」

「丸三日ある。この計画を確実なものにするには充分な時間よ」

23

おれは汗だくで、スキーマスクが顔にチクチクする。スキーマスクってやつは不可解な発明品だ。テレビでも、オリンピックでも、映画でも、スキーをするのにスキーマスクで顔を隠してる人間なんて一度も見たことがない。彼らは毛糸の帽子、分厚いジャケット、ゴーグルみたいなサングラスといういでたちで、銀行強盗とはまるでちがう。はっきり言って、強盗マスクとでも名前を変えたほうがいい。それか、強姦魔マスクに。とにかく、おれはいま、その手のマスクをかぶってて、そいつが汗でどんどん湿ってくるってわけ。天気のいい日で、大半の人にとっちゃスキーマスク日和《びより》じゃない。青空が広がってるし、いかにも好天の日らしく気分がいい。雲のいくつかがなじみあるものの形に見える。ナイフ、女。雲のあいだで悪いことが起きてるな。おれは鍵を持ってるから、玄関ドアをピッキングする必要はない。鍵を使って錠を開け、なかに入る。冷蔵庫から漏れる冷気と友だちになり、きりっと冷えたビールと親友になる。コーラじゃなくてビール。コカ・コーラは特売してないからね。テーブルにつくと、寝室から音が聞こえる。だいたいがいびきだけど、ときどき、寝返りをうったときにベッドのスプリングのきしむ音が混じる。ってことはもう昼間じゃない、と気づく。青空もない。真夜中だ。なぜかわからないけど、時間が飛ぶように進んでる。ま、夢のなかじゃ時間はそんなふうに動くんだろう。指先でマスクの位置を整えたあと、愛用のブリーフケースを開けて、ナイフの刃に触れる。キッチンでじっとしてるうち、いびきが止まって足音が聞こえ、廊下の先に明かりが灯る。二分後、トイレを流す音。また足音がして、母さんがキッチンへ入ってくる。おれはまだ座ったままだ。

「だれ？」母さんが訊く。

「ジョージじゃないよ」おれは答える。だって、おれが悪い人間だって母さんに思われるのだけはいやだからね。そこから先、話はナイフにさせる。ナイフのやつが何度も何度も母さんに話しかけるうち、母さんとおれとキッチンは共通認識に達する。血なまぐさい。いつだってそうなんだ。

「いつもそうなるの？」女がたずねる。その女はおれの向かい側に座ってる。

おれは面会室に、現実に戻る。金曜日の朝。差し入れの本を見てメリッサのメッセージを何度も確かめ、大きな期待とともに始まった一日。そのあと朝食になり、ケイレブ・コールと何度か目が合ったあと、看守たちがおれを連れに来た。精神科医との面会の時間。精神科医の女が身をのりだして、指を三角形に組む。そうする決まりなのにちがいない。

きっと、精神科医の学校で一日目に教えるんだ。教師が、一九四〇年代にでも撮られた粒子の粗い白黒の映像を見せながら、賢く見える座りかたを生徒たちに練習させるんだろう。実際には阿呆に見えるってことに、精神分野を学んでる連中が気づいてないなんて、ちょっとした皮肉だけど。おれの担当の精神科医のいいところは、阿呆以外のいろんなものに見えるってことだ。まず、魅力的に見える。それはいいところだってのと同じぐらい悪いところでもある。おかげで気が散るからね。そもそもジョーがこんなところへ入る原因になったたぐいのことをジョーに想像させるんだ。ひと言残らず記録するために、彼女の前には小型レコーダーが置いてある。

「いつもそうなるとはかぎらない」おれは教えてやる。「だいたいそうなる。よくわからないけど。前は夢なんて見なかった。でも、いまは、そう言い切れない。見慣れた夢だって気がするから。生まれてからずっと見てるって感じ。目が覚めて、自分が本当にやったって思うことがある。母さんが死んで、そのせいでおれはここに入れられたんだって。一度、そう確信したあまり、母さんが無事だって確認するために電話をかけたくなったぐらいだ」最後の、電話のくだりは嘘だ。「毒を盛ることもある。強盗の格好で母さんの家に忍び込んで死ぬほど怖がらせたことも一度。夢はいつもリアルなんだ」

それ以上の説明は加えない。しようと思えばできるけど。なにが正解なのかよくわからない。この精神科医の名前はアリス。姓のほうはもう忘れた。正直言うと、名前のほうも怪しい。アリスじゃなかったかも。エレンだったかもしれない。いや、アリスンかな。案外、アリ・エレンかなんかだったりして。おれはアリの顔を見つめようとする。なだらかな頬骨、顎のライン、大きな青い瞳を。目が彼女の体をなでまわすのを止めようとする。その曲線美は宝の地図みたいなもんだ。各地に隠された宝をあばいて略奪し、〃×〃印を刻んでやりたい。黒いスラックスにクリーム色のブラウス。きっと骨が折れるだろうな。襟ぐりは深くないし、スラックスはぴっちりしてないから。

おれの回答が正解かどうか、彼女にたずねる必要はない。あらかじめ、正解なんてないって告げられたんだ。それが嘘だってことは、だれだって知ってるけどね。正解か不正解かを告げるのは自分の仕事じゃない、おれを評価してその結果を裁判所に伝えるのが仕事なんだってさ。そう言ったときの彼女は嘘をついてたんだ。もしもおれが、被害者ひとりひとりの詳細を覚えてる、女たちを殺したのはそれが楽しいからだ、なんて言ったら、不正解だと見なされるはずだ。正解は山ほどある。それを答えれば、彼女は心神喪失を認める書類に判を押してくれる——あとはただ、そうなるための回答がなにかをつきとめるだけだ。

彼女が指をほどく。「お母さんに対して、昔から悪い考えを持っていたの？」おれの母さんに会ったことがあればそんな質問はしないはずだ。

「〃悪い考え〃ってのがどういう意味かによるな。だれだって悪い考えは持ってるだろ」

「でも、みんながみんな、自分の母親を殺す夢を見るわけじゃないわ」

「そうなのか？」

彼女の目が少し丸くなる。おれの言ったなにかがショックを与えたにちがいないけど、どの言葉なのか、よくわからない。「そんな夢を見るのはあたりまえのことじゃないのよ、ジョー。めずらしいことなの」

「えっ」本当に驚いたし、それを彼女も感じ取ってる。会話が進めば、もっと驚いた口調にしないとな。「でも、眠ってるんだから悪い考えだなんて判断できない。そうだろう？夢をコントロールするなんて、だれにもできないよ」

「確かにそうね。あなたが殺害した女たちのことだけど」彼女が言いかけるから、おれは片手を——手錠で椅子につながれてないほうの手だ——上げて制する。

「どれも覚えてない」

「ええ。それはわかってる。さっきそう言ってたから。でも、お母さんを殺してないのに、殺した夢を見る。ほかの人の夢は見ないの？」

おれは首を振る。「見ない。一度も」

彼女がうなずく。彼女の考えてることはわかる。母さんと女たちのあいだに関連を見出そうとしてるんだ。おれが殺した女たちは、母さんを殺さずに母さんを殺すための手段なのかどうか、女たちが代理の被害者なのかどうか、判断を下そうとしてるんだ。

「お母さんのことを話して」アビー・アリが媚びるような艶《つや》めいた口調で誘う。なんだって、こんな場所でおれみたいな男と面会させるために女をよこすんだろう。この女は悪党コンプレックスなんだ、とピンと来る。すぐに、そんな理由じゃないと気づく――女がおれを弁護する証言をすれば、陪審は好意的に受け取るはずだ。陪審は、彼女がおれといっしょに過ごし、そのあいだに彼女がレイプ殺人の被害に遭った確率が完全にゼロだったことを知る。おれに対する支持率は天井知らずってわけさ。

「母さんは結婚するんだ」彼女に告げる。

「そのことをどう感じてるの？」

その質問は、きっと二番目に習得する項目なのにちがいない。指を三角形に組むことの次、上着に革の肘当てを縫いつける方法を学ぶ前に。〝いいですか、みなさん。なにをやってもだめなときは、最後の手段として『そのことをどう感じていますか？』と質問しましょう〟。精神医学なんてその程度さ。〝なにをやってもだめなときは〟の繰り返し。精神科医どもは、自分の判断に自信がないから、最初に患者の回答を求めるしかないんだ。

「感じる？　なにも感じないけど」

「怒りを感じてはいない？」

「いったいどうして怒りを感じるんだい？」と聞き返す。怒りなら覚えている。エレンに対してだけじゃなく、母さんにも。

「見捨てられたように感じるかもしれないから。お母さんがあなたとあなたの置かれている状況を忘れて新しい男に心を移すと思っているかもしれない。お父さんが亡くなったあと、お母さんの日常を左右する男はあなただけだったのに。それで、結婚式はいつ？」

「月曜日だ」私は告げた。

彼女は、それで納得がいくとでもいうようにうなずく。「公判の始まる日ね」

「あんたがいま言ったようなことはどれも感じてないよ」これまでになく母さんに怒りを覚える。母さんはとっくに心を移してる。自分自身以外に大切に思うのはウォルトだけだと、すでに証明済みだ。「ただ、なんだっていま結婚の約束をするのかが理解できない。よりによって、いま。いま婚約するんなら、なんだって来週に結婚するんだ？　何年か待てばいいだろう？」

「ふたりの人生に待ったをかけたいの？」とたずねる彼女の口調からは、おれを批判してるのかどうか判断がつかない。

「待ったをかける？　確かに、ふたりにはよく考えてもらいたいね。考えたって害はないだろう？　せめて裁判が終わるまで待ってほしいんだ」

「ふたりは、あなたがここから出ることはないと考えているのかもしれないわね」

おれは首を振る。本気でそう考えてる人間がいるとは思わない。「だとしたら、ふたりは考えちがいをしてる」

「あなたはだれも殺してないから？」

これは重要な質問だ。きっと彼女は車でここへ来るあいだにこの質問を何度も練習したにちがいない。

「おれが女たちを殺したことはわかってる。みんながそう言いつづけてるから。最初はなかなか信じられなかったよ。でも、空が落ちてくるって何百人もが言うなら、空は落ちてくるんだ」そう言って、浮かない顔をしてみせる。お得意の〝ジョーは悲しい〟って顔だ。ほかの連中に試したときはうまくいってた。「みんなの言うことが本当なら、おれはここから出られなくて当然だ。たぶん……」そこでちょっとばかり芝居じみた間を置く。一拍、二拍。「たぶん、おれは死んで当然なんだ。きっと……」一拍、二拍。「みんなはそうしようとしてる。おれを殺そうとしてる。みんな、テレビの連中が話題にしてる法案を可決して、おれを死刑者リストのいちばんにするつもりなんだ」

彼女は答えない。いま言ったことは本気じゃないし、彼女が真《ま》に受けてるのかどうかもわからない。沈黙が大きくなり、おれは、露骨にならない程度に知的障害があるように聞こえるせりふでその沈黙を埋める必要に駆られる。

「だって、おれがやったってみんなが言ってること——おれじゃないんだ。おれはそいつじゃない。だれかに聞いてくれ。母さんか、前にいっしょに働いてた警察官たちに」あの一連のできごとが脳裏によみがえる——女たち、獲物たち、卵を押し込んだ口、瀕死のうめき。椅子のなかでちょっとだけ姿勢を変える。あいだにテーブルがあるおかげで、勃起してることを彼女に気づかれずにすむのはありがたい。めずらしいよ。昔なら、アリみたいな女とのあいだに邪魔なものがあるのは気にくわなかったからね。

「どの事件も覚えてないの？」

「おなじみの言い訳みたいだよね。あんたはどうせそう言われると思ってただろうけど、そう言ったからって、おれが嘘をついてるって証拠にはならない。悪党ってのは自分のやったことを覚えてるもんだ。だからやるんだから。思い出すために。たぶんね。おれの願いは、よりよい人間になることだけだ。だから、おれがやったってみんなが言ってることをおれがやったんだとしたら、おれに二度とそんなことをさせないでほしい。こんな面会は時間の無駄かもしれない。おれをここに閉じ込めて鍵を保管したほうがいいのかも」

「鍵を捨てる」

「へっ？」

「〝鍵を捨てる〟っていうのが決まり文句よ」

「なんの鍵を？」

アマンダはまた指を三角形に組む。両の人差し指を唇に押し当てる。「あなたがいま言ったようなことを口にする人はほとんどいない。収監されて当然だなんて。正直な言葉に聞こえるわ」

「正直な言葉さ」

「問題はね、ジョー、正直を装っているようにも聞こえるってこと。検察側の精神科医は、あなたが世間を欺こうとしていると断じるでしょうね」

おれは黙る。彼女が重要な決断を下そうとしてるんだ。いま口を開こうものなら、うっかりやりすぎちまう。黙ってるのがいちばん。まんまと彼女を納得させたって自信を持ってりゃいい。

「どっちにも取れる」彼女は言う。「ただ、わたしには判断がつかない」

どういう反応が正解なのかわからない。言葉にしろ、気持ちにしろ。次はどんなふりを装えばいいんだろう。彼女に礼を言ったものか、当意即妙の言葉を返したものか、あるいは魚みたいに床の上でのたうったものか。

「問題は、あなたが精神障害を装っていたことよ」

「装ってなんてない。みんながそう見てただけだ」

「悪いのはみんなだ、と？」

「わからない。そうかもしれない。おれが悪かったのかもしれない。でも、みんなはおれを見下してた。どうしてだか、おれに同情してた。それはわかったけど、理由のほうはわからなかった。ひょっとすると、自分たちほど格好よくないってだけで清掃人みんなを見下してるのかもしれない」

「どうしてたずねなかったの？」

「どうやって訊くんだい？　〝すみません、刑事さん、どうしておれを阿呆だと思うんですか？〟って？　そんなこと訊けるわけない。みんなのなかにいると、いつも自分が劣ってるって気がしたよ」のろまのジョーが消えて、機敏なジョー、利口なジョーが登場。利口なジョーは好調だ。「だから、みんなはおれをそんなふうに見てたのかもな」

「それもまたずいぶん洞察力に富んだ見方ね」アリが言う。

おれは答えない。利口なジョーの問題は、ときどき利口すぎて墓穴を掘ることだ。

「あなたのことをもっと知りたい」彼女が言う。「週末いっぱい時間があるわ。あなたがわたしに話す内容はすべて守秘義務によって守られる。わたしは、検察側ではなく、あなたとあなたの弁護士に有利となるように努めるつもりだから」

「わかった」

「でも、あなたが嘘をついていると判断した場合、即座に面会は終了し、わたしは二度と面会に来ない。法廷でその旨を陪審に説明する。つまり、あなたの利益になるように動くつもりだけど、真実も追求したい。三日あるから、そのあいだに正直に話して」

三日間、嘘がばれないようにするさ。それぐらいなんとかできる。いや、メリッサの計画どおりにことが運べば、そんなことをする必要もない。「わかった」口ではそう言う。

正直になるということに関しては、出だしからつまずいた格好だ。「で、どこから始めの？」

「例の夢のなかで、あなたはスキーマスクをはずす？　お母さんは、あなただと気づく

「おれの過去？　なんで？」

「あなたの過去について話しましょう」

る？」

それについて考える。夢のなかで、ビールを飲むこともあればコカ・コーラを飲むこともある。乗りつける車がブルーのときや赤のときがある。家もそのときどきでちがう。おれの家だったり、母さんの家だったり、侵入したことのある家のどれかだったり。母さんの着てるものがネグリジェのとき、ドレスのとき。金魚たちがいることもあって、おれはミートローフを細かくほぐして金魚鉢に振りまいてやる。母さんを殺す方法もさまざまだ。絶対に変わらないのは、おれ。いつもかならずスキーマスクをかぶってる。母さんのコーヒーに殺鼠剤《さっそざい》を入れるときさえ、スキーマスクをかぶってるんだ。

「はずさないな」

「それは確か？」

「いや。はずさないと思う」

「それで、お母さんは？　あなたの正体に気づいているの？」

それについて考える。縦とも横ともなく首を振る。「気づいてるのかもしれない。驚い

た顔になるから。クリスマスの顔をする」

「クリスマスの顔？」

「そう。おれはそう呼んでる。母さんの驚いた顔だよ。話せば長い」

「どうせ、どこかから始めなければいけないの」アリが言う。「その話から始めましょう」

だから、そうした。

24

そういえば、子どものころのおれはサンタクロースの存在を信じてた。両親がそれを重視してたんだ。クリスマスの朝、目が覚めると、クッキーと牛乳がなくなってて、暖炉の下まわりに煤《すす》がついてた。父さんはいつも、屋根からサンタの足音がしてトナカイの姿がちらっと見えたって話してくれた。おれはサンタが来たことには興奮したけど、会えなかったことにがっかりしてた。イヴの夜は眠らないようにがんばってるのに、翌朝七時、カーテンから差し込む陽光のなかで目が覚めて、眠っちゃったことに気づくんだ。サンタは自分が来たことをだれにも知られずに家に忍び込む方法を心得てる。そこがおれとの共通点さ。

とくに記憶に残ってるのは八歳のときのクリスマスだ。サンタの存在を信じてる時期はもう終わってた——ま、何年もあとになって、サンタ・ケニーのような男の存在を信じるようになるんだけどね。当時の母さんはいまとはちがった。父さんもだ。父さんがどんな男だったのか、おれにはよくわからない。どこかちがったんだけど、どこがどうちがってたのか、いまもっておれにはわからない。なんであれ、母さんは知ってたと思うよ。夫婦間の問題だったんだ。それに、問題が起きるたびに父さんはウィリアムの——おれたちはビリーおじさんって呼んでた——ところへ行ってた。ビリーおじさんは、おれと血のつながったおじじゃなくて父さんの親しい友人だ。でも、あのクリスマスのあと、ビリーおじさんはうちへ来なくなった。ビリーおじさんと父さんと母さんが仲たがいしたんだ。おれはよく、母さんと父さんのあいだの問題はビリーおじさんだったんだって考える。

クリスマスに仔猫を母さんにプレゼントした。生後七日の白黒猫で、学校の友だちの飼い猫が産み捨てた仔猫の一匹だった。雑誌一冊と交換したんだ。その友だちは両親に黙ってたし、おれも父さんに言わなかった。あのとき親に話してれば、状況はまったくちがってただろうな。あの仔猫を見たときの母さんの顔が頭から離れない。クリスマスの顔。唇をめくり上げた凶暴な笑み、サメみたいに剝いた歯。顔からこぼれ落ちそうなほど大きく見開かれた目。最悪な夢から醒めた瞬間、それがすべて現実だったってわかったみたいな顔だった。母さんはあの仔猫が気に入らなかった。最初は、意地悪な女だ、薄情な女だって思ったよ。だって、だれだって仔猫は好きだろ。みんながさ。

母さんは仔猫好きじゃないってわけじゃなかった。そうじゃなくて、死んだ仔猫が好きじゃなかったんだ。封をして包装紙でくるんでリボンを結んだ箱に五日も入れてた仔猫が好きじゃなかった。八歳だったおれは、相手の気持ちなんて読めなかった。こんなに年数が経ったいまも、人の気持ちを読むのは得意じゃないけどね。

おれがアリに話し、アリがメモをとる。面会室の椅子は座り心地が悪いうえ、おれはその椅子に手錠でつながれてる。それがたぶん、アリがひとりでこの部屋でおれと面会してる唯一の理由だろう。彼女は人間不信なのか、それとも、この十二ヵ月間おれが孤独にさいなまれてたことをよく知ってるかのどちらかだ。十分もあれば、看守どもが彼女を床からかたづけ、おれがまたしても記憶喪失を訴えることになるってことを承知してるんだ。

「仔猫が死ぬとわかってたの？」

「考えてもみなかったよ」それは本当だ。考えなかった。母さんにあげるすばらしいプレゼントになると思っただけだ。結局、そうじゃないとわかった。おれは母さんのためにすばらしいことなんて一度もやってないって。逮捕されたのだけは別だけど。母さんの人生は本当に順調そうだからね、母さんにとっても、ウォルトにとっても。

「様子を確かめなかったの？　餌をやろうと思わなかった？」

「名前はあったよ」考える前に言葉が口から出る。「ジョンっていうんだ」

「その仔猫にジョンと名づけたの？」

「死んでたから。同じ年に死んだジョンじいさんと同じで」

「つまり、仔猫が死んだあとで名前をつけたのね？　おじいさんの名前を？」

「だれだって猫に名前をつけるだろう？」

彼女はまたノートになにか書きつける。「お母さんが箱を開けたとき、仔猫が死んでるのを見て、あなたはどう感じた？」

「さあ。悲しかったと思うけど」

「思う？」

「だれだって悲しむんじゃないか？」

「悲しむか腹を立てる。だけど、あなたは推測してるだけよね、ジョー。自分がどう感じたのかわからないんでしょう」

おれは、どうでもいいというように肩をすくめる。どうでもよくないのかもしれない。おれにはわからない。彼女がおれを罠にかけようとしてる気がするけど、そのやりかたがわからない。この女はおれを助けるはずじゃないのか？　次の瞬間、ピンと来る。おれのためじゃない。自分のため。自分のキャリアと、この件のかたがついたときに踏み出す次のステップのためだ。おれはこの女が将来書く医学論文のテーマなのかもしれない。

「ジョー？　なにを考えてるの？」

「あの仔猫のこと」

「正直に答えて。あなたは悲しかった？」

「もちろんさ」

「仔猫が死んだから？　それとも、お母さんがあなたに腹を立てたから？」

お気に入りの雑誌の一冊と交換したものがなんの役にも立たなくなったから。それが本当の真実だ。「両方だ。たぶん」

「推測はやめなさい、ジョー。お父さんは？　どうしたの？」

「どういう意味だい？」

「仔猫を見たときよ。お父さんはどうした？」

「それがさ、母さんは箱を床に落としたんだ。箱が傾いて仔猫がすべり落ちた。仔猫はおれが箱に入れたときとまるでちがって見えたし、ふたが開いてるから臭くて。父さんはふたを使って仔猫を箱に戻し入れ、外へ持っていって燃やしたんだ」

「お父さんがあなたになにをしたかを訊いてるのよ、ジョー」

「なにも」

「あなたをぶった？」

「ああ、ぶったさ。あんたはそれを聞きたかったのか？　横っ面を思いきり張りとばすもんだから、あざになった。父さんにぶたれたのは、あとにも先にもあのときだけだ。あの日の夜、父さんが部屋へ来て、おれを抱きしめて、悪かったって言った。父さんはあれきり二度とおれをぶたなかったよ。あのときは、いきなりだったから、なにが起きてるのかわからなかった。あの日一日、父さんに死んだ仔猫をあげなかったから怒ってるんだって思ってた」

エイミーは黙ってる。おれは小さな笑みを浮かべる。「冗談だ」と言う。「最後のは」

彼女が小さな笑みを浮かべる。プリンス《P》・チャーミング《C》・ジョー《J》――白馬の王子ジョー――が現われたと思ってるんだ。彼女に理解しうる唯一の問題は、おれが多重レイプ殺人の容疑で収監されてることだ。みんなと同じく、彼女も、恋に不可能はないって知ってる。PCJにユーモアのセンスがあるから喜んでる――ユーモアのセンスがあるのはいいことだ。女は決まって、ユーモアこそ大事だなんてたわ言をぬかす。見た目よりも大事だ、って。願わくは、経歴よりも大事ならいいけど。女は傷痕も好きだ。だけど、傷痕のせいで、おれの顔の左半分がゆがんでハロウィーンの仮面みたいだし、いまでも、銃弾が肉を切り裂いた痕が熱く感じられることもある。笑みを大きくしかけたところで、彼女とのあいだに広がりかけてた瞬間を逃す。まばたきしたときにまぶたが引っかかって、ウインクしたみたいに見えるせいだ。彼女が顔を少しくもらせる。

「引っかかるんだよ」おれは言う。「あの事故のあと」手を上げて左まぶたを引き下ろすと、ちくりと痛んだあと、ちゃんとまばたきができるようになる。

「あの件を事故だと言ってるの？」

おれは肩をすくめる。「ほかにどんな言いかたがある？　好きこのんでこうなったわけじゃないのに」

「その理屈だと、癌《がん》に冒される人も、これは事故だと言えそうね」

「でも、おれは癌に冒されちゃいない」

「それなら訊くけど、あなたが意図してこうなったのではなく、自分のやったことを本当に覚えていないのだとしたら、なぜカルフーン刑事の拳銃を所持していたの？　そして、なぜその拳銃で自分を撃とうとしたの？」

さあ、それだ。これまでにも何度か訊かれた、うっとうしい質問。幸い、簡単な返事を用意してるけどね。「それも覚えてないんだ」その返事を口にした。

「あのね、ジョー――」

「本当だ」自由なほうの手をまた左目まで上げる。まぶたがときどき引っかかる障害が生涯残るって医者が言ってた。どうしてなのか、なにに引っかかるのかはわからない。あの医者は情報を提供しようって気分じゃなさそうだったし。それよりも、自分がだれを治療するのかのほうに興味があるみたいだった。それと、夜にバーで仲間になんて話そうかってことに。

彼女の表情がほんの少しゆるむ。「痛みはあるの？」

「目が覚める瞬間だけ」

「じゃ、話を進めましょう。お母さんにほかのペットをあげようとしたことはある？」

その考えを一蹴《いっしゅう》する。「ない。どうせ母さんは喜ばないから」

「生きてるペットのことを言ってるのよ」

「なんだ。でも、答えは同じだ」

「その仔猫以外に動物を殺したことは？」

「それじゃまるで、おれがジョンを殺したみたいだな」

「あなたがジョンを殺したのよ」

「ちがう。ジョンを殺したのはあの段ボール箱と空気不足だよ。おれが八歳だったから、ジョンが死んだ。事故だったんだ」

「あなたが傷を負ったのが事故だったのと同じね」

「そのとおり」彼女が理解しはじめたことに満足を覚える。

「まだ答えてないわ、ジョー。ほかにも動物を殺したの？」

「なんでおれがほかの動物を殺すんだい？」いや、ほかにも動物を殺してる——人間を殺す代わりに。得たいものを得るために。

「わかった。今日はこれぐらいにしましょう」彼女がノートをブリーフケースにしまいだす。おれが昔ランチとナイフ類と拳銃を入れてたのによく似たブリーフケース。一瞬——ほんの一瞬——本当におれのじゃないかって思う。

「なんで？」

「あなたが正直に話そうとしないからよ」

「えっ？」

「動物のこと。二度たずねたけど、あなたは二度とも質問をかわした。それはつまり、あなたは本心からわたしの助けを必要としていないってことよ」

「ちょっと待ってくれ」立ち上がろうとしたが、手錠に動きを制限されてる。

「明日来るかどうかは考えておくわ」彼女が言う。

「どういう意味？　来ないかもしれないってこと？」

「あなたが作り話をしているのかどうかを判断する必要があるの。わたしが聞きたいだろうと思う回答をしているのかどうかを。女たちに行なったことを覚えてないという言い分は、ちょっと受け入れがたいかもしれない。前例があるのよ。今回もそうなのかもしれない。あなたは自分の言ってることが充分にわかってるように見えるから、心神喪失を訴えるのはむずかしいわね」

おれはだんまりを決め込む。なにも言わないほうが、おれには有利に運ぶようだ。

彼女がドアロへ行き、ドアを叩く。

「待ってくれ」おれは彼女を引き止める。

「なぜ？」

「頼むよ。おれの命にかかわる話をしよう。怖いんだ。ここにはおれを殺したがってる連中がいる。この何年かのあいだに自分がいったいなにをやったのか、まったくわからない。どうしたらいいかわからないし、怖い。頼む、お願いだから帰らないでくれ。まだ。あんたがおれを信じてなくても、おれには話し相手が必要なんだ」

看守がドアを開ける。アリがドアの内側に立ったままおれを見つめ、看守はドアの外側に立ったままアリを見つめてる。

「どうなさいました？」看守が呼びかける。

彼女は看守を見る。「ノックはまちがいよ」彼女がテーブルへ戻る。看守はあきれ顔をしながら肩をすくめるのと、ドアを閉めるという動作を同時にやってのける。

「わたしともっと会いたいの、会いたくないの？」

理想をいえば、できるかぎりたくさん彼女と会いたい。手錠をかけられてなくて、看守がドアの外にいなければ、彼女の隅から隅まで知ろうとして奮闘してるだろう。

「もちろん会いたいよ」

「それなら、わたしには率直に話して。いいわね？」彼女がふたたび腰を下ろす。椅子のなかで身をのりだす。感心なことに、指は組まない──少なくとも、すぐには。組むのは質問を放ってからだ。「わたしに嘘を言ってごまかそうとしない、ジョー？」

「しないよ」

「じゃあ、子どものころの話に戻りましょう」

「話すことはあまりない。母さんと父さんはごく普通の人たちだ」

「お父さんは自殺してるわね。それは普通じゃないのよ、ジョー」

「わかってる。おれが言ったのは、ほら、夫婦力学は普通だったってこと。父さんが仕事に行き、母さんが家を守り、おれは学校に行ってた。変化といえば、三人とも年をとっていくってことだけだった」

「お父さんの自殺について、どう感じてる？」

おれは首を振る。そのことは話題にしたくない。「本気で訊いてるのか？　おれがどう感じたと思う？」

「正解を得ようとしてるの、ジョー？」

「ちがう。そんなわけないだろう。腹が立ったよ。ショックだった。頭が混乱した。だって、おれの父さんだったんだ。つねにそばにいてくれないと。おれを守ってくれないと。それなのに、〝もういい〟とか考えて、この世とおさらばしやがった。すごく身勝手だ」

「当時なんらかのカウンセリングを受けた？」

「なんでカウンセリングなんか受けるんだい？」

「お父さんの遺書はあったの？」

「いや」

「自殺の理由は知ってる？」

「よく知らない」だが、それはまったくの事実ってわけじゃない。その夢もときどき見る。じつは夢ではなくて記憶なんじゃないかって思うことがある。原因はビリーおじさん。自殺の九年前、学校から帰ったおれは、父さんがビリーおじさんといっしょにシャワーを浴びてる現場に出くわした。それについて考える時間をおれが与えたせいで父さんが自殺したのかどうかはわからない。でも、そうだったんだろう。母さんの怒りに耐えながら生きていくぐらいなら死んだほうがましだったんだ。父さんの自殺は、たんなる自殺というよりも、ひとり息子に背中を押されて天国に近づいたって感じだ。おれが浴室のドアを開ける前に〝オー、ゴッド〟って何度も言ってる父さんの声が聞こえたことからしても、父さんは天国に行きたかったんだと思う。関係者全員にとって苦しみの少ない解決方法だった。おれにとっては、苦痛はゼロだった。もちろん、それはたんなる夢なのかもしれない……

「本当？ なにか思い出したって顔よ」

「父さんのことを思い出してるだけだよ。寂しいんだ。父さんに会いたいっていつも思ってる」

「お父さんの死を〝引き金〟と見る専門家もいるわ」

「えっ？」

「〝引き金〟。異常行動を取らせるきっかけとなった言動という意味。引き金となるできごとよ」

「ああ、わかった」本当にわかった自信はない。おれは父さんを撃ち殺してない。縛って車に押し込んで、マフラーからつないだホースを窓のすきまから差し込んだ。少なくとも、夢のなかのジョーがそうすることがある。

「子どものころの話をもっとしたいわ」

「ほかにも引き金があると考えてるから？」

「まあね。あの仔猫の話が――」

「ジョンだ」おれは口をはさむ。

「ジョンね」彼女が言う。「ジョンの話を聞くと、ほかにも引き金があるはずだと思うの。ねえ、ジョー、女は好き？」

「ジョーはみんなを好きなんだ」

彼女が黙っておれの顔を数秒ばかり見つめてるから、きっと、自分のことを三人称で呼ぶのはやめろって言うんだろうな。清掃係をやってたときにそうしてたし、それでうまくいってたんだ。いまは自信がない。

「いちばん最初のつらい思い出ってなに？」彼女がたずねる。

「つらい思い出なんてひとつもない」

「女に関係があることでしょう。お母さんかもしれない。あるいは、おばさん。近所の女。わたしに話して」

「なんで？　精神科医の教科書に書いてあるから？」おれは一気に言う。でも、そんな言いかたをするのは、ティーンのころに思いをめぐらせたくないからだ。

「そうよ、ジョー。教科書に書いてあるから。あなたからなにを聞く必要があるかはわかってるし、なにを話さなければならないかをあなたが承知してるという強い印象を受けるわ。一分あげるから、若いころになにがあったのかを話して。本当に、嘘を言ったらわかるのよ。とにかく、なにかあった。わたしはそれを知りたい」

「なにもないよ」おれは言い、椅子に背を預ける。指でテーブルを打ちはじめる。

「それなら話は終わりね」彼女はテープレコーダーをブリーフケースにしまいかける。

「結構だ」と言ってやる。

彼女は荷物を詰め終える。「もう来ないから」

「お好きにどうぞ」

彼女がドアに達する。そこで向き直る。「話しづらいのはわかるけど、わたしに手を貸してほしいなら、話してちょうだい」

「なにもないって」

「どう見てもなにかあるでしょう」

「いや。なにもない」おれは断言する。

彼女がドアをノックする。看守がドアを開ける。彼女は振り返らない。一歩、二歩。そこで呼び止める。「待ってくれ」と言う。

彼女が向き直る。「なぜ?」

「とにかく待ってくれ」おれは目を閉じて頭をうしろへ傾け、ほんの一瞬、片手で顔をなでたあと、その手を膝に置いて彼女を見る。アリが椅子に戻ると、看守はさっき以上に怒った顔をする。またドアを閉める。

「十六歳のときだった」おれは話を始める。

25

　ラファエルは生まれ変わった気持ちで目を覚ます。十歳も若返った気分。いや、二十歳も。ちがう、二十歳の気分だ。だが、筋肉は五十五歳のように痛みを訴えている。それが実年齢だ。ベッドを出ながら肩をさする。カーテンを開ける。眠りにつくときには雨が降っていたのに、目覚めたときには日が照っている。外はまだ寒そうだが、空は青く、風はない。今朝やらなければならないことのためには、そのほうがいい。シャワーを浴びたあと、鏡でしばし自分の体を眺める。このところなにを思い悩んでいただろうかと考える——変化は体と顔に表われている。惑いの日々はもはや過去のこと。ステラのことを考える。心に傷を負っているステラ。彼の心を癒やす手助けをしてくれるステラ。

　朝食をたっぷりとる時間がある。近ごろはあまりたくさん食べない。シャツを脱げば一《いち》目瞭然《もくりょうぜん》。食欲がないのに加えて、食事をするのも億劫《おっくう》だからだ。だが今日は食べる努力をする。今日は前祝いだ。ワッフルを焼く。生地を作ってワッフルメーカーに流し入れて次々と焼くのは、思っていた以上に時間がかかるが、ワッフルを焼くときはいつもそうだ。

メイプルシロップをかけたワッフル、ベーコンを何枚か。コーヒーとオレンジジュースを一杯ずつ。気分がいい。この一年以上で初めて、腹が空虚な洞《うろ》ではないと感じる。この一年以上で初めて、怒りが出口を求めて体内を歩きまわっているのを感じる。一年以上前の彼は、この怒りに名前までつけていた。赤い怒り、と。赤い怒りが、夜も眠らずに娘の復讐を果たす方法を考えさせようとした。だが、彼は復讐できなかった。娘を殺した犯人がわからなかった。警察官ではなかったから。犯人をつきとめられなかった。そのうちジョーが逮捕され、赤い怒りは、ジョーが収監されたいま復讐は不可能だという現実とやむなく折り合いをつけた。こうして赤い怒りは冬眠に入った。

赤い怒りと再会することになるなど、ラファエルは思ってもみなかった。

車庫からバックで車を出す。朝の大気は、寝室の窓から見て覚悟していたほどには冷たくない。ステラの計画に必要なのは好天。そして、天気予報によれば好天に恵まれそうだ。路面は乾いているが、家々の芝生や庭はまだ濡れている。気温は七度あまり。少しは上がるかもしれないが、せいぜい一度ほどだろう。道路は空いている。ラジオをつける。トーク番組だ。取り憑《つ》かれたように聴いている。ここ数カ月。番組に電話をかけようかと考えつづけている。みんなが電話をかけている。死刑について意見を述べている。電話をかける連中の意見はどれも極端だ。

彼の見解もまた極端だ。

昨夜ステラと入ったコーヒーショップへ向かう。〈ドレッグス〉という個人経営の店で、古い映画のポスターが店内の壁を埋め尽くし、窓のひとつまでポスターカードで覆い隠されている。今日はなかへ入らない。何軒かの美容院や目新しいポルノショップをはじめ十あまりの店舗が共用している裏手の駐車場に停めた車でステラが待っている。彼は車を隣に停めてトランクを開ける。手を貸して彼女の車のトランクから荷物を移す。彼女はファットスーツをつけていない。

そのあと、彼の車で移動する。まだトーク番組をやっている。あいかわらず、みんなが電話をかけている。

「正直、こういう連中の考えがわからない」ラファエルがステラに向かって言う。「どうして反対なんてできる？　ジョー・ミドルトンみたいなモンスターを見て、どうして、彼にも人権がありますなんて言える？　みんな、わけがわからなくなってるんだ。犯罪者どもを死刑にすることが殺人にあたるって言うが、そうじゃない。人を殺すことになるもんか。処刑される連中は人でなしなんだから」

「同感だわ」やはり彼女は同意してくれる――すべての点でふたりの意見が一致していなければ、こんなことはやらない。

高速道路でトラックのうしろにつく。トレーラー二台分もの長さのある大型トラックで、羊が大量に積まれている。端の一頭が、壁板のすきまから飛び去る風景を眺めている。同じぐらいの速さで自分たちの命が消え去ることも知らずに。

だが、ステラは、とかく人権をうんぬんする連中とはちがう。彼女に出会えたのはめっけ物だ。意気込み。怒り。能力。それに、正直なところ、少し恐ろしい。正直ついでに言えば——ひじょうに魅力的だ。昨夜、彼の心はうつろだった——裁判の日が迫り、月曜日には抗議行動を始める。だが、それがなんだ？　彼や、彼と同じような連中が、寒いなか裁判所の前に集まってプラカードを掲げる。そんなことをしても娘は戻ってこないのに。目先のことに没頭しようとしているだけ——形式的な行動、自分に対して本当にやりたいことを先延ばしにするための行動。こぼしたトマトソースやウィスキーのしみが袖口についたパジャマのまま一日じゅう家に閉じこもることを。ところが昨夜、ステラが彼の人生に入り込んできた。彼がコーヒーをおごり、彼女が計画を打ち明けた。巧妙な計画を。コーヒーはおいしかったが、彼女の計画もとびきりおいしかった。

羊を積んだトラックが脇道へと折れる。高速道路はまだ続く。昨夜はあんなに会話を交わしたのに、今朝は沈黙に支配されている。彼は、いまにも意気込みを爆発させそうな反面、まずいことを口にしそうで不安なのだ。ステラが当初思ったほど有能ではないとわかるんじゃないか、と。それに、自分が彼女を落胆させるのもいやだ。

計画はきっとうまくいく、とみずからに言い聞かせつづける。うまくいってジョーは死ぬ。私がその引き金を引く。そんなことをしてもアンジェラは戻ってこないが、抗議運動なんかやるよりは絶対にましだ。私の人生に平安をもたらしてくれるはずだ。おそらく使命感も。私の手助けを必要としてる人たちがいる。支援グループのメンバーたち。これがなにかの本当のきっかけになるんじゃないかという気がする。

むろん、先走りしないように気をつける必要はある。

「もうすぐだ」彼女に告げる。

「最後にここまで来たのはいつ？」彼女がたずねる。

ここというのは、車で三十分の、市の北部だ。

「もう何年も来てないな」本当は去年来ている。「両親が昔、この近くの別荘を所有していてね。ま、もう何年も前に焼失したんだが。夏になると、よく妻とアンジェラをピクニックに連れてきていたけれど、もう何年も前の話だ。二十年近くになるか」

脇道に入り、農園のなかを五分ばかり走ったあと、さらに脇道へ折れる――今度は砂利道だ。それを二百メートル足らず進むと、踏み固められた土の道に変わり、窓外の景色も広々とした農園から森へと移っている。でこぼこ道だが、四輪駆動車なので苦もなく進んでいく。ゆっくり走らせる。道は曲がりくねっているわけではないが、数少ないカーブを曲がる際に、ときおり大きな木の根で後輪がすべる。手つかずに近いニュージーランドの風景がここにある。だからこそ、人びとはこの地を訪れ、映画を撮り、羊を飼育し、子どもを育てる。近くには雪を冠する山々、清流、広大な森。

林間地に車を停める。ステラに話したとおり。何キロにもわたって人ひとりいない。

「きれいな景色ね」ステラが言う。

「ひと目で魅せられるだろう」

ふたりは車を降りる。みじんも揺るがない空気。静寂。ラファエルの耳に入ってくるのは、SUVのエンジンが冷えるときの音と、ステラが動きまわっている音だけだ。鳥の鳴き声も聞こえず、動物の気配もない――私たちは、生き残った最後のふたりなのかもしれない。彼はSUVの後部へまわり、ライフルケースを取り出す。ステラはリュックサックをいじりだし、中身を整えてから肩に引っかける。ラファエルの妻もハンドバッグを持つ前に同じことをしていた。車の先へ進むと、足が少しばかり地面に沈む。ふたりは木立を抜けて、別の林間地へ、火をつけてやったらおもしろいと何者かが考えたあの日まで別荘が建っていた場所へと向かう。

「自分がこれまで一度もライフルを撃ったことがないなんて信じられない」ラファエルは言う。信じられないのは本心だ。五十五歳にもなる男が一度も射撃経験がないとは。「ずっとやりたいと思ってたことなんだ」口にしなければよかったと悔やむ。しかも、真実にひじょうに近い言葉だ。赤い怒りに訊けばわかる。

ステラは返事をしない。彼女が銃を撃ったことがあるのは知っている。それが、私のところへ来た理由のひとつだ。射撃が下手なの、と言った。あなたも下手なら、この作戦はおしまい、と。まあ、彼女は作戦とは言わなかったが。警察ならこれも〝活動〟と呼ぶのだろうか？

彼女がリュックサックを開けて缶をいくつか取り出す。すべて空き缶だ。ベビーフード缶、パスタ缶、スープ缶。それらを数十センチ間隔で並べる。いくつかは丸見えに、いくつかは一部が木の根のうしろに隠れるように、いくつかは高低さまざまな枝のあいだに。数分後には木々の醜い飾りつけが終わり、射撃練習場ができあがる。

林間地のなかへ三十メートルほど踏み入る。これで、停めた車からは二百メートル近く離れるし、帯状に広がる木々をあいだにはさんでいるので、流れ弾が車体に当たるのを防いでくれる。九十メートルほど先には別荘の基礎部分が残っているが、丈の高い草に隠れている。焼かれたほうが土が肥えるとでもいうようだ。「ちょうどいい距離だわ」彼女が言う。

ラファエルは両膝をつく。たちまち地面の湿気がズボンのなかまで浸透する。ライフルケースを地面に置き、ふたを開ける。ライフルを目にするのは初めてなので、内心で口笛を吹く。無意識の反応——だれもが美人やかっこいいスポーツカーを見かけたときに口笛を吹くのと同じかもしれない。口笛の指南書があるわけではない。「すごい」と口にする。すぐに、重ねて言う。「すごいな。組み立てかたを知ってるんだろうね」

「教えてもらった」

「銃器店で？」情報を引き出す狙いだが、見えすいているうえ、目的を果たせないのも明らかだ。

「そうよ」

彼は銃身を手に取る。黒くがっしりして、いかにも危険な代物だが、予想していたよりは少し軽い。ケースに戻し入れる。組み立ててみたくてたまらないが、待つ。ここは彼女の見せ場だ――それに、なにかを壊す危険を冒したくない。そんなことになったらぶちこわしだ。彼女は数分かけて、かちりと音をたてながら部品を組み立てていく。ラファエルは立ち上がってその作業を眺める。膝をついたままケースをのぞき込むと、少しばかり腰が痛むからだ。彼女は銃弾の入った箱をリュックサックから取り出し、弾倉に弾を込める。二十発入る。箱は二十四発入りだ。その手つきを見ていると、射撃が下手だという言葉は冗談ではなかったとわかる。

「何箱あるんだ？」彼はたずねる。

「三箱。練習で使い切っても大丈夫。必要な弾は二発。あとは、特別な弾が一発あればこと足りるんだから」彼女はリュックサックに手を入れる。「はい、これ」耳当てを差し出す。すぐにまたリュックサックのなかを探しはじめる。

「なにか失くしたのか？」

「ちがう。確か、ここに……あ、そうか、車のなかで取り出したんだった」

「取り出したって、なにを？」

「わたしの耳当て」

「取ってこよう」ラファエルは言う。

「いい。自分で行くわ。はい、これを敷いて」彼女はリュックサックからブランケットを一枚出して手渡し、リュックサックを持って車の方向へ歩きだす。

ラファエルはブランケットを広げる。人がふたり寝そべっても手足が草地にはみ出さないほど大きい。それに分厚いが、雨で濡れた地面から湿気が浸透するのは時間の問題だろう。まして、そこに寝そべってしまえば。昔よくここでピクニックをしたことを思い出す。妻のジャニス、まだ幼かった娘のアンジェラ。ジャニスはいまもこの街に住んでいるので話すことはあるものの、そうひんぱんではない――ふたりのあいだに横たわる悲しみが深すぎて、どちらも負のスパイラルを打ち破ることができなかったのだ。楽しかった日々を思い出すのがいちばんだ。たとえば、ピクニック用のブランケットと釣り竿を持ってここへ来たこととか。八百メートルほど先の川に釣り糸を垂れたが、一匹たりとも魚が釣れたことはなかった。ラファエルは内心ではほっとしていた。もしも魚が釣れれば、どうしたらいいかわからなかったにちがいないからだ。むろん、妻子とここへ来ていたのは夏だ。これまで、冬に来たことは一度もない。

ステラが戻ってくる。耳当てを持っている。彼のはオレンジ色で彼女のはブルーだが、それ以外はそっくり同じだ。彼女が耳当てを持ち上げ、すまなさそうな笑みを浮かべてから耳につける。彼は笑みを返し、自分の耳当てをつける。彼とステラのたてる物音が大幅に軽減される。彼女がブランケットに寝そべり、ライフルを手に取る。彼は少し後方に立って、曲線を描く彼女の体を見たあと、視線を銃へ、そして前方の標的へと転じる。彼女は地面に肘を固定する。心持ち肩をすぼめ、首を前後に動かして、楽な姿勢を探る。昨日のこの時間、ラファエルは朝のテレビ番組を観ながら、面倒くさくてバターさえ塗ってないトーストをかじっていた。ヒーターを強にしていたので服を着る必要もなく、下着姿でうろうろしていた。支援グループのミーティングの前になにをしようかと考え、結局は朝始めたことをただ続けていた。

ステラが手を上げて、照準器にかからないように髪を耳のうしろへかき上げる。改めて体勢を整えてから指を引き金に伸ばす。指の位置が定まる。ラファエルは息を詰める。弾が発射され、ライフルが反動する。雷鳴のような銃声。あまりに大きい音なので、彼は一瞬、耳当ての役目は耳から出た血が流れ落ちるのを防ぐことだけなのかと思う。ただし、血など一滴も出ていない。耳当てをしてなければ、きっと出たはずだ。どの缶も位置が動いてないので、彼女がどの缶を狙ったのかはわからない。

「すごい」ラファエルの口にした言葉は、地中深くで発せられたように聞こえる。

彼女はまた缶を狙う。時間をかけている。見ていると、息を吸い込む。息を吐き出す。

ラファエルは、替わってもらうのが待ちきれなくなる。鼓動が速まる。彼女が引き金を絞る。同じ大きな銃声。缶の三十センチほど手前の地面にくぼみが見える。射撃が下手だというのは冗談ではなかったのだ。

「三度目の正直と言うよ」ラファエルは言う。彼女に聞こえているのかどうかはわからないが。結局、三発目もはずれる。四発目も。五発目も。彼女はライフルをブランケットの上に置くと、転がって横向きになり、耳当てをはずす。〝精いっぱいやった〟というように小さく肩をすくめるので、〝心配無用だ〟という小さな笑みを返す。

「撃ってみて」彼女が言う。

ラファエルはうなずく。クリスマスを迎えた子どものような気分。

しゃがむと膝がわずかに痛み、左膝が音をたてるので恥ずかしくなる。自分が年老いた気がする。ステラがまた耳当てをする。ラファエルは寝そべって、先ほどの彼女と同じ姿勢を取る。ライフルは自分の腕の延長のように自然に感じられる。力を手に入れたような気がする。それに気をよくする。照準器をのぞく。信じられないほどはっきりと見える。こんなによく見えるのに狙いをはずす人間のいることが理解できない。むろん、条件が変わればだれだって狙いをはずすだろう。風。雨。照りつける日差し。まわりに人がいる。そうしたもろもろの条件しだいで。缶を撃つのと人間を撃つのとはちがう。缶は動かない。だから、緊迫感も動揺も覚えない。誤射して、銃弾に倒れた缶を愛しているほかの缶たちの一生まで台なしにする心配とも無縁だ。

引き金を絞る。缶が飛んで地面に落ち、五メートルほどすべって止まる。横ざまに倒れた缶は、銃弾の貫いた穴が開き、つぶれたように見える。今度は、太い木の根になかば隠れた缶を狙う。その缶もはじけ飛ぶ。二発撃って二発命中。射撃名人だ。

また照準器をのぞく。娘を思う。娘の最期は知っている。ジョーが家に侵入した。飼い猫を殺したあと、娘を浴室から引きずり出した。あの男が娘になにをしたのか知っている。ベッドに縛りつけ、卵をまるごと口に押し込み、自分の一物を突っ込んで……

三発目ははずす。大きく右へそれた。照準器から顔を離す。胸の下の地面を見つめる。

「どうしたの？」ステラがたずねる。

目を上げて彼女を見る。「なんでもない」と答える。「ただ……本当になんでもない。少し待ってくれ」と言って何度か深呼吸をするうち、叫びだしたくなる。いますぐ車で刑務所へ行き、このライフルを居房へ持ち込んで、その場でジョーを撃ってやりたい。両膝を撃ち抜いて踏みつけ、顔を何発も殴ってやりたい。両のまぶたを切り落とし、臓器を残らず引っぱり出し、溺死させたあと生き返らせて、体に火を放ってやりたい。暴虐のかぎりを尽くしたい。赤い怒りの望みは、できるかぎりあの男の命を長引かせ、切り裂いては踏みつけ、切り裂いては痛めつけてやることだ。

そして、ステラ——麗《うるわ》しのステラがそのチャンスを与えてくれる。

目を照準器に戻す。もう一発放ち、さっきと同じく的をはずす。くそっ。目を閉じる。これではだめだ。怒りにとらわれていては。

「ラファエル？」

片膝をつく。「少し時間をくれ」そう言って立ち上がるときにもう一方の膝が鳴るが、怒りに駆られているいまは気まずく思わない。別荘の基礎部分を見やる。丈の高い草の葉の向こうには壁の一部も隠れている。いま的をはずすようでは、本番でもはずすにちがいない。

ステラが彼の肩に手を置く。「大丈夫よ。とにかく心を集中させて」

「集中してるよ」ただ、集中する対象をまちがえているだけだ。娘のことを考えるのをやめなければ。娘が裸でジョーに組み敷かれ、頭のなかを恐怖が駆けめぐっていたことを。娘がこの世の最後に目にしたのがジョーの顔であり、本人もそれをわかっていたということを。たくさんの人が娘を愛してくれたことも、そのなかのだれひとり、あの場にいて娘を助けることができなかったということも、考えてはいけない。ジョーに心を集中させなければ。頭に銃弾を撃ち込まれたジョー。段ボール箱に頭部を収められたジョー。暴虐のかぎりを尽くされたジョー。

そんなことをやってもアンジェラは戻ってこない。

ふたたび寝そべる。また膝が鳴る。照準器をのぞく。木からぶら下がっている缶に狙いを定める。あの缶がジョーの頭だ。彼はそう考えている。怒りを忘れる必要がある。怒りは邪魔だ。いま、こうして銃を構えているときは。息を吸い込む。息を吐き出す。平静を保つ。頭を空にする。私はいいことをしようとしている。それに集中しろ。平静を保てば、すばらしいことが起きる。気持ちの区切りなんかじゃない。そんなものは永遠に得られないが、復讐を果たすことはできる。復讐の機会が彼を待っている。あとはそれを手にするだけだ。

引き金を絞る。缶は飛び跳ねるが視界から消えない。もう一発。今度ははじき飛ばされて視界から消える。別の缶を撃つ。さらにもうひとつ。心拍が収まってくる。いまなら何百発でも命中させられるだろう。

彼は平静を取り戻している。冷静になれば射撃は簡単だ。残りの弾を使い切る。缶がすべて消え失せる。ステラが弾倉のはずしかたを教えてくれる。今度は自分で装填する。さらに缶を撃ち、すでに撃ち抜いた缶をまた撃つ。ふたたび弾倉を空にする。

そのあと、転がって横向きになり、ステラを見上げる。赤い怒りについて考える。赤い怒りが満足している。「本当にやるんだな」

「本当にやるわ」彼女が言うので、ラファエルはふたたび弾を装塡して射撃練習を続ける。

26

十二ヵ月前は、自分の身に起きたことを思い出すこともできなかった。十二ヵ月前、おれの頭を占めてたのはもっと重要なこと、最高の気晴らしだ——その気晴らしのおかげで、警察が総力を挙げておれを追いつめることになったけどね。収監されて以来、あれこれ考える時間がある——っていうか、おれにあるのは時間だけだ。過去はさまざまな記憶の入り混じり。遠すぎて、まるで他人ごとだ。それか、なぜかおれの体験のように語られてるのをテレビで観てるって感じ。

十六歳のおれは、違法なことなんてなにひとつやってなかった。ただ、何軒かの家に侵入したり、万引きしたり、なかに山羊どもがいるとは知らずに納屋を焼き落としたぐらいだ。よく、夜になるとこっそり自室を抜け出して通りを歩きまわってた。なにかを探してたわけじゃなくて、たんに歩きながら近所に溶け込んで、それぞれの家のなかにいる連中のことを考えてただけだ。たいてい、数ブロック先の海の音が聞こえた。ときには海岸へ行って、月夜の海面を眺めたりもした。海が凪《な》いでる満月の夜には、引き潮のもたらすさざ波に月が反射してた。泳ごうかなんて考えたりもしたけど、すぐに、水が冷たいだろうって思い直した。それに、海中にいるものたちのことも考えた。腹を空かしてるものたちのことを。

おれは椅子のなかで姿勢を変えてアリを見つめる。彼女の柔肌《やわはだ》、彼女の顔を。レコーダーがひと言も漏らさずに録音してるっていうのに、彼女はメモをとってる。彼女にすっかり話すうち、思い出が感情以上のものを刺激して、残ってるほうの睾丸がうずきだす。

おれはよく他人の家に侵入してた。目的は金じゃない。奪った金でなにか買えば両親にばれたにちがいないんだ。当時、テレビは食洗機ほどの重さがあったから、盗み出して家に持ち帰るなんて不可能だった。侵入したのは別の目的さ。学校でめぼしい女生徒を見つけておいて、夏休み、家族旅行で留守だとわかってるあいだに、その子の部屋に忍び込んだ。旅行で留守なら、一日じゅうでもその子の部屋で過ごせるだろ。ベッドに寝ころべば、その子のことがよくわかってくる。自分の家みたいにくつろぐことができる。冷蔵庫と食品保管庫に食べ物があるし、ベッドで休めるし、その子の引き出しで見つけた下着類が空想に現実味を与えてくれる。新学期が始まったとき、女生徒たちは留守中におれが下着にさわったことを知りもしない。そう思うと、優越感を覚えたね。おれがひとときをともにした下着をつけて歩きまわってるんだぜ。それが真実だ。向かいに座ってる女に話すわけにいかない真実だ。

伯母さんの家に侵入したのは、純粋に金が目的だった。なにか食べたり下着をもてあそぶためじゃなかった。学校で、ある兄弟に——正確には双子だ——ぶたれて、二度とぶたれたくなければ金をよこせって言われたんだ。だから、ある意味、こんなことになった発端はあの双子だ。じつに明快。年上の双子のいじめっ子が連続殺人鬼を生み出したってわけ。おれには金なんてなかった。けど、工面するしかなかった。伯母さんの家に侵入するまでは、休暇で留守だってわかってる家にしか入ったことがなかったんだ。でも、学期のさなかに留守の家なんてないだろ。

「金が必要だった」と精神科医に言い、理由を説明する。事情を聞いた彼女は、悲しげな表情を浮かべることも、顔をくもらせて〝かわいそうなジョー、そのころからすでに被害者だったのね〟と言うこともない。ペンが動きを止めないところを見ると、この話を書き留めてるんだろう。おれと彼女の裸の絵を描いてても不思議じゃないけど。「金を盗み出すのに、伯母さんの家しか思いつかなかった。セレステ伯母さん。母さんの姉さんだったんだ」

「だった？」

「五年ほど前に死んだんだよ」

「なぜ？」疑惑を含んだ口調。

「癌だと思う」と答えるものの、別の病気だったかもしれない。腫瘍《しゅよう》とか。心臓の病気とか。なんにせよ、六十を過ぎればだれもがよくなる病気だ。おれが手を下してないのは確かだ。

「とにかく、伯母さんの家に侵入したのね？」

その平屋は両親の家より少しはましだったけど、おれが侵入してしばらく居座るほど快適ってわけじゃなかった。サウス・ブライトンのなかでも、ニュー・ブライトン側の端に立つ連棟住宅のひとつ。どっちの郊外の町も、これといって新《ニュー》しい点なんてないんだけどね。サウス・ブライトンの両親の家から自転車で十分。セレステ伯母さんの家はコンクリートタイルの屋根に板壁、アルミ枠の窓。窓ガラスは、伯母さんが毎日、海水の飛沫《しぶき》を拭き取ってた。裏口のドアにはしっかり錠がかかってて、そいつが蝶番《ちょうつがい》より頑丈だった。だから、力任せに蹴りつけたところで、蝶番を留めてるねじ釘がドア枠から抜けてドアがたわむだけだ。ってことで、もうひとつの選択肢を選べばいい——おれは母さんの鍵を使った。セレステ伯母さんの旦那が心臓発作で急死したあと、母さんと伯母さんはたがいの家の鍵を預け合ってたんだ。緊急時に家に入ることができるってわかってるほうが安心だったんだろう。

で、あれは緊急時だった。

午前零時をまわったころ、おれは自室を抜け出した。簡単さ。窓を開けて、一メートル足らずの高さを飛び降りる運動能力さえありゃいいんだから。自転車に乗って、伯母さんの家から一ブロック足らずの公園まで行った。クライストチャーチじゃ、夜の公園には用心が必要だ。あのころだってそれは承知してたし、あれから苦い経験も何度かしてる。で、人影がなかったから、自転車を藪《やぶ》に隠した。ロックはかけなかった。そこからは歩いていった。通りは死んだみたいに静かだった。みんな、翌日の仕事やら学校やらにそなえてベッドのなかさ。日曜日の夜だった。日曜日の夜って、ほかの曜日の夜に比べて警戒心が薄れるんだ。電気のついてる家もあったけど、そう多くはなかったし、伯母さんの家にはひとつもついてなかった。海の音、波が運んでくる潮の音が聞こえてた。ほんの二百メートルほど離れたところで岸に打ち寄せる波の音が、おれのたてる物音をすべて消してくれた。

家の裏手は真っ暗だった。表から裏へまわるのを防ぐ木戸や柵はなかった。左右の敷地境に塀が設けられてて、その一方が裏まで続いてたんだ。あの界隈の塀はどれも傷んでた。日差しと潮風のせいで、切り取ってアーチェリーの弓にできそうなほど板がたわんでた。裏庭はほとんどが日に灼かれて茶色くなった芝生。前は菜園だったところに草がぼうぼうに生えてるし、ジャガイモ畑も――伯父さんの自慢の種だったけど、伯母さんにとっては自慢でもなんでもなかった。伯母さんは、旦那の命を天に任せたのと同じように、畑も自然のなりゆきに任せてた。

おれは裏口へ行き、鍵を使ってなかに入った。ものすごく緊張してた。緊張しすぎて、自転車を停めた公園で吐いたほどだ。家の間取りは頭に入ってた。長年のあいだに両親に何百回も連れてこられてたからね。部屋はふたつとも裏手側だ。寝室として使ってるのは片方だけで、もうひとつは裁縫室って名目だったけど、伯母さんが裁縫するために使ったことは一度もなくて、伯父さんが酒を飲む部屋として使ってた。裏口から入ったところは居間兼ダイニングルーム。電気はつけなかった。小ぶりの懐中電灯は持ってたけど、武器なんて必要ないからナイフ類は持っていかなかった。十六歳のおれには、だれかを殺したい欲求なんてなかった――現実に殺したいやつなんていなかった。学校のいじめっ子どもは別だ。たぶん、近所の何人かも。でも、おれが部屋に忍び込んで下着を相手にしばらく過ごした学校の女の子たちに対して抱いてた空想にはいかがわしい思いも絡んでたけど、刺し殺すことまでは含まれてなかった。あのころはまだ。

伯母さんは食品保管庫のティーバッグ缶に現金を入れてた。伯母さんの切らしてる煙草や砂糖やなんかを母さんが買いに行くとき、金を渡すために、伯母さんはいつもそこへ取りに行ってた。おれは缶を開けて金を引っぱり出したけど、勘定するために時間を割いたりしなかった。数えたってしかたない。そこから出て行きたかった。緊張してたし、キッチンは例によって煙草のにおいがむんむんしてたから、さっさと出たかったんだ。食品保管庫を出て裏口へ行く途中で電気がついた。伯母さんがダイニングルームに立ってた。ピンクのドレッシングガウン。カーラーを巻いた髪。両手で構えたクロスボウ。まちがいなくセレステ伯母さん――だけど、おれには伯母さんだとわからなかった。怖い顔をしてた。

「クロスボウ?」おれの話がこの部分にさしかかると、精神科医がたずねる。「伯母さんはクロスボウを持っていたの?」

「伯母さんがあんなものを持ってたなんて知らなかった」おれは説明する。「知ってたら、侵入なんてするもんか」

「だけど、クロスボウを? 本当なの?」

驚く気持ちはわかる。伯母さんはクロスボウを所持するようなタイプじゃない。でも、実際に所持してる人間はいる。伯母さんはそのひとりだった。「嘘なんて言ってない」

「そうね、嘘を言ってるとは思わない。伯母さんはなぜクロスボウを持ってたんだと思う? 伯父さんは狩りをしてたの?」

「おれの知るかぎりではしてなかった。伯母さんが持ってた理由は知らないし、訊いてみたこともない。そういえば、五年前、伯母さんが死んだときに見たな。伯母さんの家へ行って遺品を整理しなきゃならなかったんだ。あのときとまったく同じに見えた。一度も撃ってないんじゃないかな」

「お母さんはクロスボウを見て驚いた?」

「驚いたんだとしても、口には出さなかったよ」

「伯母さんの家に侵入した夜、あなたはなにをしたの?」

「動くなって言われたから、そうした。また吐きそうだって思った。身動きしたら、瞬きひとつでもしたら、伯母さんがおれを撃つのはまちがいないって思った。そんなことが起きる映画を何本も観てたから知ってる。伯母さんがクロスボウの引き金を引けば、口笛みたいな音がする。その音は一秒も続かなくて、おれは腹を、矢の端のまわりを指で押さえてるんだ。息を吸い込むだけでも伯母さんを刺激して撃たれちゃたまらないから、息まで止めてたよ」

「それで、なにがあったの？」

「なにもなかった。すぐにはね。十秒ぐらい、どっちも無言だった。そのうち、伯母さんがおれの名前を呼んだ。そんなに時間がかかったのは、おれだとわかんなかったからだと思う。っていうか、本当におれかもしれないってわかんなかったんだろうな。ひと目でおれだとわかったけど、そんなはずがないって思い直して、もっとましなほかの可能性をあれこれ考えた末に、やっぱりおれだってことになったんだと思う。おれだと結論を出しても、クロスボウは構えたままだったけど。

警察に通報するって言った。おれは、やめてって言った。あんたのためだって伯母さんは言った。おれは、やめてって頼んだ。あんたにはがっかりしたよって伯母さんは言った。大いにがっかりしたって。そのせりふは前にも聞いたことがあったけど、指摘はしなかった。あんたの両親は落胆するって言うんだ。おれは、どうしても金が欲しかったんだって言った。そのあと、理由を話した。いじめっ子どものこと、連中の脅しのこと。みんなの前で足首までズボンを引き下ろされたり、壁に押しつけられて犬の糞を髪に塗りつけられたりすることなく校内を歩きまわることができるようになるためには、連中に金を渡すしかないってことを。伯母さんはうなずき、理解した様子だったけど、クロスボウはおれに向けたままだった。本当にひどい話だ、学校はつらい場所だねって言うくせに、どんなにつらくても、わたしの家に押し入っていい理由にはならないとも言う。おれはまだ伯母さんの金を握ってた。手が熱かった。金を丸めて握ってて、手に汗をかいてた。おれの両手は少し震えてたけど、伯母さんの両手は少しも動かない。おれは伯母さんがあの夜つかまえた四人目か五人目って感じだった」

撃たれるんじゃないかってびくびくしてたのは確かだけど、どっちかっていうと、両親にばれるよりは撃たれるほうがましだって思いはじめてた。伯母さんが両親に黙っててくれるわけがない。おれは頭を猛回転させて、取引材料を探した。思いつくのは、なんとかしてあのクロスボウを奪おうってことばっかり。おれが強盗しようとしたことが、朝には両親にばれる。それでどうされるかはわからないけど、まず褒められることはない。家に閉じ込められるにちがいないけど、そんなのはたいしたことじゃない。おれにがっかりするだろうけど、それもたいしたことじゃない。警察に通報するかもしれない。それを心配したんだ。警察の罰を受け入れるぐらいなら撃たれるほうがいい。十六歳のおれの頭は、そんな具合に働いた。だから、どうすればクロスボウを奪えるだろう、どうすれば伯母さんの死体を残してこの家を出ておれのしわざだってだれにもつきとめられずにすむだろうって考えてた。

「悪いことをしたという意識はあったのね」アリ・エレンが言う。

「あった」

「本当に？」

「もちろん、本当さ。悔やんだよ。本当に後悔した」

「ふーん」彼女はそう言ってなにか書き留めたあと、目を上げておれを見る。「教えて、ジョー。あなたが悔やんだのは、伯母さんから盗みを働こうとしたこと、それとも、見つかったこと？」

いい質問だ。その年の大半、おれは他人の家に忍び込んでたし、見つかるはずがないって高をくくってた。なのに、おれの三倍以上の年の女に見つかっちまった。それはつまり、仮にクロスボウを奪い取ることができたとしても、そのあとでつかまるにちがいないってことだ。

「両方だ」おれは答える。

「なるほどね。ま、いいわ。そのあとどうなったの？」

「このことを話せばあんたの両親はなんて言うだろうねって伯母さんが言った」言いながら、おれはあの瞬間に戻ってる。のちにビッグバンだって考えるようになる、あの瞬間に。

伯母さんの放った正確な言葉は〝もしもこのことを話せばあんたの両親はなんて言うだろうね?〟だ。単に〝このことを話せば〟じゃなくて〝もしも〟がついてた。

〝おれを情けなく思うだろうな〟って答えた。〝それに、ひょっとすると勘当したがるかもしれない〟って。そんなはずないって思ってたけど、伯母さんに同情させたかった。

〝そうかもしれないね〟って伯母さんは言った。まだクロスボウを構えたまま。〝武器を持ってるの、ジョー?〟って訊いた。

〝持ってない〟

〝女とやったことはある、ジョー?〟

〝えっ?〟

〝女。セックスした経験は?〟

〝おれ、まだ十六だよ〟

〝そんなの関係ない。近ごろじゃ、どのチャンネルをひねってもティーンがセックスしてる。昼の連ドラまでそうなってきてる。おとな向けのストーリーが、いまじゃ子どもの話になって、子どもにおとなみたいな生活をさせてる。四十年前は人間のちがいを描いてたのに。酒場の経営やらビジネスやらの苦労をさ。最近は、どの番組を観てもセックスばっかり。ネヴィル伯父さんが死んでからどれぐらいになるか知ってる?〟

〝伯母さんは忘れたの?〟

〝ううん。もちろん、忘れてない。もう六年になる〟

〝だったら、なんでおれに訊いたんだい？〟

〝どうだっていいさ。要は、伯父さんがいなくて寂しいってこと。この家に男がいなくて困ってるってこと。なにもかも放りっぱなしになりがちだってこと〟。伯母さんがクロスボウを下ろした。おれは、いま引き金を絞ったら矢はどれぐらい深く床にめり込むんだろうって考えてた。おれの体にどれぐらい深く刺さるのかって考えるよりは気が楽だった。

〝お金はいくらあった、ジョー？〟

〝わからない〟

〝数えてごらん〟

おれは金を勘定した。二回も数えなきゃならなかった。緊張して、最初はちゃんと数えられなかったからだ。札は残らずひっつかんでたけど、硬貨はすべて残してた。三百十ドルあった。まずまずの大金だ。これだけあれば、この学期の大半はしのげると思った。

〝じゃあ、あんたには三百十ドル分働いてもらう。この家はあちこち手入れが必要でね。この十年、ペンキの塗り直しをしてない。裏の菜園はジャングルさながら。わたしが呼んだらここへおいで。ノーって返事は聞かないからね。絶対に。わかった、ジョー？　手伝ってくれれば、盗みの現場を押さえたことをあんたの両親には言わないであげる。それでどう？〟

〝三百十ドルは働いて返すしかないね。それってどれぐらい？　二、三週間？〟

〝ちがうよ、ジョー。わたしが返し終わったって言うまで、働いて返すの。時給を計算しないとね。まあ、一時間五ドルってところかね。やってほしいことが全部終わったら、そう言うから。もちろん、あんたが決めることさ。いやならやらなくていいし、わたしはいますぐ警察に通報してどうなるか見るって手もある〟

従うしかなかった。許してもらうために、当面は芝刈りや壁のペンキ塗りをするしかなかった——現にその手の仕事をやらされた。それに、ビッグバンもね——当時はそうと気づいてなかったけど。少なくとも伯母さんは、散歩させてやり、そのあと体を洗ってやる必要のあるプードルを与えておれを去勢したりはしなかった。

〝しかたないね〟っておれは答えた。

〝しかたないね？　もう少し気のある言いかたをしなさい〟

〝それでいいよ〟。少しは気持ちを込めようとした。

〝よろしい。裏口から出たら錠をかけて、ジョー。週末に電話するからね〟

おれは動かなかった。伯母さんの言葉はすべて理解できたけど、不安を感じたんだ。

〝帰っていいの？〟

〝帰っていいよ〟

〝じゃあ……ありがとう〟。ほかになんと言えばいいのかわからなかった。

「それで、伯母さんの家を出た」おれは精神科医に言う。伯母さんとのあいだの一部始終がすっかりよみがえった。

アリは狐につままれたような顔をしている。「それだけ？」と訊く。「それが十六歳のときのつらい体験なの？　伯母さんにクロスボウで撃たれそうになったことが？」

「それは発端にすぎない」

「じゃあ、つらい体験は？」

おれが答える間もなくドアがノックされ、一瞬ののち、おれが初めて見る顔の看守が入ってくる。

「おまえに面会者だ」と告げる。

「知ってるよ」おれは彼の愚かさに首を振る。「向かいに座ってるだろう」

「ちがう。この人じゃなくて、別の面会者だ」彼はすぐにアリに目を向ける。「申し訳ありませんが、ここで待っていただきたい――ほんの十五分ほどで終わります」

「かまわないわ」彼女が言う。

看守が椅子から手錠をはずすと、おれはいかにも模範的な市民らしくふるまう。看守につきそわれて通路を進む。面会者がだれかはすでにわかってたから、別の面会室へ通されて元刑事の向かいに腰を下ろしたときには、言ってやるせりふがすでに頭にある。

27

ここにいたくない、と思う。いろんな意味で自分は幸運だと、シュローダーにはわかっている。この刑務所に実際に収監されてなくて、本当に幸運だ。刑事として最後にかかわった事件は、あれ以上ないほど最悪の展開を見せた。彼もパートナーのテイトも選択を迫られた。ある男が少女を切り刻もうとしていた。男は彼らに選択肢を与えた。自分の下す命令を実行するか、少女の切断を続けさせるか。男はすでに少女の指を一本切り落としており、ほかの指も切り落とすつもりだった。ここで、シュローダーが殺すことになる老女が登場する。男の命令は老女を殺すことだった。

老女殺しはもみ消された。そうでなければ彼はここに収監されている。おそらくはジョーと同じ収容区域に。ここにいる連中の多くも、彼は知っている。彼が逮捕した連中だ。サンタ・スーツ・ケニー。エドワード・ハンター。ケイレブ・コール。毎日ここで彼の顔を見る機会を得たがる連中はほかにもいる。十五年はくらっていたにちがいない。シュローダーが実際にやったことを知る人間はかぎられている。セオドア・テイト。数人の警察官。それに、ケイレブ・コール。あの老女を撃ち殺させたのはコールだったからだ。シュローダーがよりどころとしている点はふたつ。その一、実際に起きたことをコールが話したとしてもだれも信じないにちがいないということ。その二、一般囚人棟への収容を免れるのと引き替えに、コールが口をつぐむと約束したこと。一般囚人棟での十五年の服役は、コールにとって苛酷だった。あそこへ戻されないためなら、なんだってやるはずだ。加えて、コールは道徳観念がどこか壊れている。善悪の観念が普通じゃない。シュローダーにあの老女を殺させたのは善。それを口外するのは悪。コールはあの女につけを払わせたかった。シュローダーがそれを叶えてやった。だから、コールは彼に借りがある。ゆがんだ理屈ではあったが、そういうことだ。

シュローダーは立ったままジョーを待っている。疲労感を覚える。赤ん坊が二時間おきに目を覚まし、娘が午前二時ごろに抱っこしてもらおうと夫妻の寝室に入ってきた。親になるまで、自分が子どもを好きになれるとは思っていなかった。ときどき、たとえば昨夜などは、確かに自分は子どもを好きになれないと思う。

ようやくジョーが連れてこられる。健康そうには見えない。収監されている連中はたいていそうだ。シュローダーはいまでも、昨年、切り裂き魔事件の捜査が大詰めを迎えようとしていたときのことを覚えている。当時、セオドア・テイトがのめり込んでいた、墓地の湖で死体がいくつも発見された事件の捜査も行なっていた。それに父親の問題も抱えていた。切り裂き魔事件の謎がすべて解明されたとき、とにかく信じられなかった。吐き気を覚えた。裏切られた思いだった。証拠が示す事実を、しばらく認めることができなかった。みんながそうだった。ジョー・ミドルトンは人殺しではない。そんなはずがない。なにかのまちがいだ。だが、まちがいではなかった。ジョー・ミドルトンは、たんに犯人の可能性があるというだけではなく、実際に彼らの追っている犯人だったのだ。

ジョーが椅子に座り、手錠でつながれる。シュローダーは挨拶など無意味だと考える。無邪気な世間話は省略する。

「さて、ジョー。おまえの返事は？　おれはほかに行くところがあるから、時間を無駄にさせんでくれ」

ジョーは片手を上げて制する。「落ち着けって。まだ弁護士を待ってんだから」

まさか弁護士という言葉が出てくるとはね。「なんだって？」

「なにかに合意するときは弁護士に同席してもらいたいんだ。あんただってそうしてほしいだろ。おれの権利が踏み倒されないように」

「踏みにじられないように、だ」

「なに、それ？」

「気にするな」シュローダーは言う。ジョーの弁護士なら待合室で見かけた。ケヴィン・ウェリントンという男だ。てっきり別の依頼人と接見するために待っているのだと思っていた――なぜそう思い込んだのかはわからない。刑事の勘が鈍っただけだろう。これまた、馘になったのもあながち悪くなかったと納得する口実になる。ともあれ、今日は着衣から雨水はしたたり落ちていない。

一分ほど待たされたあと、ウェリントンが面会室に入ってきてシュローダーの隣の空いていた椅子に腰を下ろす。彼のつけているコロンがシュローダーの鼻の奥をくすぐる。握手はしない。

「なぜ私がここにいるのかな、ジョー?」ウェリントンの口調から難なく軽蔑《けいべつ》の色が聞き取れる。ウェリントンが生き長らえているのはこの軽蔑ゆえなんだろうか、と考える。ジョーの最初の担当弁護士ふたりは大いに意気込み、自分の名を上げることに執念を燃やしていたが、それが命取りになった。最初の弁護士の遺体はまだ発見されていない。

「シュローダーが取引を提案してるからだ。そうだよな、シュローダー?」

「どのような取引を?」弁護士は興味を示した口調だが、かろうじて感じられる程度だ。シュローダーはこの男に好意を覚えはじめる。

「まず言っておくけど、おれはだれかを殺したことなんて覚えてない」ジョーが切りだすと、シュローダーは弁護士をちらりと見る。弁護士の顔には、シュローダーが浮かべているにちがいないのと同じ表情が浮かんでいる。ジョーはきっと、そんな顔をされるのが気にくわないだろう。そんな言い分をみんなが真に受けるなどと、ジョーが本気で信じている可能性はあるだろうか？　もしそうだとしたら、ジョーは本当に頭がどうかしている。「その話はもういい、ジョー」シュローダーは言う。「おれたちの時間を無駄にさせんでくれ」

「取引の内容は？」弁護士がたずねる。「いや、ちょっと待った。あなたはまだ現役の刑事なのか？」

「いまはちがうよ」ジョーが答える。「馘になったんだ。理由を教えてくれないかな、カール？」

「検察側の使いで来てるんじゃない」シュローダーは言う。「ジョナス・ジョーンズからの個人的な取引を持って来てるんだ」

ここで初めて、ウェリントンが正真正銘の興味を示す。両肘をテーブルにつき、身をのりだす。「あの霊能者か？　私には――」と言いかけると、〝話が見えない〟と続ける前に、ジョーが口をはさむ。

「彼はおれに、死体を見つける手助けをしてほしいんだってさ」

「彼がなんだって？」

「謝礼金は五万ドルだ」シュローダーは言う。

弁護士は首をかしげ、怪訝な顔をする。肘をテーブルから離し、椅子に背を預ける。これは骨だとシュローダーは覚悟する。

「きみはまだ同意してないんだろうね?」弁護士が言う。

「まだだよ」

弁護士がシュローダーに向き直る。「なるほど。あなたは、私の依頼人から遺体のありかを聞いて、ジョナスに発見させたい——それを秘密裏に行ないたいから私の依頼人に謝礼金を払う——ジョナスは自分が発見したことにしたい。そういうことなんだろう? ジョナスは、自分が本物の霊能者だと世間に示したいんだな」

シュローダーは、弁護士がすぐさま真相を見破ったことに驚く。と同時に動揺する。この弁護士がこれほど優秀なのは問題かもしれない。ジョーに優秀な弁護士がつくことなど、だれも望んでいない。「そんなところだ」と答える。

「そんなところ? 正解ってことか?」

「ほぼ正解だ」シュローダーは認める。

弁護士はふたたびジョーのほうを向く。「きみが遺体のありかを知っているのであれば、検察側に死刑を求刑しないように働きかけることができるかもしれない。刑務所で使えもしない金を得るためにその情報を売るのは、言うなれば愚策だ。検察との司法取引に利用しよう」

「死刑なんて求刑されないよ」ジョーが言う。「おれは無実なんだ。だれかに危害を加えた記憶はないし、そんなことをする性質は持ち合わせてない。おれは釈放になる。たぶん投薬治療を受けるために入院させられるから、退院したあとで金が必要になるんだ」

ウェリントンがジョーを見つめ、次にシュローダーを見つめる。シュローダーはその瞬間、いつかポーカーをすることがあればこの弁護士と対戦したいと思う。この男の考えていることを正確に見抜くことができるからだ。シュローダーはもちろんジョーに反論するつもりはない――それでこの取引をまとめることができるなら、この異常殺人者は自分の信じたいことを信じればいい。たとえ一セントでもこいつに金を払うのはむかつくし、自分の利益のためにこいつを利用しようとするジョナス・ジョーンズにもむかつく。それによりボーナスを得ようとしている自分自身にもむかつく。むかつくことばかりだが、ひとつだけいい点がある――カルフーン刑事の遺体が見つかることだ。彼はきちんと埋葬してやるべきだ。

弁護士は指先でテーブルを打ちはじめると同時にテーブルを見つめている。思案しているのだ。顔を上げ、シュローダーを見て問いただす。「確認するが、あなたが来ているのは検察あるいは警察の一員としてではないんだな?」

「そうだ」

「では言うが、ここで交わされる会話は弁護士・依頼人間の秘匿《ひとく》特権により守られるものであり、いまはあなたにもその秘匿特権が適用されるので、ここでの会話を外部に漏らすことは禁止される」

　シュローダーはうなずく。それが本当なのかどうかはわからない。弁護士の言葉が理解できたことは一度もない。同業である弁護士以外はみんなそうだろう。たとえ弁護士同士でも、相手の言っている意味がわかるのは半数だろうと想像する。とにかく、喜んで調子を合わせるさ。

「了解だ」と言う。

「とにかく、話を進めていいか？」ジョーが言うので、シュローダーは蹴りつけたくなる。

「おれはだれかを殺した記憶がない。それは本当だけど、カルフーン刑事が埋められた場所は覚えてるかもしれない」

「どこなんだ？」シュローダーはせっつく。

「ただ、はっきりとは言えない。漠然としててさ。それを思い出そうとするのは、夢を思い出そうとするみたいなもんだ。つかみかけるたびに、手からするりと抜け落ちるんだ」

「だが、謝礼金が支払われるとなれば記憶が明瞭になる。そうだろう？」シュローダーはたずねる。

「あんたのボスが言うみたいに、そんな気がしてきてるんだ」

　なるほど。はっきりした回答は得られないってことか。ジョーは謝礼金を得るためにおれたちをもてあそんでいる。ジョーの人生において自分でいまコントロールできるのはそれだけだし、この取引をまとめたければこっちはそれを呑むしかない。またしても彼は、この一ヵ月のあいだに人生が暗転したと考える。またしても彼は、唯一のいい点に頭を集中させる――これでカルフーン刑事の遺体を取り戻せるんだ、と。

「埋めたのはどっちなんだ？」と訊く。「おまえか、メリッサか？」

「言ったとおり、なにもかも漠然としてる」ジョーは言う。「おれが殺したんじゃないってことはわかってる。それはあんたもわかってるんだろ。殺害場面のビデオがあるんだから。ビデオを撮ったのがだれかは知らないけどさ」

「あのビデオはおまえの家にあった」シュローダーは言う。「おまえの指紋がべたべたとついていた」

「なにもかも漠然としてるんだ」ジョーが言うので、シュローダーはパンチをくらわせたくなる。

「だが、五万ドル支払われるとなれば思い出せるんだな」

「そんな気がしてるんだ」ジョーはそう言うと、バケツとモップを手に警察内を歩きまわっていたころによく浮かべていたまぬけな笑みをちらりと浮かべる。あのころのシュローダーはその笑みに親しみを覚えたが、いまは不快だ。「なあ、カール、あんたは他人をあまり信用しないんだな。もっと人生に前向きにならなきゃ。そんなマイナス思考は――気を滅入らせるよ」

妙なことに、そのとおりだと認めざるをえない。そう感じること自体、かなりのマイナス思考だ――気が滅入る。

「契約書はもう作成済みなのか？」ウェリントンがたずねる。

「ああ、そうだ」シュローダーはそう言って、薄いフォルダをテーブルの上で弁護士のほうへ押しやる。弁護士が手に取らずに見つめているので、彼には先見の明があって、自分がかかわりたくない将来が見えるのだろうか、そうだとしたらうらやましい、と思う。

「十分ほど依頼人とふたりきりにしてくれ」弁護士がようやく言う。

「いいとも」シュローダーは立ち上がってドアをノックする。「相談が終わったら呼んでくれ」と言う。看守のひとりが来て彼を面会室から出し、先に立って待合室へ連れて行く。

28

担当弁護士は昨日と同じ服装で、昨日と同じいらついた顔をしてる。おれたちは同じ面会室で座って、同じような会話を交わしてる。

「なにが起きてるんだ、ジョー?」彼がたずねる。

「簡単さ。死体があるとおれが思ってる場所を連中に教える。正解なら五万ドルもらえる」

「だめだ、ジョー。それでは弁護側の主張を危険にさらすことになる。なにも覚えていない、という主張が台なしだ。死体を埋めた場所を話すということは、きみがものごとを記憶できることの証明になる」

「そんな展開にはならないよ」おれは教えてやる。「ジョナス・ジョーンズが死体を発見するんだから」発見という語の前後で宙に引用符を描く。そのとたん、宙に引用符を描くなんて初めてだと気づき、完全な阿呆に見えるにちがいないから二度とやらないと決める。

「そういう契約だ。向こうだって、本当のことを世間に知られるわけにいかないんだ。だから、安全なのさ」

「きみがやろうとしているのは危険なゲームだ、ジョー」

「ゲームじゃない」少しばかり彼にむかつく。「おれの命がかかってるんだ。あんなひどくておそろしいことをおれがやったなんて世間は言ってるけど、おれは本当にやってない。このおれ、あんたの目の前にいるおれは、やってない。ひょっとすると、もうひとりのジョーがやったのかもしれないけど、こっちのジョーはもうひとりのジョーを覚えてない。陪審がそう判断すれば、おれは釈放されて、金が必要になる。単純明快だろ」

彼がひと言たりとも信じてないのがわかる。おれの頭が本当におかしいんだと考えはじめてる。「まあ、きみが決めることだ」って言う。「それほど自信があるところを見ると、精神科医との面談がうまく運んでるにちがいないな」

「面談は問題ないよ」法廷に立つことにはならないっていう自信がある。おれは死体のありかをシュローダーに教える。そうすれば、メリッサが来て救い出してくれる。

「死刑が決まれば五万ドルなんて役に立たない。きみが望むなら取引を行なおう。死体のある場所を教えたいのであれば、それを取引材料にする。まずは、死刑を求刑させないことから始めよう」

「求刑されるって決まったわけじゃない」

「求刑されるよ」

「国民は賛成票を投じないって」

彼が首を振る。「それはちがう。国民は賛成票を投じる」

「おれには金が必要なんだ」

「きみに必要なのは、弁護士の意見に耳を貸すことだ」

「耳は貸してるだろ。でも、刑務所生活に立ち向かうことになるのはあんたじゃないし、あんなおそろしい事件の容疑で起訴されてるのもあんたじゃない。おれに意見を言うのがあんたの仕事だけど、決定を下すのはおれだ。そうだろ?」

彼がうなずく。「そのとおりだ」

「なら、この取引を受ける」

「契約書に目を通させてくれ」彼が言い、フォルダを開く。

契約書を読む彼を眺める。読むのが遅いのか、理解するのが遅いのか。あるいは、生まれてこのかた平易な英語など使ったこともない法律家によって書かれた文章なのか。全三ページの契約書。おれなら、パラグラフふたつにまとめることができる。読み終えると、彼は頭から読み直す——今回はメモをとりながら。しびれが切れそうだ。だが、邪魔はしない。ただ見つめて、数分後には心を解き放つ。メリッサのことを、再会した最初の夜をどう過ごすかを考えだす。なにをやるかは見当がついてる。さらに将来を思い描く——一週間後、一ヵ月後、十年後。そのとき、弁護士がおれを現実に引き戻す。

「本当にこの取引を行ないたいのか、ジョー？　あとで泣きを見ることになるリスクを伴うぞ」彼の顔はまったくの無表情。サッカーの試合を観てるくせに、どっちのチームが勝とうがかまわないどころか、ルールも理解してない人間の顔。いや、依頼人のことなど屁とも思ってない弁護士の顔かもな。

「取引したい」おれは言う。

「わかった」彼が立ち上がってドアを叩く。さっきの看守がドアを開けると、ふたりで何秒か言葉を交わしたあと、弁護士はまた腰を下ろし、数分後にはシュローダーが戻ってくる。疲れた顔。それに、いらついてる。いらだちを体じゅうから発散してる。

「取引成立か？」シュローダーが訊く。

「そうだ」弁護士が告げる。

「おおむねは」おれが言い足す。

ふたりがまじまじとおれを見る。弁護士はため息をついて、一瞬だけ、例の〝勝手にしやがれ〟って顔を浮かべる。シュローダーもため息をつく。案外、このふたり、いっしょにここを出て、今夜はため息をつき合いながらいっしょに寝るのかもな。

「問題は、記憶が漠然としてるってことだ」おれは説明する。「彼がどこに埋められてるのか、はっきり思い出せないんだ」

「そうだな。そのせりふは耳にたこができるほど聞かされたよ」シュローダーが言う。

「すごく漠然としてるってことを理解してもらわなきゃなんないからね」

「その点はわかったよ、ジョー」弁護士が言う。「それで、きみの言い分はなんだね？」

「カルフーンの死体がどこにあるかって感覚が漠然としすぎてるから、道順を教えるのは不可能だ。おれが案内するしかない」

面会者はふたりとも黙り込む。シュローダーは首を振りはじめる。少し遅れて弁護士も首を振りはじめる。首振り競争でもしてるみたいだ。すぐにふたりで顔を見合わせる。彼らの名誉のために言っておくと、ふたりとも〝どうする？〟という身ぶりは見せない。

「おまえに案内などさせない」シュローダーが言う。「たとえ一時間でも、おまえをここから外へ連れ出すことを交換条件にするつもりはない」

「なら、カルフーンは永久に見つからない」

「いや、見つけてみせる。いずれ死者はなんらかの方法で表に出てくる」

「いつもそうなるとはかぎらない」おれは言い返す。「それは、あんたにもわかってるはずだ。おれに案内させろ。ひょっとすると、そこでメリッサを見つけ出す手がかりが得られるかもしれない――あんたの望みはそれなんだろう？　いちばんの望みだろう？　あんたは手がかりを得るし、あんたのお友だちの霊能者は欲しいものが手に入る」

「いちばんの望みは、おまえがこの街に行なったことの報いを受けて絞首刑に処されるのを見ることだ」シュローダーが切り返す。本当は、彼に対して行なったことの報いを受けて絞首刑に処されるのを見たいという意味だろうな。彼が立ち上がりかける。弁護士が腕を伸ばし、シュローダーの腕に手を置く。母さんがそれを見れば、このふたりがこの壁の外へ出たら母さんの大いに嫌ってるたぐいのことを始めるつもりだって確信するにちがいない。

「待て」弁護士が言い、シュローダーはふたたび椅子につく。弁護士がおれの顔を見る。「きみの本当の狙いはなんだ、ジョー？」と訊く。「カルフーンの埋められた場所を教えることによってなにを得ようとしている？ たんに話すんじゃなく案内することで、逃げ出すことができるとでも？」

「逃げ出す必要なんてない」おれはそう言ったあと、そんな想像は馬鹿げてると証明するために笑ってやった。本当は図星なんだけどね。「自分の行動をコントロールできなかった人間に有罪評決を出す陪審なんて、世界じゅうどこを探したってないんだから。ただ、死体のある場所を言えないのは、言葉で説明できないからだ。説明できればそうするさ。本当に、無理なんだ、カール。どうすればいいっていうんだい？ 土の道を進んで三つ目の岩のところで左に曲がれって言うのか？ 一年も前のことなんだぞ。な、あんただって、説明するのは無理だってわかるだろ？ おれを信じるしかないって。あんたたちがどう思おうが、それが真実だ」真実なもんか。まったくのでたらめさ。「正真正銘の真実だ」

「おまえを一時間もここから出すわけにいかない。一分たりともだ」シュローダーが言う。

「あんたがどう思おうが関係ない」おれは反論する。「肝心なのは、カルフーンの死体の場所をおれに教えてほしいかどうかってことだ」

「それ以上に肝心なのは、おまえがここにとどまることだ」シュローダーも応酬する。

「なんで？　おれが脱走するとでも思ってんのか？　あんたがそれを心配するのはわかるよ――なんたって、〝クライストチャーチの切り裂き魔〟を何年も野放しにしてた張本人だもんな。おれの脱走を止められないって思うのは当然だ」

「その手は食わんよ、ジョー。おれを怒らせて、おまえをここから連れ出すように仕向けようったって無駄だ」

「ま、決めるのはあんただ、カール。受けるか、受けないか。あんたの決断しだいさ。新しいボスは有名になる。おれは金が必要だから、この取引を成功させたい。それに、ひとつ訊くけど、この取引であんたにはいくら入ってくるんだい？　なあ？　いくらかもらえるんでもないかぎり、あんたがこんな取引をしようとするはずないもんな」おれは片手を上げて指先をすり合わせ、〝金の話だ〟って身ぶりをする。

「くそったれめ」

「カルフーンの死体を回収したい。そうだろ？」

「ふたりとも」弁護士が両手で制する。「それは置いて、本題を続けていいか？」

「おれはもう警察官じゃない、ジョー」シュローダーが言う。「それは知ってるだろう。

この手の取引を仕切る立場じゃないんだ」

「なんとかしろよ」

シュローダーは首を振る。「おまえはわかってない。参ったな」彼が首をそらして天井を見上げる。「なんだって、こんな阿呆が何年もつかまらずにいたんだか」おれに目を戻す。「もっと早くおまえを逮捕できなかったんだから、おれは自分で思ってた以上に阿呆だったにちがいないな」

「なに言ってんだ?」

「おまえの要求を叶えようとすれば警察を巻き込むことになる。警察が噛むとなれば、この取引はなしだ。おまえが遺体を埋めた場所へ案内することが警察の知るところとなるんだからな。それに、警察が噛むとなれば、ジョナス・ジョーンズの利益にもならない。そうだろう?」

数秒かかってようやく彼の言ってることを理解する。

「彼の言うとおりだ」弁護士が言う。そう、やつの言うとおりさ。ふたりの言うとおりなんだって。

おれは首を振る。取引をあきらめて、死体のありかを警察に教えるって手もある。それだと金は一セントも入らない。いざとなれば、そうしよう。なんとかして、明日のたそがれどきに塀の外にいないと。それがいちばん肝心だ。

「あんたたちふたりで、おれの要求を叶える手だてを考えてくれ」ふたりに向かって言う。

「裁判が始まる前にだ」

「ジョー――」弁護士が言いかける。

「話は終わりだ」おれはふたりに告げる。

「おまえはどうしようもない阿呆だ」シュローダーが言う。

おれは立ち上がる。阿呆呼ばわりされるのだけは我慢ならない。

それ以上に我慢ならないのは、阿呆に見えることだ。手首がまだ椅子につながれてるせいで引き戻されそうになる。「看守」おれは大声で呼び、テーブルを叩く。「看守！」

看守がドアを開ける。平然とした顔でおれを見やがる。面会終了だと看守に告げる。看守が入ってきて椅子から手錠をはずす。

「手だてを考えろ」ドアに達すると、シュローダーに向かって言い、看守に伴われて精神科医の待つ部屋へ戻る。

29

「次の日、伯母さんが電話をかけてきた」おれは精神科医に話す。脱獄名人ジョーからジョー・ヴィクティムに切り替わってるけど、かまわない。ジョー・ヴィクティムのほうが状況がはるかによく見えるから。「週末まで待つだろうって思ってたけど、おれが学校から帰るころにかかってきたんだ。伯母さんはまず母さんと話して、おれに家の用事を手伝ってほしい、ちゃんと駄賃を払うって言った。母さんは、それならおれが自分の家にいる時間が減るから好都合だって考えた。で、おれは伯母さんちへ行って芝刈りをした。そのあと伯母さんは車庫のペンキ塗りをしてもらいたがった。壁の内側も外側も。そのあとは屋根だ。数週間がかりの仕事になった。ただ、仕事はそれだけじゃなかったんだ。伯母さんは電話を毎日毎日かけてきた——えー、おれに飽きるまで」

「あなたに飽きる?」

「おれに飽きたんだ」

「あなたに家の用事をさせることに飽きたの?」

「ちょっとちがうな」おれは目を伏せて手錠をかけられた手首を見る。椅子の腕、足もと、床。弁護士の目を見つめてた十分前よりも、ジョー・ヴィクティムの目に映るものは美しいんじゃないかな。でもまあ、過ぎたことをうんぬんするのは見苦しい。「伯母さんがおれに飽きたのは二年後だ」

「ジョー？」

おれは目を上げて彼女を見る。「くわしく説明する必要ある？」

彼女はゆっくりと首を振ってる。嫌悪感を顔に出さないように努めてるけど、あまり成功してるとは言えない。しばらく黙って息を整えてから話を続ける。「伯母さんは、あなたのやったことを黙っている代わりにセックスを強要してたってこと？」

「その話はあまりしたくない。でもまあ、そのとおりのことがあった。伯母さんは、自分で言ってたとおり孤独だったんだ。六年も家に男がいなかった」

「伯母さんはあなたを脅迫したのよ」

「おれがほかにどうできた？　言われたとおりにしなければ、警察に通報するって。両親に話すって。言われたとおりにしなければ、おれにレイプされたって言いふらすって。だからおれは、伯母さんちに通いつづけるしかなかった。だって、思いつくのは伯母さんを殺すことだけだったからね。あんたがおれをどう思ってるか知らないけど、おれは人殺しじゃない。少なくとも、人殺しになりたくない」

「セックスをしたのは初めてだった？」

「そうだ」

愉しんだのっていまにも訊きそうな目でおれをまじまじと見つめてる。このままだと、服を脱いでテーブル越しに身をのりだすんじゃないか。「くわしく話して」と促す。

伯母さんのことを話したくない気持ちは、この女をその気にさせたいのと同じぐらい強い。「なんで？」

「わたしが訊いてるから」

「セックス自体のこと？」

「伯母さんのことを話して。そのことが起きるまでのことを」

おれは肩をすくめる。たいしたことじゃないっていうように。伯母さんにセックスを無理強いされるのは、天気の話をするのと変わらないぐらい些細なことだっていうように。天気の話よりも少しは楽しいけどね。でも、本当は重大なできごとだ。長いあいだ心のなかに封印してたできごとだ。伯母さんが死んだあと、遺品の整理をした。クロスボウと再会して、母さんがなにもかもしまい込んだあと、おれは吐き気を覚えた。その夜、伯母さんの埋葬された墓地へ行って伯母さんの墓石を探し出し、その上に大便をしてやった。それがおれの決着のつけかた。おれを自己嫌悪に陥れ、自信を持たせたあと、ふたたび自己嫌悪に突き落としやがった女への別れの挨拶さ。

「ちょうど屋根のペンキを塗り終えたところだった」精神科医に向かって話しだす。「暑い日だった。当時は、夏といえば連日暑くて青空が広がってるものと決まってた——少なくとも、そう思えた。このところ、青空なんて週に二回も見えれば御《おん》の字だけどね」さっき考えたことは正しかった——伯母さんのレイプなんて、気象情報と同じぐらい些細なことだ。「ずっと屋根の上にいたから、日焼けがひどくて火傷《やけど》状態だった。伯母さんの仕事をやり始めて四日。ビッグバンが起きたのは五日目。初めていっしょに過ごした土曜日。おれは屋根に上がってて——」

「そのできごとを、あなたはビッグバンと呼んでいるの？」

「あんたはなんて呼ばせたい？」

「話を続けて」

「伯母さんが外へ出てきて、下りておいでって言った。てっきり、急に庭仕事か電球の交換を言いつけられるか、期待したほど上手にペンキを塗れてないって言われるんだろうって思いながら下りてった。家に入ると、伯母さんはおれがそこへ来てる理由を思い出させた」あのときのことはいまも覚えてる。伯母さんの着てたドレス、厚化粧。ひりひりするほどの日焼け。あの日、あとで伯母さんが塗ってくれたアロエのにおい。「ソファに座れって言うから腰を下ろすと、レモネードをくれた。猫の小便に炭酸ガスと輪切りにしたレモンを一枚放り込んだらこんな味だろうって思った。そのあと伯母さんが隣に座った。おれの脚に手を置いて、おれがびくっとしたら、びくつくんじゃないって言った。別の仕事があるって。断わったら刑務所行きだって。片方の手をおれの膝に置き、もう片方の手をおれのうなじに当てて、キスしろって命令した。どうしたものかわからなかった。伯母さんが顔を押しつけてきた。おれはまだ女の子とキスしたことなんてなかった。煙草のにおい、コーヒーの味。鼻を嚙み切ってやろうって考えたのを、いまでも覚えてる。ただ、その方法を思いつく前に伯母さんがのしかかってきた。ソファの上で体をうしろへずらしながら、両手を伯母さんの肩に置いて押し返そうとした。伯母さんは、今度押しのけようとしたら、あんたのやったことを両親に話す、わたしをレイプしたって言ってやるって」

精神科医にその話をした瞬間、顔がほてるのがわかる。あのときの日焼けと屈辱が戻ってきたみたいに。

「じゃあ、寝室では」精神科医が言う。「伯母さんが主導権を握っていたのね？」

「おれ……本当に、その話はしたくないんだ」

「ジョ――――」

「頼むよ。終わりにしちゃだめかい？」

「その後どうなったの？　寝室の用がすんだあと？」

「また外へ出されて、屋根のペンキ塗りさ」

「すぐに？　伯母さんはその前に話をしようとしなかった？」

「少しは話したかな。ほとんど伯父さんの話。おれを見てると伯父さんのことをあれこれ思い出すって。どういう意味かわかんなかったし、セックスのことなのかどうかもわかんなかった。なにもかもが……なんていうか、あっという間で。そのあと、外へ戻されたんだ」

「どう感じた？」

「外は暑いって感じたし、もっと日焼けした」

「伯母さんがあなたにやったことに対してどう感じたのかって訊いたの」

「おれ……よくわからない」

「腹が立った？　傷ついた？」

「たぶん」

「興奮した？」

「いや」本当は、少し興奮したかもしれない。でも、すごく興奮したわけじゃない。伯父さんが死んだのには理由がある——毎日あの伯母さんと顔をつき合わせることが健康維持の役に立ってたはずがない。伯母さんのほうが性欲が強かったんなら——まあ、矛盾してるのかもしれないけど。実際、なにもかもが不可解だって思ってた。「何日かして、また同じことがあった。そのあとは何度も。毎回、家に帰ったときには体じゅうから煙草のにおいがぷんぷんしてた」

「それが二年続いたの?」

「そう、ほぼ二年」

「やめさせようとした?」

「どうすればやめてくれるのかわからなかった」

「でも、なんとかしようとしたんでしょう?」

おれはうなずく。「伯母さんの猫を殺した」と言う。

彼女はおれの返答にもショックを受けた顔をしない。「さっきは、動物は殺してないって言ったわ」

「ほとんど忘れかけてたんだよ」それは本当だ。少なくとも、あの猫のことは。「あんたが話させようとするまで、当時のできごとの大半は忘れてた」

「それで、猫の話は?」

おれは首を振る。「あの猫は話をしたがらなかった」

彼女は笑わない。「あなたは猫を殺した。理由を話して」

「猫を殺せば、気持ちがそっちに向いて、おれとの関係を続けたくなくなるにちがいないって思ったんだ。でも、実際は逆だってわかったけど。あのとき、いつも以上におれを求めたよ」

「どうやって殺したの?」

「風呂で溺死させた。そのあと、伯母さんにばれないようにヘアドライヤーで毛を乾かした。伯母さんは自然死だって思ったみたいだ」

「性的虐待を受けてた二年のあいだのいつごろの話？」彼女がたずねる。

「いったいなにが？　おれは猫とファックなんてしてない。溺死させただけだ。なにかしないと気がすまなかった」

「猫の話じゃないのよ、ジョー。あなたと伯母さんのあいだの虐待のことを訊いてるの」

「伯母さんを虐待なんてしてない。なんで最悪のことばっかり考えるんだい？　とても公平な裁判なんて受けられないよ、みんながそんな調子で――」

彼女は片手を上げておれを制する。「よく聞いて、ジョー。あなたは誤解してばかり。伯母さんがあなたを虐待していたの。あなたは無垢《むく》な子どもだったのに、伯母さんはあなたの犯したあやまちにつけ込んだ。わたしが知りたいのは、伯母さんが虐待を始めてどれぐらいの時期に猫が死んだのか、そのあとどれぐらい虐待が続いたのかってことよ」

「なんだ」そのほうが筋は通る。ただ……〝虐待〟だって？　あれってそういうことだったのか？　「なんだ」彼女がおれの味方だとわかって、ほっとして繰り返す。みんな、おれのことを少しでも知れば味方になってくれる。でも実際は――〝虐待〟って言葉を振りまわしだしたら、まるで女みたいに聞こえる。「ちょうど中間あたりだったと思う。始まって一年ぐらいしてからだ……その……虐待が。猫が死んだあとも一年ぐらいは続いた」

「どうやって終わったの？」

「あんたはもう用なしよって伯母さんが言ったんだ。意味がわからなかったけど。それで終わり。そんな日が来るってわかってるべきだった。最後のほうは、あの家へ行く回数がどんどん減ってたから。おれは……わからない。なにか感じたんだけど」

「拒絶された感じ？」

「ちがう。ほっとしたんだ」本当は、彼女の言うとおり、拒絶された気がした。すぐに、それって話したほうがいいことかもしれないって思う。精神的に安定してる実際のおれよりも、愚かに見えるんじゃないかって。「そりゃもちろん、拒絶された気はしたよ。伯母さんとセックスしたいわけじゃなかったけど、やめる理由がわからなかった。伯母さんを満足させられなかったのかな？」

「そういう理由ではないわ」彼女が言う。

「じゃあ、どういう理由なんだい？」

「あなたは被害者だったの」彼女が言う。「力の問題よ。伯母さんは、支配できる人間をほかに見つけたってこと。伯母さんはたぶん、あなたが自信を持ちはじめた、成長した、って気づいたのよ。そのあと、伯母さんとの関係は？」

「まったくなし。それきり一度も会ってない」

「クリスマスとか、それ以外の家族の集まりでも？」

「父さんの葬儀のとき。会ったのはそのときだけだと思う。言葉も交わさなかった。っていうか、おれは話しかけようとしたんだけど、向こうはおれなんて相手にしてる時間がなかったんだ。グレゴリーにまとわりついてた。おれの五歳下の従弟。妙な感じだった。どこかで伯母さんが恋しかった」

「それは当然よ」

「なにが？」

「べつにたいしたことじゃない」そう、彼女の言うとおり。こんな話、たいしたことじゃない。居房より少しは居心地のいい部屋で、メリッサが救い出してくれるのを待つあいだのたんなる暇つぶしだ。すごくきれいな女とひとつ部屋で時間をつぶすのさ。人生にはこんな時間つぶしがもっとあってしかるべきだ。

「伯母さんがあなたに対してやったことは、あなたの落ち度ではないのよ、ジョー」

「いや、おれの落ち度だ。伯母さんちに侵入しなきゃ――」

「伯母さんはそれにつけ込んだの。向こうは成人、あなたは子どもだった」

「それはわかってる」おれは言う。「だけど、おれが伯母さんちに侵入しなきゃ、こんなことは起きなかったんだ。おれはいまごろどこにいたことやら」

「それはどういう意味？」彼女が身をのりだして訊くから、おれは警告の兆しを察知する。

「わからない」

「いいえ、わかってるはずよ」

「それがすべての始まりだったのかもしれないって意味だよ」

彼女はペンでノートを打つ。「すべて？　まるで自己分析をしてるみたいね、ジョー」

「そんなつもりじゃない。ただ、ほら、そっから道が次々とつながったっていうか」

「伯母さんを殺そうと考えたことがないのは確かなの？」

「うん。もちろん、考えたことないよ」

「そんな状況に置かれた人間はたいていそれを考えるものよ」

「でも、おれは考えなかった」本当は、考えた。伯母さんにのしかかって顔を見下ろすたびに、両手で首を絞めてやりたくなった。いや、自分の首を絞めたくなった。それでも、伯母さんが恋しかった。

「初めてだれかを殺したのはいつ？」

「わからない」

「わからない？」

「だれかを殺した記憶がないんだ。覚えてるとしても、初めてがいつだったのかはわからない」

彼女はレコーダーに手を伸ばしてスイッチを切る。「もういい。今日はここまでよ」

「どうかした？」

「あなたがまた嘘を言いだしたからでしょう。ひとつ言っておくわ。あなたはここでなにを得ようとしているのか、考えなさい。明日また来るから、そのときに話しましょう。いいわね？」

「待ってくれ」

「明日、まだ時間があるわ」と言うと、彼女は席を立ってドアをノックする。

「助けてほしいだけだ」おれは言う。

「わかった」

看守がドアを開け、おれの顔をよく見ようとして身をのりだす。おれは笑みを返す。歯を見せたジョーの満面の笑み。まぶたが引きつれて痛む。アリにも満面の笑みを向ける。彼女が出て行く。看守がドアを閉めると、おれは壁を見つめる。まぶたが張りついてるから手で引っぱり下ろす。顔から笑みを消し、頭を垂れて腕に載せると、顔がテーブルからほんの数センチだ。呼気がテーブルの表面をくもらせる。長いあいだ伯母さんのことなんて思い出しもしなかったし、あの話を聞かせたのもアリが初めてだ。セラピーなんて心の重荷を下ろして痛みを分かち合うことだってずっと思ってたけど、古い傷口を開いただけだ。このことはだれにも知られたくない。

突如として、メリッサにここから出してもらうことがこれまで以上に重要になる。あのことが法廷で持ち出されたら、世間に向き合えるかどうかわからない。母さんが裁判所に来ることもニュースを観ることもないはずなのに、自分の姉さんがおれにしたことをどういうわけか残らず耳にするって気がする。絶対におれの話を信じようとしないだろう。おれがここを出たあと、アリはあの話をだれにも聞かせないほうがいい。

急に、母さんが来ないのがうれしくなる。

おれは、最近もっぱらやってることをする——ただ待ちながら、前向きになろうと努める。伯母さんを思い出さないように努め、明るい未来に意識を集中しようと努める。それでも、こんな場所にいると、前向きに考えるのがとにかくむずかしいことがある。

30

「ふざけやがって」シュローダーは言う。

「そのとおり。確かにふざけている」ウェリントンが言う。「あなたが持ち込んだ取引のことだ。私の依頼人の利益にならない」

「あんたはこの件の弁護をしたくないんだよな」シュローダーは切り返す。「それなのになぜ、この取引を面倒にする？」

「確かに、あの男の弁護はしたくない。だが、言うまでもないと思うが、仕事である以上、あの男のためにできるだけのことをするつもりだ。あなたがだれかを殺した場合も、できるかぎりの弁護をさせてもらうよ」

「それはどういう意味だ？」

「どういう意味って、なにが？」

「〝あなたがだれかを殺した場合〟？」

「言葉どおりの意味だ。仮にあなたがだれかを殺して私に弁護を依頼した場合、私ができるかぎりのことをすると承知しておきたいだろう。全力を尽くさなければ、二度とだれも私に弁護を依頼しないだろう?」

「わかったよ」

「それはともかく取引を面倒にしているのは私ではない」ウェリントンが言う。「ジョーだ」

ふたりはまだ刑務所の面会室にいた。シュローダーはこの部屋にいたくないと思う。いやなにおいがする。それに、寒い。そのうえ、ウェリントンに図星を指された。

「あいつは、おれには手配できない要求をしている」シュローダーは言う。

「われわれが手はずを整えたりすれば」ウェリントンが言う。「依頼人の利益に反することになる。死体が埋まっている場所まで警察に警護してもらいながら、どこにあるかを知らなかったなどと陪審を納得させられるはずがない」

そのとおりだとシュローダーは思う。「それに、警察に警護してもらいながら、ジョナスに霊能力を使って遺体を発見させられるわけがない」

ふたりの話は堂々巡りをしている。この取引は行なわれない。ジョナスは死者の亡骸を発見する能力をひけらかすことができない。シュローダーはボーナスを手にできない。ジョーは謝礼金をもらえない。ロバート・カルフーン警部は家に戻れない。シュローダーとしては、最初の三つはどうでもいいが、四つ目の問題は重要だ。カルフーンの行方がわからなくなって以来ずっと、重要だと思っている。重要だと思うからこそ、この部屋にとどまり、ジョーの人生を楽なものにするすべを見出そうとしているのだ。

「どんな気分だ？」ウェリントンがたずねる。「あんな男の下で働くのは？」

その質問にシュローダーは顔をしかめる。質問のしかたにウェリントンの見解が透けて見える。みんながそれと同じ見解を持っているにちがいないと思い知らされる。そんな状況にもかかわらず、ジョナスの仕事は順調だ。だれもがこぞって彼を嫌っているわけではない。「たぶんジョーの弁護を担当するのと同じ気分だろう」と返す。

ウェリントンがゆっくりとうなずく。「最悪、か」

「なあ」シュローダーは切りだす。「あんたはやつにこの取引に応じさせたくないんだよな。その気持ちはわかるが、カルフーン刑事は家に戻してやるべきだ。とにかく、いまはその一点だけを考えよう。彼は警察官だった。それも、優秀な刑事だった。警察官らしく、きちんと埋葬してやるべきだ。忽然と消えたきり帰らぬ人となった警察官として、その死を悼《いた》み、思い出してやるべきだ」

ウェリントンが無言のまま思案しているので、シュローダーは、この男の頭の回転が速いことを思い出し、どれぐらい先まで見通しているのだろうかと考えた。

「なにか方法があるはずだ」シュローダーは言い添える。

「方法などない」ウェリントンが言う。「警察を巻き込んだが最後、ジョナスの取引は立ち消えになる」

シュローダーは席を立って室内を歩きだす。ウェリントンが目を注いでいる。シュローダーは頭のなかで別のシナリオを描きはじめる。まだ警察官だったら、ことはるかに容易だった。だが、警察官だったら、連続殺人鬼に五万ドルもの金を払うような取引を持ちかけるはずがない。警察はカルフーンの埋められた場所をジョーから聞き出すつもりはない。聞き出そうとはしてみた。検察も試みてはみたのだ。

ジョーからそれを聞き出すためには金を払うしかない。

そして、ジョーに話させるためには、案内させるしかない。

しかも、ジョーに案内させることができるとすれば、警察が関与しない場合だけだ。

そんなことは不可能だ。

「説得してみよう」ウェリントンが言う。「彼が死体のありかを説明できるかどうか確かめる。なにしろ、あなたに話さなければ謝礼金を手にできないのだし、彼が協力するのは金が欲しいからだ。裁判が終われば釈放されると、本気で信じているんだと思う」

シュローダーは向き直って壁にもたれかかる。ウェリントンを見つめる。妙案が浮かびそうだ。あとほんの数秒で。「で、あんたの見解は？」

肩をすくめたものの、ウェリントンはすぐに自分の見解を話しだす。「釈放になると本気で信じている点、自分の言葉をみんなが信じると思い込んでいる点は、彼が完全に精神を病んでいることの証明になると思う」

妙案が形を成しつつある。道が延びるように目の前に広がっていく。あとはただ、それをたどりながら分かれ道を補強してやればいいだけだ。体を押し出すようにして壁ぎわを離れ、弁護士の向かいに腰を下ろす。「仮に」言いだしたものの、あとが続かない。目は壁に、コンクリートブロックに注がれているが、実際は、妙案の筋を追いながら、あらゆる角度から検討したことを確認している。

ウェリントンは口をはさまずに待っている。

「仮に」シュローダーは繰り返す。そう、これならうまくいくんじゃないか。「仮に、同時にふたつの取引を行なうとしたらどうだ？　こっちは自分たちの取引を実行する。おれの勤務先はカルフーン刑事の遺体のある場所を教えた謝礼金をジョーに払う」

「なるほど。では、もうひとつの取引というのは？」

「検察側に掛けあって、カルフーン刑事の死に関してはジョーを訴追免除にしてもらう。殺したのが彼じゃないことは、おれたちみんなが知っている。確かに遺体を埋めたのは彼だし、おそらく殺害の段取りをしただろうからいずれは実行していたにちがいない。だが、ほかの何件もの殺人容疑で起訴するんだ。カルフーンの殺害までジョーの犯行に加えたところで大差ない。理屈のうえではおれたちはこの件をジョーの罪状に加える必要はない」

〝おれたち〟。気がつけばそう言っている。警察官だった人間は、生涯、警察官だ。少なくとも、もはや警察官ではない人間に言わせると。それ以外の人間にとっては、元警察官など、うざったいだけの存在だ。

「理屈のうえでは、そのとおりだ」ウェリントンがうなずく。「その提案を聞いて喜ぶ人間はそう多くないと思うが」

「言ってるおれ自身が喜んでないよ」シュローダーは言う。

「検察側はその話にまず乗らないと思う」

シュローダーは立ち上がり、また室内を歩きだす。「訴追免除を提案する。その代わり、カルフーンの遺体のありかを教える。ジョーに対する罪状はたくさんあるんだから、検察側がノーと言う理由はない。そして警察はカルフーンの遺体を取り戻す。双方にメリットがある。ふたつの取引。ジョーは一時間の自由を得て、遺体のところへ案内する」

ウェリントンが身じろぎしないので、この情報を咀嚼《そしやく》しているのだとシュローダーは見て取る。一時間あたり四百ドルもの相談料を取る頭を猛回転させて考えている。「うまくいくかもしれないな」

「うまくいくさ」シュローダーは言う。

「そう、可能性はある。もうひとつ問題がある。警察は、あなたのボスが現場へ来て発見の手柄を横取りするまで、死体をそのまま放置したがらないだろう」

「まず、彼はおれのボスではない」とシュローダーは言う。「次に、警察は、仲間のひとりを家へ帰してやるためなら、この話に乗る」

ウェリントンはいまにも笑いだしそうだ。「冗談だろう？」

「いや」

ウェリントンは首を振る。「検察側がこんな話に乗るわけがない。これはあなたの担当してるテレビドラマではなく、現実の話だ、カール。それに、警察はジョナス・ジョーンズやテレビ・ネットワークの手先ではない」

「そんなことは承知している」

「それなら、なぜ、警察がその手先に見えるような提案をしようとする？」

「カルフーンの遺体を取り戻すためにはそうする以外に方法がないからだ」

「そんなことはない」ウェリントンが言う。「それに、はっきり言っておく。私はそんな提案をするつもりはみじんもない。そんな話を持って行けば笑い者にされるのが落ちだ。だれも二度と私の話を真面目に聞いてくれなくなる。ジョナス・ジョーンズに手を貸したがる人間など、警察にはひとりもいないよ」

「ジョーンズのためではない」シュローダーは言う。「カルフーンのためだ。そこが大きなちがいだ。このちがいは大きい。カルフーンと、彼の遺族のため。それがこの提案のセールスポイントだ」

ウェリントンはまだ首を振っている。「これが罠だったらどうする？」

「罠のはずがない。ジョーにこの取引を持ちかけたのは昨日だ。面会者記録を調べても、あいつに面会して話をしたのは、あんたとおれ、担当の精神科医、母親だけのはずだ。こんな短い時間であいつがなんらかの手はずを整えるなんて不可能だ」

「その考えがまちがってたらどうする？」

「まちがってない」

「そうだな」ウェリントンが言う。「確かにそうだ。あなたの考えはまちがってない。だが、やはりうまくいかないよ。たとえ少人数で彼を連れ出すとしても、あなたは大きな問題をひとつ見落としている」

「ふーん。で、それはなんだ？」

「同行する連中が口をつぐんでいなければならない」

「同行するのは警察官だぞ。口をつぐんでいるのも職務のうちだ。信頼して任せられる人間が四、五人もいればこと足りる」

まだ首を振ってはいるものの、ウェリントンはしだいに考えを変えはじめている。「とにかく、やってみよう」とシュローダーは言う。

「わかった。検察側に提案してみよう。当たるだけ当たってみても悪くはないだろう」

「ジョーがしゃべってしまえば台なしだ」シュローダーは、ほんの一部にせよ、魂を悪魔に売り渡した気がする。一部をジョナス・ジョーンズに、別の一部をジョー・ミドルトンに。この調子では魂が売り切れてしまう。

「彼は黙っているさ」ウェリントンが言う。「検察側には、この取引の利点を指摘し、罠ではありえないと説明し、依頼人の誠意の表われだと訴える」

「必要な弁明を行なってくれ。とにかく、大騒ぎになる前にすませてしまおう」

ウェリントンは人差し指でテーブルの表面を軽く打つ。「娘は大学生なんだ」と言いだす。シュローダーの頭に、話の行き先がふたとおり思い浮かぶ。娘を持つ父親として、ジョーのような男に塀の外へ出てもらいたくない、と続けるのだろう。あるいは、もっと悪い話を口にする。娘の身に悪いことが起きたと言いだすのだろう。だが、シュローダーの予想ははずれる。ウェリントンが口にしたのは、そのどちらでもないからだ。「一時間前に電話をかけてきてね。法律を専攻している。三回生だ。熱心に勉強しているよ。私のような弁護士になりたいと言って。無実の人たちを救いたい、と」

「ショックを受けるだろうな」シュローダーは言う。

「無実の人間などひとりもいないからな」

「無実の人間などめったにいない。それだけのことだ」

「そうかもしれん。あるいは、あなたが思ってるほど少なくないのかもしれん。とにかく、カンタベリー大学の学生たちが月曜日になにをしようとしているか、当ててみるか？」

深く考えるまでもない。「抗議運動だろう」

「そうだ。あなたの意見は？　死刑に賛成か、反対か？」

シュローダーは肩をすくめる。「さあ。半々といったところかな」

弁護士は苦笑いする。「どちらでもないってことだな。学生たちはテレビに映りたいだけだ。娘によれば、目下、テレビに映ることがソーシャルメディア上の議論のテーマなんだそうだ。パーティにでも行くようなつもりで抗議運動に参加する学生が少なくとも数百人はいるとか。放送でもっとも長く映った学生がウォッカを一本もらえるという競争までやるらしい。だから、ウォッカ一本のためにめかし込み、テレビに映ろうとして各所のカメラの前に立とうとする。だが、学生たちが参加する理由はそれだけではない——テレビに映るのはおまけのご褒美だ。抗議運動に参加するのは、酒を飲んで大騒ぎし、さらに酒を飲んで道路脇の排水溝に嘔吐《おうと》する大義名分になるからだ。抗議運動に参加するのが格好いいと思うからだ。そういう世代なんだよ。うちの娘の世代は。私たちは、いったいなんのためにこんなことをしようとしているのかわからなくなる。子どもたちのためにより安全な社会を作ろうとしてるのに、当の子どもたちがあの調子では、安全な社会を築こうと努力する理由がわからなくなる」

「返す言葉もないよ」シュローダーは言う。

「そりゃそうだ。現実を口にしただけなんだから。とにかく、ひとつだけ言っておく。大騒ぎになるのを回避できるなどと考えているなら、あなたは、私がこれまで出会ったなかで唯一本物の大馬鹿だ」

31

来客のあることがわかっていたら、もっと掃除をしておいたのに。ラファエルはきまりが悪くなる。ステラには、いつもこんな汚い部屋で生活していると思われたくない。もっとも、実際のところ、最近はほぼこんな汚い部屋で生活している。最初のうちこそ、こんな自堕落な生活や貧しい食生活ではいけないと反省もしたが、そのうち気にすること自体を放棄したのだ。

「散らかっていて申し訳ない」と言ってみるが、ステラは気にしていない様子だ。流産してご主人が出て行ったあと、彼女の家もこんな状態なんじゃないだろうか。彼女がまだ妊娠しているかのように腹をなでる。妻がアンジェラを妊娠中によく同じことをしていた。夜ベッドに並んで横たわり、妻の腹に手を置いた彼が赤ちゃんの蹴るのを感じて怖がると、にこやかな顔をした妻がおもしろがった。当時の彼には、腹を蹴る赤ん坊と、映画『エイリアン』のなかで食事中にあの乗組員の腹部に起きたこととのちがいが、あまりよくわかっていなかった。

「なにか飲み物でも？」彼はたずねる。

「水で結構よ」

彼はキッチンへ行く。カウンターには置きっぱなしの朝食の皿、シンク周辺には一週間分のパンくずと飛び散った水。きれいなグラスをふたつ取って水を注ぎ、居間へ持って行く。ステラは壁に並んだ写真を見ている。

「これがアンジェラ？」

「そうだ」

「で、こっちはお孫さんたち？」彼女が幼い子どもたちの写真に目を転じてたずねる。

「アデレードは六歳だ。今年から学校に通ってる。英国の学校だから、ハリー・ポッターの魔法学校みたいだったらいいと期待してるようだ。ホグフーフスとかなんとかいったろう。ヴィヴィアンは四歳。バレリーナになりたいらしい。それに、ポップシンガーにも」

「かわいいわ」

「孫たちに会えないんだ」そのことで娘婿に腹が立っている。だから娘婿の写真は壁に飾っていない。だが、一方では、娘婿が英国へ戻ったのも無理はないという気持ちもある。そう、娘婿にはなんの非もない。「運がよければ、月に一度は話ができる」

ステラが衣類の入ったビニール袋を差し出す。朝から車に積んであったものだ。「着てみて」と言う。ラファエルはライトブルーのシャツと紺色のズボンを引っぱり出す。「サイズは合うはずよ」と彼女が言う。

「どこで手に入れたんだ？」

「貸衣装よ。破ったり汚したりしないでね。保証金を返してもらえなくなるから」

ラファエルには、それが冗談なのかどうかの判断がつかない。警官の制服を広げてみる。

「本物みたいだな」と言う。

「もちろん本物よ。そのための貸衣装屋でしょう。さあ、着てみて」

「本当にこんなものが必要になると思うか？」

「そうじゃないことを願うけど、必要になると思う。かなりの混乱状態になって、たくさんの人が走りまわることになるから。これを着てれば逮捕されずにすむわ」

彼は制服を持って寝室へ行く。ほかの部屋とはちがい、寝室は散らかっていないが、整然とかたづいているわけでもない。ベッドは乱れたままで、床には脱ぎっぱなしの服が落ちているものの、カーペットに食べ物のしみがあるわけでも、窓台にかびが生えているわけでもない。制服をベッドに置き、手早く着替える。少し大きめだが、悪くはない。

「どうかな？　どう思う？」居間へ戻りながらたずねる。

ステラがにっこり笑う。彼女の顔に肯定的な感情を見たのは初めてだ。目まで輝かせている。女が制服を着た男に惹かれるとかいう俗説は真実なのにちがいない。私が二十歳若く、娘を亡くしておらず、法的にまだ既婚者だという立場でなければ、そして、ステラがレイプ被害者ではなく、生まれることなく失った赤ん坊の復讐を求めていなければ、この制服を着ているあいだになにかが起きていたかもしれない。

「ほぼぴったりだ」彼は言う。「サイズを見る目があるんだな。ベルトもついてるなんてすごいよ」手錠ケースをいじる。「おまけに無線機まで。なにもかも本物みたいだ」

「無線機は使えないわ。でも、それ以外は、あなたの言うとおり、本物そっくりなのよ」

彼は居間の鏡の前へ行く。鏡に映る姿をしげしげ眺める。これからやることについて考えたりすれば、そこで立ち止まってしまう。進みつづけるしかない。ジョーを殺す。これからの数日はその意気で乗り切ることになるんじゃないか。このまま突き進まなければ、計画は成功しない。きっと赤い怒りが手を貸してくれる。

「本当に、逃げおおせることができると思うか？」制服を引っぱりながらたずねる。理論上は、計画のほかの部分と同じく万全だが、どうも悪い予感がする。鏡に映るステラを見つめ、彼女の目をとらえる。

「逃げきれなかったとしたら、なにか問題がある？　もしもいま、ジョーの頭に銃弾をお見舞いするという選択肢をだれかに提供されたら、そして、それと引き換えに十年の懲役刑をくらうはめになるとしたら、そっちの計画に乗る？」

「ああ、乗るよ」考えるまでもない。それに、十年もくらうはずがない。娘をレイプしたうえに殺害した男を撃ち殺した父親に対して十年の刑を言い渡す判事などいるものか。とはいえ、それは希望的観測にすぎないかもしれない。そのような復讐を果たした人間を十年の刑に処した判事もいる。「きみはどうだ?」とたずねる。

「もちろん、乗るわ」

ドアにノックの音がする。ふたりともその場に凍りつく。

「来客の予定が?」ステラがたずねる。

彼は首を振る。

ステラが窓辺へ行き、ブラインドのかげから外をのぞく。「ゆうべと同じ車だわ。刑事たちの乗ってきた車」

「くそっ」彼はシャツのボタンをはずしだす。「こんな格好を見られるわけにいかない」

「出ることとないわ」

「大事な用件かもしれない」時間を短縮するため、残りのボタンが留まったままのシャツを引き上げて頭から脱ぐ。「それに、私の車が私道に停まってる。家にいるのはばれてるよ」靴を蹴るようにして脱ぎ、ズボンを引き下ろして下着姿になったとき、またノックの音がする。

「ちょっと待ってくれ」と声をかけてから、左右に目を向けて着るものを探すが、なにも見あたらない。「くそっ」すぐに廊下の先の浴室へ行き、タオルをつかむ。それを腰に巻いて、玄関ドアへ向かう。

32

シュローダーは撮影現場のカジノへ向かう途中でラファエルの家へ寄ってみることにする。『清掃魔』の脚本家とプロデューサーは昨日、おれが現場から消えたことに腹を立てていた。今日の夕方か来週の初めにでも、局の上層部に膝づめ談判され、〝今回はイエローカードにしておいてやるが、この業界には人材が掃いて捨てるほどいる。次に問題を起こせば馘だ〟と申し渡されることになりそうな不吉な予感がする。

ラファエルの家へ来たのが〝次の問題〟になるかもしれない。

「シュローダー刑事」ラファエルは腰にタオルを巻き、靴下をはいただけの格好だ。シュローダーは、自分がいまの彼ぐらいの年になったときにこれぐらい体が引き締まってればいいと思う。

笑みを浮かべる。「いまはカールで結構です」と念を押す。「タイミングがまずかったようですね？」

「いっしょにシャワーを浴びるなんて言い出さなけりゃ大丈夫ですよ」ラファエルがそう

言って笑うので、陳腐なジョークではあるが、シュローダーも調子を合わせて笑う。

「少しだけ時間をください。なかへ入れてもらえますか？　それとも、この寒さにそんな格好で戸口に立ったまま、ご近所の目を引いてもかまわないと？」

「うーん……じつは、少しばかり急いでるんです、カール。日を改めてもらえますか？」

「すぐにすみます」シュローダーは昨夜のことを思い出す。ラファエルがコミュニティホールのドアロに立ちはだかって、なかへ入れてくれなかったことを。不審が芽ばえる。もっとも、長年にわたる刑事生活のせいで、どんなことにも不審の目を向けてしまうようだ。〝あなたが隠しごとをしていないかぎり〟という使い古されたひと言をつけ足したくなる。刑事時代には、隠しごとをしている連中に対してたびたび口にした。それが効果を発揮することもあれば、なんの役にも立たないこともある。

「じゃあ、まあいいでしょう」

ラファエルが向き直り、廊下を奥へ向かう。シュローダーはついていく。この家には前にも入ったことがある。娘が殺されたことをラファエルとその妻に告げるべく訪ねたのがこの家だった。一年以上前のことだが、こうしてふたたびなかへ通されると、つい先週のことのように感じる。あのとき、ラファエルとその妻は、玄関ドアを開けてから数秒と経たないうちに、悪い知らせだと察知した。警察官バッジを見せたシュローダーと当時のパートナーだったランドリー刑事が、入ってもいいかとたずねるよりも前に。警察が来るのは、よい知らせを届けるためではない——警察は、宝くじに当たったとか、休暇旅行が当たったと告げるために来たりはしない。ラファエルの妻が居間に入る前に泣き崩れたので、ラファエルとシュローダーとでソファに座らせてやらなければならなかった。ラファエルは妻の隣に腰を下ろして手を握ってやり、そうすれば凶報を退けることができるといわんばかりに首を振り、自分たちの日常に入り込んだ悪を追い払うことができるといわんばかりに〝だが、娘には今朝会ったんだ〟と言いつづけていた。シュローダーとランドリーはこの家に一時間いた。ラファエルとその妻にとっては人生を一変させる一時間。シュローダーとランドリーにとっては、だれかの家のドアをノックしては同様の知らせを届けるのに費やしてきたたくさんの時間のうちのほんの一時間。シュローダーは最近、ランドリーのことをよく思い出す。ランドリーの人生を一変させた一時間について、一カ月近く前に行なわれたランドリーの葬儀について。あの当時、この家はもっとこぎれいだった。奥さんが出て行ったと同時に、女が手をかけている様子も消えていた。

居間に入る。ラファエルは、なにかがなくなっているというように室内を見まわしている。

「来客中ですか?」シュローダーはたずねる。

「えっ? いや、客なんて来てませんよ」

「いつも水を飲むのにグラスをふたつ使うんですか?」

ラファエルが首を振る。「ひとつは昨夜のです」言いながら、なおも室内をすばやく見まわしている。「水を入れたはいいけれど、飲み干さなかった。で、ご覧のとおり、ものぐさなもんでかたづけてもないってわけです。認めたくないが、家じゅう探せば飲み残した水の入ったグラスがほかにもたくさんあるでしょうね。かたづけてくれるんなら、喜んでお願いしますよ」

シュローダーはソファに腰を下ろす。ラファエルの言い分を信じる。この家はしばらく掃除もしていないようだ。コーヒーテーブルには未開封の請求書の山。その横の《TVガイド》誌は去年のものだ。コースター代わりに使っているらしい。

上着のポケットに手を入れて、昨夜、車のなかにあるはずだった写真を取り出す。結局、あれをどこで失くしたのかはわからずじまいだったが、写真は家にもう一枚あった。資料の一部はコピーや焼き増しをして二部ずつ持っている。「この女性を見かけたことはありますか?」とたずねながら、ラファエルに写真を差し出す。彼は立ったままだが、そのほうがありがたい。向かいに座られでもしたら、見たくない彼の一物が目に入るだろう。

ラファエルが写真を手に取り、しばし眺める。さらにしばらく。知った顔だという反応はない。シュローダーたちが告げた名前に心当たりがあるか思い出そうとした昨夜とちがって、首をかしげもしない。もっとよく見ようとして写真の角度を変えることもしない。やがてゆっくりと首を振る。写真をシュローダーに返す。

「私の知ってる人ですか?」

「ええ」シュローダーは言う。「少なくともニュースで観たことがあるはずです」

「なぜ? この女は何者なんです?」

「本名はナタリー・フラワーズ」シュローダーは言う。

「ああ、なるほど。メリッサか。顔は知らなかったな。最近はテレビニュースをあまり観ないもので。気が滅入るニュースばかりだから」

「では、ミーティングで彼女を見かけたことはないんですね?」シュローダーは改めて写真を差し出す。

「ミーティングで?」ラファエルは声をあげて笑ったあと、首を振る。「いったいなぜ、彼女がうちのミーティングに来たりするんです?」彼は写真を手に取り、顔に近づける。すぐに写真の角度を変えて見る。首をかしげだす。「これがメリッサだって?」

「そうです」

「とてもあんな……」

彼が言い淀むので、シュローダーは言葉を探してやる。「凶悪な女には見えない、と?」

ラファエルは返事をしない。写真を見つめつづけている。

「見かけたことがある。そうですね?」シュローダーはたずねる。

ラファエルが首を振る。「見たことはあると思う。あなたの言ったとおり、ニュースで。

しかし、それ以外のどこかで見かけたことはない。とにかく、うちのミーティングでは見たことがありません」

「それは確かですか、ラファエル？」

「いや、断言はできません。彼女は偽名を使うはずだ。そうでしょう？　だからこそ、警察がまだ見つけ出せない。だが、私の知るかぎり、彼女がうちのミーティングに参加したことはありません。参加したがる理由があるとはとても思えない」

「案外、自分のもたらした苦痛を堪能するために参加するかもしれない」シュローダーは言ってみる。

ラファエルがうなずく。「それは思いつきませんでした」

シュローダーは写真を取り返し、上着にしまう。当たってみる価値はあった。立ち上がる。やるべき仕事がある。捜査はいまの仕事ではない。

「なにか思い出したら電話をください」ラファエルから電話がかかってくることなどないと承知のうえで言う。仮になにか思い出したとしても、ラファエルが電話する相手はシュローダーではなく警察だ。とにかく、ここへ来た用件はすんだ。ラファエルと握手を交わす。

「いつでもどうぞ、シュローダー刑事」ラファエルが玄関までシュローダーを見送りに出る。

33

「そんなものを見てはいけなかったんだ」ラファエルが言う。

メリッサは壁から彼に向き直る。彼は腰にタオルを巻き、その下にパンツをはいている
だけの姿でドアロに立っている。「この部屋はなんなの？」彼女は訊く。

ラファエルが彼女に一歩近づく。「娘がこの家で暮らしてたころに使っていた部屋だ。

家を出たあとは書斎に改装し、娘の子ども時代の品々は倉庫にしまった。娘が亡くなった
あと、子どものころ使っていたとおりに戻したんだ」

「厳密には、もとどおりじゃないでしょう」メリッサは、画鋲《がびょう》で壁に留められた新聞の切り抜きを見ながら言う。すごく刺激的。ラファエルがベッドの端に腰かけてこの壁を見つめている光景が頭に浮かぶ。昼から夕方へと変わり、あたりが闇に包まれ、やがて真夜中になるまで、復讐計画を練りながら。少しばかりアルコールの混じった妄執。

「言ったとおり、きみはこの部屋に入ってはいけなかった」彼がまた一歩、近づく。メリッサは彼を見て、自分がいたずらをしたときの父親を思い出す。父はよく腕をつかんで彼

女を外へ引きずり出した。ラファエルはそうしたそうな顔をしている。

「どこかに隠れる必要があった」メリッサは言う。「そうしないと、あの刑事に見つかったわ」

「見つかったら問題でも？」

「いいえ、問題はなかったと思う」本当は大問題だ。ラファエルの死んだ娘の部屋で見つけたものは使える。格好の材料だ。

「説明してほしいんだろうな」彼が言う。

「そうね。手を組むんだし、説明してほしい」

「警察へ行くつもりか？」

「それはあなたの説明しだいよ」むろん、警察へ行くつもりなどない。

「服を着るから、少し待ってくれ。ただし、この部屋で待ってほしくない。アンジェラの部屋だったんだから」

メリッサは居間へ入って腰を下ろす。さっきもここで、ラファエルとシュローダーのやりとりを聞きながら待っていた。ふたりが入ってくる様子だったから隠れただけだ。アンジェラの部屋からふたりの会話がはっきりと聞こえた。と同時に、ティーンの少女が興味を持つはずのない、画鋲で壁に留めてある切り抜きを読んだのだ。

すぐにラファエルが居間へ入ってくる。ブーツをはいていないことをのぞけば、射撃練習に出かけたときに着ていたのと同じ服だ。上半身が裸のほうが見場がいいし、警官の制服を着ているほうがはるかに見栄えがいい。顔は、ふだんの気どらないりりしさが消えうせ、不安と緊張でしわが刻まれている。向かい側のソファに腰を下ろし、コーヒーテーブルのグラスを取って水を半分ほど飲むと、立ち上がってキッチンへ行き、バーボンのボトルを持って戻ってくる。水を飲み干し、バーボンをたっぷり注ぐ。メリッサにも勧めるが、彼女は首を振って断わる。胎児に障るかもしれない、とばかりに。

「少なくとも、これで、私が引き金を引くつもりだってことがわかっただろう」彼が言い、うめくような低い笑い声を漏らす。

「それって笑いごと?」

「いや。そういうわけではない」

「あなたが殺したの? ふたりとも?」

彼がうなずく。「連中はあいつの弁護をしようとしていた」

メリッサはすでに、彼がそんなことをした理由を理解している。ジョーの弁護をすることになっていた最初のふたりの弁護士の記事を壁に張ってあるのを見た瞬間に理解した。どちらの記事の弁護士の顔も、ラファエルが赤い×印で消している。

「もっとも恵まれてたときでも、弁護士なんて、私には雇えやしない」

「もっともつらいときは?」

「もっともつらいとき、弁護士どもはジョー・ミドルトンのような連中の弁護をしたいと手を上げるんだ。あいつらふたりは、私の娘が殺された事件を利用して名を上げようとしてた。弁護士業界で有名になって、またジョーみたいな連中の弁護を引き受けて無実にして塀の外へ出し、ますます有名になってますます金を稼ぐ。そんなことのできる人間はどんなことだってやるにちがいない」

メリッサはなにも言わない。人間にどんなことができるのかはよく知っている。促さなくてもラファエルが話を続けることもわかっている。話すことで楽になるのだろう。精神浄化作用ってやつ。彼がずっと心のうちに溜め込んでいた思い。メリッサは、さっきは口をつけなかったグラスを手に取って、ひと口飲む。水は室温になっている。

「出向いたんだ」彼が続ける。「最初の弁護士に連絡したら会ってくれてね。だから、ジョーの弁護なんてしないでくれと頼んだ。なんて言われたと思う？　おっしゃることはわかります、だと。お気持ちはお察しします、だと。信じられるか？　あのろくでなしは、ぬけぬけと、私の気持ちがわかるとぬかすんだ。そのあと、どんな人間も弁護を受ける権利がある、法律でそう定められている、と言いやがった。ジョーもその例に漏れず、法律の定めにより弁護を受ける権利がある、と。納得なんてできなかった。だって、法を犯し、人間らしさのかけらもない男が、突如として市民的権利を持つんだぞ。くそくらえだよ」

彼が下品な言葉を吐くのを、メリッサは初めて耳にした。

「だから弁護士に殺害の脅迫状を送りはじめたのね」

彼が首を振る。「ちがう。ふたりの弁護士に殺害の脅迫状が届いてたってことは新聞で読んだ。送ったのは私じゃない」

「でも、ふたりを殺した」

「そうだ。だが、すぐにじゃない。最初の野郎は、話をしたあと一カ月は待ってやった。じっくり考えれば、私と同じ考えに至るはずだと思っていた。そうなるはずだ。そうだろう？　だから一カ月後、もっと気楽な場所で会うほうがいいと思った。そのほうが、あいつも形式張らずに、もっと人間らしさを見せてくれると期待したからだ。それで、夕方に事務所を訪ねて、やつが仕事を終えるのを待ち、車のところまで尾けた」

彼が片手でメリッサを制する。「きみがなにを考えてるかはわかる」と言う。「だが、ちがう。彼にはメリッサの考えていることなどまるでわかっていない。「やつを痛めつけるために尾けたんじゃない。言い分を聞いてもらいたかっただけだ。やつが引き起こすことになる苦痛について考えてほしかった」

「だけど彼は耳を貸そうとしなかったのね？」

「ちがう。話は聞いてくれた。それが問題でね」ラファエルはますます興奮して両手を上げている。「話を残らず聞いて、そのうえで、ジョーの弁護をやめることを拒否したんだ」

「それであなたは腹が立ったの？」

「だれだって腹が立つはずだ」

「だからあなたは彼を殺した」

「そうじゃない。あれは事故だったんだ」

「どういうこと？」

彼が額に手を上げて髪をかき上げ、ゆっくりと小さく首を振る。「殴りつけたんだ」と言い、深い息を吐く。「ハンマーで」

「あなたはふだんから車にハンマーを積んでるの？」

「いや」

「つまり、あらかじめ用意していたってことね」

「そうだな」

「話をするあいだ、弁護士にハンマーを見られないようにしてたんでしょう？　つまり、ハンマーはポケットに入れてたか、ズボンのウエスト部分にはさんでた。ハンマーを持って行ったのは、もしも話し合いがうまくいかず、弁護士があなたの立場に与《くみ》しなかった場合、殺すつもりだったから。一カ月待ってから訪ねたのは、警察が弁護士のスケジュールを確認することも、直近に会った人たちにしか関心を示さないことも知ってたから」

「そう見えることはわかってる。だが、本当に、そんな展開になるとは思ってもみなかったんだ」

「彼があなたの立場に与しなかったらどんな展開になると予想してたの？」

ラファエルは肩をすくめる。「さあ。とにかく、あんな展開は予想してなかった」

メリッサはうなずく。この手の会話は楽しい。相手がジョーならよかったのに。ジョーと、服を脱ぎ捨てながらこんな話をするのも一興だ。「殺したあとどうしたの？」

「死体をやつの車のトランクに押し込んで、自分の車を取りに行った。やつの車の横に停めて死体を移し、車を走らせて……とにかく、死体を埋めた」

「今日、射撃の練習に行った場所」メリッサは言う。「あそこに埋めたのね？」

「そうだ」

「弁護士を殺して少しは気がすんだ？」

「あいつを殺したところでアンジェラが戻ってこないことは百も承知だ。だが、気はすんだ。ほんの少しだけ気が晴れた。数日後、別の弁護士が事件を担当したいと名乗りを上げた。今度は直談判《じかだんぱん》に行かなかった。どうせ、最初のやつと同じ会話の繰り返しだ。だから、そいつも始末した。今度は死体が発見されるようにした。そのほうが、はっきりしたメッセージになると思ったんだ。ほかの弁護士連中に対して。現にそうなった。ジョーについた三人目の弁護士は裁判所に任命された男だ。どうやらジョーの弁護なんてしたくないらしい。だから、あいつに危害を加える理由はない。少なくとも、いまのところは。

どのみち、最初のふたりの弁護士は、ほかのだれかが殺したはずだ」彼が言い足す。

「殺害の脅迫状を送った人間がいるんだから」

「あなたは無実の人間をふたりも殺した」そんなことはまったく気にならないが、ラファエルには、少しは気にしているように見せておこう。

「あいつらが無実なもんか」

「本人たちは異議を唱えるでしょうね」

「つまり……このことで状況が変わるのか？」

彼女はしばし返答を控える。実際に考える必要があるかのように。判断を下すのが本当にむずかしいというように。じつは考えるまでもない。結論はあっさり出ている。ラファエルを引き込むという昨夜の決断は正解だったという思いが強くなる。

「わたしはただ……わからない。これまで人殺しに会ったことなんてないし。月曜日の狙撃をあなたがちゃんとやるっていう確認が取れたのは喜ぶべきなんだろうけど、正直……ちょっと怖い。あなたは人をふたりも殺したんだもの」

「悪党ふたりを」彼が訂正する。

「悪党ふたりを」彼女はおうむ返しをする。「悪いことをしていた弁護士たちを」

「そのとおり。さて、質問は同じだ――このことで状況が変わるのか？」

「いいえ、変わらない」

「それなら結構」彼がソファに背を預ける。

「でも、狙うのはジョーだけよ」彼女は念を押す。「警護の警察官はだれも撃たないで。弁護士も。すでに流された血が多すぎる。狙うのはジョーだけ」

「もちろんだ。警察はあいつを刑務所に閉じ込めようとしてる。私たちの味方だ」

「さっき来た刑事は？　なんの用だったの？」

「シュローダーか？　彼はもう刑事じゃない」少しばかり警戒している口調だ。「だれかほかに思い浮かぶ人間がいないか訊きたかったみたいだ」

「思い浮かぶって、なにが？」

「グループ内の不審な人間。だれを探してるのかはよく知らないが」

「それで、なんて答えたの？」

「思い浮かぶ人物はいない、と」

ふたりの会話はアンジェラの部屋で聞いていた。シュローダーがわたしの写真を見せたのは知ってる。ふたりはわたしの話をしてた。本名まで出して。写真はたぶん、シュローダーの車の後部座席で見つけたものの焼き増し。シンディが、初めて会った男たちとビーチで3Pをした日に撮った写真。あの写真のメリッサは焦げ茶色の髪をしてる。それが生まれながらの髪色——正確には、いまでも地毛の色——だが、最近は黒く染めてショートにしている。それにもちろん、ウィッグをかぶってる。ロングのウィッグを。だから、ララファエルにとっては、彼女の髪は長くて黒い。

「用件はそれだけ？」とたずねる。

「そうだ。形式的な質問って感じだった」とラファエルが言うので、メリッサは、昨夜、彼が車に乗り込んできたときのことを思い出す。ホールのなかでおしゃべりしてるあいだ、この男は巧みに本心を隠していた。あのとき、この男は、わたしが名乗ったとおりの人間じゃないことに気づいていた。いまだって気づいてるにちがいない。「じゃあ、計画を復習しようか？　そのためにここへ来てるんだから」

彼女はまた水をひと口飲み、グラスを置く。「いいわ」

「なにも変更しないほうがいい。少なくとも、私がやるってことはわかっただろ。私は引き金を引く」

それはまちがいだ。計画はすべて変更。彼が弁護士ふたりを殺したからじゃなく、シュローダーと交わした話について嘘を言ってるから。彼はわたしの正体を知ってる。今度はこっちが、それに気づいてることを隠す番。だから、計画を変更する必要があるってわけ。ラファエルもこの計画を自分の目的のために利用しようとしてるから。大事なのは、この男に出し抜かれないこと――それは、わたしがもともと得意とするところだ。ナタリーであることをやめてメリッサになって以来、わたしを出し抜いたのはジョーだけ。

ラファエルは人殺しだ。彼は月曜日の朝、その側面を発揮するつもりだろう。ジョーに対してだけじゃなく、わたしに対しても。
一発目はジョーに撃ち込む。
二発目にはきっと、わたしの名前を刻むつもりだ。

34

結局、昼食はとりそこねた。精神科医、シュローダー、担当弁護士、ふたたび精神科医と面会するっていう過密スケジュールだったせいだ。だから、昼すぎには腹がへって胃がきりきりしてた。そんなとき看守のアダムが来やがる。サンドイッチを持って。前にも、別の用事で昼食をとりそこねたことがあって、あのときも、いまと同じ問題に直面させられた――看守の持ってくる食べ物にはなにが入ってるかわかったもんじゃないし、かならずそれを食わせようとしやがるんだ。

「ボナペティ」とアダムが言う。たぶん〝くたばりやがれ〟って意味のラテン語だろう。おれはサンドイッチの包みを開けてパンをめくる。薄切りのチーズと肉のあいだに、ひとかたまりになった陰毛がはさまってる。これだけあれば、織ってネズミのジャージを一着作れそうだ――皮肉がきいてる。なにしろ、前にアダムがおれにサンドイッチを持ってきたとき、実際にネズミの死骸がはさんであったんだから。包みを閉じて返すけど、アダムのやつは受け取らない。

「それを食うか、空腹のままでいるかだ、ミドルトン」

「空腹のままでいるよ」ネズミのサンドイッチのときもそうしたんだ。

「さあ、どうなるかな」アダムがおれを居房にひとり残して立ち去る。

おれはまた壁を見つめる。考えをめぐらせる。メリッサのこと、伯母さんのこと、あの精神科医のこと、死刑のこと。そんなことを考えてるとますます腹がへるし、思ってる以上におれの未来は不確実なんだって気がしてくる。国じゅうの連中が、ろくに知りもしないくせに、おれがどういう人間かを決めつけてやがる。陪審候補は、この一年間テレビや新聞でおれに関するたくさんの否定的な報道を目にした連中のなかから選ばれる。そんなんで、同等の陪審による審理なんて受けられるはずがない。陪審に選ばれる十二人の男女のなかに、人を殺したり、孤独な主婦の何人かとセックスしたり、性器の一部を除去されたり、拳銃自殺を図った経験のある人間がいるだろうか？　いるわけない。おれを裁くのは、歯医者や靴屋、ミュージシャンといった連中だ。

共用区域に出てもいい時間だ。同じ顔ぶれが同じことをやってる——カードゲーム、おしゃべり。ここに閉じ込められる原因になったことを塀の外でやりたいって願いながら。毎日、囲いのある狭い中庭で運動をする一時間は別にして、おれたちの大半は長らく外の景色なんて目にしてない。外の世界が異星人《エイリアン》どもに破壊されたとしても、おれたちのだれひとり、痛くもかゆくもない。

また一時間が過ぎる。空腹を訴える音が大きくなる。アダムがまたやってくる。「おまえに電話だ」と言う。

彼が先に立って、また収容区域を戻る。通路を進み、施錠されたドアの前を過ぎて、ボルトで壁に固定された電話機のところへ行く。大きさも形も、公衆電話と同じ。ボルトで固定されてるのは、刑務所内が盗人だらけだからじゃなくて、ちょうどこんな重さのものでだれかを殴り殺しかねない連中だらけだからだ。ぶら下げられた受話器が、放り出されたときの反動でまだかすかに揺れてる。アダムが一メートルほど離れた壁に寄りかかって監視してる。

おれは受話器を取る。

「もしもし？」

「ジョー、ケヴィン・ウェリントンだ」相手が言う。

「って、だれ？」

ため息。すぐに「きみの担当弁護士だ」と言う。

「取引成立か？」

「今日はきみのラッキーデーだ、ジョー」それはありがたい。ラッキーデーをもっとたくさんつなげる必要があるからだ。そうすれば〝ボールが落ちてくる〟ことになるかもしれない。「検察とのあいだで取引が成立した。きみがカルフーン刑事の死体の場所を教えれば、彼の殺害に関しては訴追免除が認められる。法廷できみの不利になる材料として用いられることはない。ほかの事件については黙秘を貫き、死体の場所を教えるだけでいい。わかったね？」

「ああ、わかった」

「復唱してみなさい」

アダムを見ると、まだおれを見つめてやがる。おれは受話器を下ろす。「相手は担当の弁護士だ」とアダムに言う。「だから、少しばかりプライバシーを伴う《エンティル》だろ？」

「それを言うなら〝認められる《エンタイトル》〟だろう、馬鹿め」それが正しい言葉なのかどうか、おれにはわからない。彼は「確かに、プライバシーは認められる」と言いながらも、その場を動こうとする気配も見せない。

おれは向き直り、背中でアダムから隠すようにして送話口に向かって言う。

「わかった」と弁護士に告げる。

「そうじゃない、ジョー。どうわかったのかを言ってみなさい」

「黙秘を貫く」

「そのとおり。連中の質問には答えない。会話に応じない。なにより重要なのは、思い上がった自信家みたいなふるまいをしないことだ。そのせいで人生を困難にしてきたんだからね」

「いったいなんの話だ?」

「きみの態度だよ、ジョー。自分が他人よりすぐれているなんて思っているが、きみはすぐれてなどいない。きみのそんな態度は——」

「ああ、もう、わかったって」彼の言葉をさえぎる。人よりすぐれてるのが悪いことみたいな言いかたをしやがるからだ。そんな態度だから、了見の狭いやつらは負け犬になるんだ。「説明を続けろ」と言ってやった。「謝礼金はどうなる? 向こうが金を払ったことはどうやってわかる?」

「謝礼金は預託口座に振り込まれる」

「それっていったいどこだよ? ヨーロッパか?」

「本気で訊いてるのか、ジョー?」

「なんの話?」

「預託口座というのは場所じゃない。名称だ。金の受け渡しの仲介役とでもいうかな。金を預かる審判みたいなもんだ。死体がカルフーンのものだと確認されれば、金はきみに支払われる」

「じゃあ、おれが金を受け取るのは明日か?」

「それは状況しだいだ。死体の確認が容易かどうかによる。きみが遺棄したとき、死体はどんな状態だったんだ?」

「くそっ。要するに、その預託とかって野郎になにが起きようと、死体の身元が判明しなけりゃ、おれは金がもらえないってことだな？」

「ま、そういうことだ」

「絶対に」

一瞬の間のあと、彼が「絶対に」と断言する。

「たとえば、核爆弾が爆発して国民の半分が死に、そこらじゅう警察官の死体だらけで、刑務所を管理する人間がいなくなって、おれたちが釈放されたとする。それでも、おれは金をもらえるんだよな？」

「なにが言いたいんだ、きみは？」

「確認したいだけだ。なにがあっても金は払ってもらえるってことを。連中に死体の場所を教えたあと、ここから退《ウォーク・アウト》場して手配されたとしても――」

「謝礼金は支払われる」弁護士が断言する。「唯一の条件は、死体がカルフーンだと確認されることだ。しかし、どうにかしてそこから逃《ウォーク・アウェイ》亡して手配されたら、自分の銀行口座から金を引き出すのはひじょうにむずかしいだろうね」

「なるほど」おれは言う。「現金払いにしてもらえないか？」

「無理だ。それに、そんなことはどうだっていい。きみは脱走するつもりなのか？」

「とんでもない。ただ、銀行口座を持ってたって、ここじゃ使い道はないからさ。ATM

があるわけじゃなし。おれを殺したがってるやつに小切手を書くってわけにもいかない」

「五万ドルもの現金をマットレスの下に隠すわけにもいかないだろう、ジョー」

「別の口座を開くってわけにいかないかな？　あんたの名義にして、おれが使えるようにするってのは？」とたずねてみる。

「無理だ。いいか、ジョー――」

「わかったよ。じゃあ、金は母さんの口座に振り込んでくれ」

「なぜ？」

「母さんには金が必要だから。母さんの面倒を見てやりたいから。母さんは毎週、面会に来るから、そのときに少しずつ金を届けてもらえるしな」

「お母さんの口座番号やなんかは知ってるのか？」

「母さんが知ってるよ。あんたが連絡してくれ」

「わかった。明日、連絡しよう」

「で、死体のところへ案内する時間は？」

「午前十時だ」

おれは首を振る。「えー……だめだ。その時間は都合が悪い」

またしても間があく。「本気で言ってるのか？」

「もちろん。午前十時なんて早すぎる」

「いいかげんにしろ、ジョー。きみはものごとをわざと面倒にしようとしているのか？　これは願ってもない取引なんだぞ。何人もが懸命に働きかけて――」

「だから、早すぎるんだって」

「なぜ？」

「明日は一日じゅう精神科医と面談なんだ。それって大事だろ。台なしにする危険を冒したくない。あんたがそう忠告したんだ」

「ああ、それなら彼女が都合をつけてくれるはずだ」

おれは首を振りはじめる。彼に見えるみたいに。「聞いてくれ、デイヴィッド――」

「ケヴィンだ」

「ケヴィン。朝は都合が悪い」

「別の予定があるから」

「そうだ。これって、おれの弁護の話だろ。おれの将来。おれの人生がかかってる。台なしになんてするもんか」

デスクについてる彼の姿が目に浮かぶ。片手を額に当てて、受話器を耳から離してまじまじと見つめてる。たぶん、電話を切っちまおうかとまで考えてるかもしれない。いや、電話のコードを首に巻きつけて自殺しようとしてるかも。

「ジョー、ボールはもう転がりだしているのに、きみはすべてを台なしにするおそれがある。本当はなにが起きているんだね？」

「いま言ったこと以外、なにも起きてないよ。あんたはおれの弁護士だ。この取引を進めたいのなら午前中は無理だって、連中を説得しろ」

「では、いつならいい？」

「面談が終わったあと。午後四時にしてくれ」

「午後四時」ケヴィンが言う。「なぜ午後四時なんだ？」

「なんで四時じゃだめなんだ？」

「まったく。きみは本当にことを面倒にしてるんだぞ」

「とにかく、それで手配しろ。ちなみに、〝転がりだしてる〟じゃなくて〝落ちかけてる〟だ」

「はあ？」

「ボールは落《フォール》ちるもんだろ。転《ロール》がるんじゃなくてさ」

返事はない。おれはしばらく沈黙に耳を傾けたあと通話を切る。映画のなかでよく、話が終わったとどちらもわかってるらしく、挨拶もせずに電話を切る連中のように。

アダムに向き直る。「電話を使いたい」

「いま使ったばかりだろ」

「そうじゃない。いまのはかかってきた電話だ。今度はかけたいんだ」

彼が笑みを向ける。これっぽっちも温かみのない笑みだ。「おまえがなにをしたがろうと、知ったこっちゃないんだよ、ジョー」

「頼むよ。大事なことなんだ」

「まじめな話、いまおれの言ったことのなにが理解できないんだ？　おれを見ろ。おまえがなにをしたがってるかに関心がある顔に見えるか？」

彼の顔を見る。実際は、おれがなにをしたがってるかに関心があり、それを絶対に叶えてやるもんかと思ってる男の顔だ。受話器を力いっぱい引っぱって電話機から引きちぎれば、棍棒《こんぼう》代わりに使える。それで彼を殴り殺すことができる。だが、電話が使えなくなる。おれは電話を使いたいわけだから、それでは逆説《パラドックス》だ。いや皮肉《アイロニー》だ。それとも、その両方かな。

「頼む」彼に言う。「お願いだ」

「なら、どうだ、ジョー」彼は隆起した二頭筋の一方を掻きながら、体を押し出すようにして壁ぎわを離れる。「さっきのサンドイッチはもう食ったのか？」

「サンドイッチって？」

「さっき届けてやったやつだ」

「まだ食ってない」

「なら、こうしよう。筋書きはこうだ。おまえに電話をかけさせてやる。おれがそうしてやる交換条件として、おまえはあのサンドイッチを食う」

おれは返事をしない。

彼も黙ってる。

あのサンドイッチを思い出し、どうすればあんなものを食えるだろうって考える。明日のこと、ここを出て二度と戻らないってことを考える。

「どうだ？」彼が促す。

「わかった」なんとか声を絞り出す。

「なんと言ったんだ、ジョー？」

「わかったって言ったんだ」

「よし。今日は気分がいいから、おまえを信用してやる。まずは、さっさと電話をかけろ。許可する。その代わり、居房に戻ってあのサンドイッチを食わなかったら、今後二度と電話を使わせない。それどころか、この先ずっと場所をまちがえてばかりになる。おまえの居場所のことだ。おまえに対する監視義務を果たさない。気がついたときには、おまえは手ちがいで一般囚人棟にいることになる。大物犯罪者どもといっしょにシャワーを浴びるんだ。手ちがいはしょっちゅう起きる。その点については同意見だろ、ジョー？」

「あのサンドイッチを食うよ」と答える。メリッサの手を借りて自由の身となったあと、こいつを探し出して、陰毛をはさんだサンドイッチを、モヘア織りのジャージに見えるようになるぐらいたっぷり食わせてやる。

ふたたび受話器を手に取り、母さんの番号にかける。呼び出し音が何度か鳴っても母さんは出ない。

「だれも出なくても、一回として数えるからな」アダムが言う。「おまえが電話をかけたことに変わりはない」

「だれも出なけりゃ、通話したことにならないよ」と言い返す。

「電話をかけたが、相手は留守にしてる。理屈のうえでは、それも一回だ」

理屈のうえでは、陰毛サンドイッチを食わせてもこの男は死なない。それでも、できるだけたくさん食わせてやる。この男の命を奪うのは、腹にねじ込んでやるナイフの刃だ。

そのとき、母さんが電話に出る。母さんと話ができてほっとしたのは、あとにも先にもこれが初めてだ。

「もしもし？」

だれからだって訊くウォルトの声が聞こえる。

「まだわからない」母さんが彼に返事をする。「もしもし？」と繰り返す。

「やあ、母さん」

「無言電話よ」母さんがウォルトに言ってる。耳から受話器を離してるから聞こえないんだ。

「母さん、おれだよ」と話しかける。

「もしもし？」

「わしが代わろうか？」ウォルトが言う。

「まったくもう。母さん、おれだ。聞こえる？」

「ジョー？　ジョーなの？」

「そうだよ」

「ジョー？」

「そうだって」さっき精神科医がほのめかしたことを思い出す。代理の被害者について。いまの会話で、受話器を電話機本体から引きちぎってアダムを殴り殺すっていう、さっきの考えを思い出したせいだ。

「ねえ、どうして黙ってるの？」母さんが訊く。

「ジョーかい？」ウォルトが訊く。

「ジョーよ」母さんがウォルトに答える。受話器を耳から離すから、声が少し遠くなる。

「調子はどうだって訊いてやれ」ウォルトが母さんをどなりつけるように言う。

「いい考えね」母さんが言い、送話口を口もとへ戻す。「調子はどうなの、ジョー？」うしろでウォルトがまだしゃべってるもんだから、今度は母さんがおれをどなりつけるみたいにして訊く。

「万事順調だよ」と答える。

「万事順調だって」母さんがウォルトに伝える。彼の声を制するほどの大きな声で。「それはよかった」とウォルトが言う。「結婚式を楽しみにしてるか訊いてみろ」

「楽しみにしてるに決まってるわ」母さんが答える。

「母さん――」

「いいから、本人に訊いてみろ」ウォルトが言う。

「母さん――」

「ジョー、教えて。結婚式を楽しみにしてる？」

「もちろんだよ」おれは答える。

「すばらしいわ」母さんが言い、おれの返事をウォルトに伝えると、ウォルトもまったく同じ反応をする。「わざわざ電話で知らせてくれてありがとう」母さんが言う。

「待ってくれ、母さん……」

だが、すでに母さんは電話を切ってた。

急に天を仰いだせいで、目玉がなにかに引っぱられたみたいに痛い。

「電話は終わりだ」アダムが言う。

「それはないだろ。向こうに切られたんだ」

「それでも、理屈のうえでは一回だ」

「ほかにも交換条件があるはずだ」と彼に言う。

彼はそれについて少し考える。「いいだろう」って言うから、おれはやつが望んでたとおりのことを言っちまったんだと気づく。「筋書きはこうだ」こいつはさっきもそう言った。この言いまわしが気に入ってるにちがいない。「おまえは母親にもう一度、電話をかける。そのあと、おれが届けるサンドイッチを、おまえは中身を確かめずに食う。それでいいか？」

「いいとも」

「ここはよーく考えろ。こっちは真剣に言ってるんだ。約束を破ろうとしたら、ただじゃおかないぞ。おれになにができるか、おまえにはわからないだろうな」

「それで結構だ」

彼が笑みを浮かべる。冷ややかな満面の笑み。目は笑ってない。「ここに来た当初、おまえに自殺監視がついてたのを覚えてるか？」

覚えてる。ケイレブ・コールにも同じ措置がとられてる。ただ、おれには自殺する気なんてなかった。怒りと落胆はあったけど、自殺なんてしたら、それを晴らすこともできないからな。

「あのころ、おまえはおれに、一般囚人棟へ移してくれと頼んだ。覚えてるか？」

「覚えてるよ」と答えたものの、頭のなかでは別のことを考えてる。あのころのおれは、怒りと落胆を覚えてただけじゃなくて、頭が混乱してたんだ。

「一般囚人棟へ移ったら、すぐにかたがつくと思ったんだろう。バンドエイドを引っぱがすみたいなもんだって——手っとり早くすむって。おれは、そのとおりだって言った。ただし、削って尖らせた歯ブラシを首に押しつけられてシャワー室でレイプされながらバンドエイドを引っぱがすんだぞってな」

「覚えてるって言ってるじゃないか」

「いまは一般囚人棟へ移りたい気分じゃないんだろ、ジョー？　冷静さを取り戻す時間もあったし、裁判も近づいてる。どういうわけか頭のいかれた連中ばかりで陪審団が結成されて、おまえを無罪放免にしてくれるなんて思ってる。いまは生きたいと思ってんだよな、ジョー？」

「そうだ」

「なら、はっきりさせておこう。おれが持って行くサンドイッチを食わなかったら、いま言ったことが起きる。何度も。毎日、おまえが裁判所から戻るたびに。おまえがそのことについてなんらかの方法で苦情を申し立てたら、毎日二度ずつ起きることになる。だから、電話をかける前に、よーく考えろ」

それについて考える。どのみち、うまくいけば明日にはここを出てるんだ。アダムがサンドイッチを持ってくるのは何日か先、いや何週間か先かもしれない。それだけ時間があったら、事情はいくらでも変わるだろう。アダムが死ぬかもしれない。おれが無罪放免になるかもしれない。さっき弁護士に言ったみたいに核爆弾が爆発することだってありえる。とにかく、いまは母さんに電話をかけなきゃ。それ以外のことはどうだっていい。

「よーくわかった。でも、電話がつながらないと回数に入れないし、向こうに切られたらかけ直してかまわない。電話をかけて相手が出なかったら、この取引はなしだ」

アダムがゆっくりとうなずく。「おれはものわかりのいい男だ。それでいい」

おれは彼に背中を向ける。母さんに電話をかける。しばらくしてやっと母さんが電話に出る。さっき電話を切ったあと、居間へ散歩に出かけて道に迷いでもしたのかよ。

「もしもし？」

「母さん、おれだよ」

「ジョー？」

「そう。あたりまえだろ。いいかい、母さん、どうしても――」

「ジョーよ」母さんが大声でウォルトに言う。

「ジョー？　元気かって訊いてやれ」

「ジョー、元気なの？」

「元気だよ。ねえ、聞いて、母さん。どうしても頼みたいことがあるんだ」

「もちろんいいわ。言ってごらん」

「結婚式のことでかけてきてるのか？」ウォルトがたずねる。

「そうなの、ジョー？　結婚式を楽しみにしてるって伝えるためにかけてきたの？」

「二分前に電話してそう言ったばかりだよ」

「そんなの、わかってるわよ、ジョー。わたしは阿呆じゃないんだから」

「ジョーはそうなのか？」ウォルトが訊いてる。

「ジョーが阿呆かってこと？」母さんがウォルトに訊く。

「ちがう、結婚式のことで電話をかけてきてるのか？」

「わからない」母さんがウォルトに言う。「返事しようとしないから」

おれは声を低める。「結婚式のことでまたかけたりするもんか」母さんには「おれのガールフレンドに電話してほしいんだ」と言う。

「あんたのガールフレンド？　どうしてわたしがあんたのガールフレンドに電話なんてするの？」

「番号は知ってる？」

「もちろん知ってる。でなきゃ電話なんてかけられないでしょ。ガールフレンドを結婚式に連れてくるつもり？　うれしいわ！　とうとう、いい女性《ひと》を見つけたのね。ずっと心配してたのよ。あんたのガールフレンド、わたしの若いころにそっくり。すごく魅力的ね、ジョー。もちろん、電話して招待するわ！　なんてすばらしい考えかしら！」

「そうだね、最高だよ、母さん。それと、彼女宛てに伝言《メッセージ》を頼みたいんだ」

「メッセージって？」

「伝えてくれれば、彼女がわかるから」

「ちょっと待って、ジョー。メモをとるから」そう言うと、受話器をテーブルに置く音がして、母さんが電話のそばを離れる足音がする。一分ばかりなにも聞こえないから不安がつのって、母さんは道に迷ったか眠っちまったかテレビに気を取られてるかのどれかだろうと考える。首をねじって見ると、アダムはにやにやしてやがる。腕時計を軽く叩いたあと、人差し指を宙でまわす。〝さっさと切り上げろ〟

受話器を持ち上げる音。母さんだ。

「ジョー？　きみか？」

母さんじゃない。ウォルトだ。「元気かい、ウォルト？」

「元気だ。天気予報じゃ今週はずっと晴れらしいが、なにしろ天気予報なんてものは──

エレベーターのなかで自分の妹とファックするようなもんだ」

「はあ？」

「多くの点《レベル》でまちがっとる」そう言ってウォルトは笑いだす。

「なにがおかしいのかわかんないな」おれは言ってやる。

「エレベーター・ジョークだよ。自分の妹とファックするのは、いくつかの階《レベル》でなら問題ないってことさ。そこがツボだ。わしは昔エレベーターの修理をしてたんだ。知らなかったのか、ジョー？　三十年もやってたんだよ。あのころ、そのジョークをよく飛ばしてた。たしか、いつも〝自分の妹〟ってわけじゃなかったな。〝自分の弟〟でも〝飼い犬〟でも〝伯母さん〟でもいい」

「なんでそんなことを言うんだ？」

「笑うためさ。別に意味なんてなかった」

「ちがう。なんでおれの伯母さんのことを持ち出すのかって訊いたんだ」

「だれだってエレベーターは必要だろ。伯母さんや伯父さんだって」母さんはいったいどこまでペンを取りに行ってるんだ？　月までか？　「ビルが高くなるほどエレベーターシャフトも深くなり、摩耗しやすくなる。だいたい、わしは近ごろのエレベーターなんぞ修理したくない。しくみが複雑すぎる。科学技術《テクノロジー》とやらが使われすぎとる。昔はケーブルと滑車ですんでたのが、いまじゃ電子機器《エレクトロニクス》ときたもんだ。ロケット科学の工学学位が必要なんだと。あるとき、あれはたしか二十年前、いや二十五年前かもしれんが、ジェッシーが、ほら、感じのいい若者だよ、彼が腕をはさまれて……おっと、ちょっと待ってくれ」すぐに受話器を手で覆ったらしく、くぐもった声がしたあと、彼がふたたび電話口で言う。「きみのお母さんが戻ってきた。さっきの冗談はお母さんには言うなよ」そう言ってウォルトは得意の冗談とジェッシーの腕の話とともに消え去る。

「ジョー？　聞こえる？　母さんよ」

「聞こえるよ」

「じゃ、わたしがかける電話番号を教えて」

「知ってるんだろう。おれのガールフレンドの番号を」

「もちろん、それは知ってるわよ。メッセージとやらを言ってちょうだい」

「メッセージは受け取ったって伝えてくれ」

「メッセージは、受け取った、と」母さんは復唱しながら内容を書き留める。「だめよ、ジョー。メッセージってなに？」

「それがメッセージだ」

「そう」

「メッセージは受け取ったっていうのがメッセージなの？」

「メッセージを受け取ったのはあんた、それともわたし？」

「おれがメッセージを受け取ったって意味だ」

「なんなの、このメッセージは？」

「さあ。とにかく、そういうことだから」

「馬鹿げたメッセージね」

「続きがある。メッセージは受け取った、行動は明日だ」

がら、母さんはいつもの汚い字で書き留めてる。訊かれる前から、母さんのする質問が予想できる。「ちょっと待って、ジョー。あんたは彼女に、メッセージは受け取った、行動は明日だって伝えたいの？　それとも、明日までメッセージは受け取らないって伝えたいの？」

アダムがまだにやにやしながらおれを見てやがる。なにかがおもしろいらしい。

「とにかく、いま言ったとおりに伝えて」母さんに言う。「メッセージは受け取った、行動は明日だって」

「意味がわからない」

「ガールフレンドにはわかるよ」

「まあいいわ。あんたは本当に、ものごとをむずかしくするんだから」弁護士が母さんに電話をかけたとき、ふたりは意気投合しそうだな。「明日の朝いちばんに電話するわね」

「だめだよ。すぐにかけてくれ。もし彼女が留守で、母さんが明日、電話をかけ直すんだったら、メッセージの内容が変わるのはわかるよな？　いや、メッセージを変える。土曜日だって伝えるんだ」母さんが明日、電話をかけて〝明日〟って言ったら、日曜日ってことになっちまう。「わかった？　とても大事なことなんだ。彼女に、メッセージは受け取った、行動は土曜日だって伝えるんだよ。土曜日。明日の土曜日だ」

「わたしは阿呆じゃないのよ、ジョー」

「わかってるよ、母さん」

「だったらどうして、あんたはときどき、阿呆を相手にしてるみたいな言いかたをするの？」

「おれが悪かった」

「あんたが悪いのはわかってる。わたしが悪いわけないんだから」

「とにかく、彼女に電話してくれるね？」

「そうするよ、ジョー」

「愛してるよ……」言いかけたが、すでに電話は切れてる。「母さん」と言い終える。

受話器をフックに戻す。アダムがほほ笑む。彼がどれだけ楽しむつもりか、口で言ってもらう必要はない。顔じゅうに書いてあるからだ。彼がおれを居房へ送り届ける。さっきのサンドイッチはおれが放り投げたときのまま、包みにくるまれて寝台とは反対側の床に落ちてる。どうかして消えてなくなってることを願ってたのに。

「約束は覚えてるよな、ジョー？　サンドイッチはふたつ食う約束だ」

「覚えてるよ」

「ほう？　そりゃよかった。最近おまえと話す連中はみんな、おまえがなにも思い出せないって言ってるからな。それを拾え」彼がサンドイッチを指さす。

おれはサンドイッチを拾って包みを開ける。「食べる前に、もう一度パンをめくって中身を確かめちゃどうだ？」

確かめてみる。チーズ。なにかの肉──なんかの動物の、だれも知らない部位の肉みたいだ。いや、そもそも、動物自体の得体が知れないんじゃないか。それと陰毛のかたまり。もつれてそこらじゅうにくっついてやがる。

パンを閉じる。メリッサのことを考える。脱走、差し入れの本、メッセージ。過去の楽しかった時期、将来の楽しい日々に思いを馳せる。

「約束だ」アダムが念を押す。

約束だ。おれは息を止めてサンドイッチに嚙みつく。

（下巻につづく）

誰の墓なの?

Three Graves Full

ジェイミー・メイスン
府川由美恵訳

ジェイソンは仰天した。造園業者が自宅の庭から人骨を掘り出したのだ。誰だって驚く? じつは以前に殺人を犯したジェイソンは、その死体を裏庭に埋めていたのだ。でも今回の骨は、その死体じゃないんだ! 不安と焦燥に押しつぶされそうなジェイソンだったが……ちょっぴりブラックなサスペンス。解説/三橋曉

監視ごっこ

[geim]

アンデシュ・デ・ラ・モッツ

真崎義博訳

〈ゲームに参加しますか?〉——失業中の男ペテルソンが拾った携帯電話の画面には、そんな文字が映し出された。誘いに応じ、提示されるイタズラを実行しただけで現金がもらえるのだ。しかも彼の〝活躍〟動画がネットに公開され、「クール!」と評価される。が、指令が犯罪の域に達し、悪夢が待っているとは……

妻の沈黙

The Silent Wife

A・S・A・ハリスン
山本やよい訳

二十年以上連れ添うトッドとジョディの生活に、ある日亀裂が入った。トッドの浮気相手が妊娠したのだ。浮気相手との結婚を考えるトッドと、すべてを知り沈黙するジョディ。二人のあいだの緊張が最高潮に達したとき、事件が起きる……誰にでも起こりうる結婚生活の顛末を、繊細かつ巧妙に描いた傑作サスペンス！

ハヤカワ文庫

さよなら、ブラックハウス

The Blackhouse

ピーター・メイ

青木 創訳

寂しい島だった。だがかつてそこには、支え合った友がいた、愛し合った恋人がいた――エジンバラ市警の刑事フィンはイギリス本土から離れた故郷に戻ってきた。惨殺事件の捜査のためだが、一刻も早く島を出たかった。少年時代に経験した儀式「鳥殺し」の記憶から逃れるために……息苦しくせつない青春ミステリ。

ハヤカワ文庫

瘢《はん》痕《こん》

SKINNDØD

トマス・エンゲル
公手成幸訳

公園にぽつんと張られた白いテント。その中に、まさかあんなものが隠されていたとは——酸鼻をきわめる女子学生殺害事件。火災で一人息子を亡くし、心と体に深い傷を抱えたまま復帰した事件記者へニングも取材に奔走するが、その行く手には……はたして事件の真相を暴けるのか？　英米でも絶賛された北欧の新星

ハヤカワ文庫

〈5〉のゲーム

Fünf

ウルズラ・ポツナンスキ
浅井晶子訳

ザルツブルク近郊の牧草地で女性の他殺体が発見された。遺体に彫りこまれていた座標が示す場所には、切断された片手と奇妙な手紙があった。刑事ベアトリスとフローリンは乏しい手がかりから真相を追うが、犯人は警察の裏をかき、ついにはベアトリスに直接呼びかけてくる。オーストリアのベストセラー・ミステリ

訳者略歴　神戸市外国語大学英米学科卒，英米文学翻訳家　訳書『ブラック・フライデー』『秘密資産』シアーズ，『喪失』ヘイダー，『拮抗』『矜持』フランシス（以上早川書房刊）他多数

HM=Hayakawa Mystery
SF=Science Fiction
JA=Japanese Author
NV=Novel
NF=Nonfiction
FT=Fantasy

殺人《さつじん》鬼《き》ジョー
〔上〕

〈HM㊸-1〉

二〇一五年一月二十日　印刷
二〇一五年一月二十五日　発行
（定価はカバーに表示してあります）

著者　ポール・クリーヴ
訳者　北《きた》野《の》寿《す》美《み》枝《え》
発行者　早川浩
発行所　株式会社 早川書房
郵便番号　一〇一‐〇〇四六
東京都千代田区神田多町二ノ二
電話　〇三‐三二五二‐三一一一（大代表）
振替　〇〇一六〇‐三‐四七七九九
http://www.hayakawa-online.co.jp

乱丁・落丁本は小社制作部宛お送り下さい。
送料小社負担にてお取りかえいたします。

印刷・信毎書籍印刷株式会社　製本・株式会社フォーネット社
Printed and bound in Japan
ISBN978-4-15-180851-7 C0197

本書は活字が大きく読みやすい〈トールサイズ〉です。